R.I.P.　Philip MacDonald

生ける死者に眠りを

フィリップ・マクドナルド

鈴木景子○訳

論創社

R.I.P.

1933

by Philip MacDonald

目次

主要登場人物

ヴェリティ・デストリア……………屋敷の女主人
サー・ジョージ・クレシー少将……ヴェリティの友人
ノーマン・ベラミー大佐……………ヴェリティの友人
アン・ラヴェナム……………………ヴェリティの姪
ヒューゴ・フォーサイス……………アンの恋人
ジョージ・プレスデイル大尉………クレシーの遠縁の若者
ソニア・ケップル（マニング）……プレスデイルの友人
ジェレミー・ノーフォーク…………プレスデイルの友人
ポール・クロージャー………………プレスデイルの友人
スキナー………………………………ヴェリティの使用人
ミニー・ウォルターズ………………屋敷のコック
ルドルフ・バスティオン……………復讐者

生ける死者に眠りを

第一章　午後六時～午後八時十五分

　ジョージ・クレシーは六時に到着した。ロンドンを出発し、タクスフォード、バティストック、ガウバラ・ヘッドを経由しての道のりである。スピードメーターが示す走行距離は三百二十五マイル。十時間の長旅だった。

「走行時間が九時間と十八分だったから」ひとり、数字を噛み砕く。「平均は三十五マイルか！　勝手のわからん若者の車を運転してきた親父にしてはなかなかの数字だ！」

　運転してきたのは息子の車だ――二人乗りでオープンタイプのアメリカ車である。土埃にまみれて真っ白だ。埃まみれなのはジョージ・クレシーも同じだった。塵埃（じんあい）は煉瓦色をした赤ら顔と小さくも猛々しい白髪交りの口髭に降り積もり、こざっぱりとした灰白色のフランネルの服をわずかに汚している。強張った脚で地面に降り立つと五十五をなかば過ぎた己の年齢が意識され、顔や服の表面ばかりか内側までが埃に侵されていることにも気がついた。彼は手紙ひとつで自分をこんな場所まで呼び寄せた長身の女性を見上げると、死んだとばかり思っていた感情を沈めるために、心身にまつわる不愉快さのせいで湧き上がってきた不機嫌さを声にこめた。

「いったい、何事だ?」ジョージ・クレシーはざらついた声で訊ねた。玄関ポーチと白い砂利道を繋ぐ階段をヴェリティが下りてきた。

「息が荒いわよ、ジョージ」ヴェリティは言った。「中に入って飲み物をどうぞ」

ノーマン・ベラミーはゆったりとした乗心地のデイムラーの大型サルーンで六時半に到着した。オールダーショットからロンドン、タクスフォード、マニングストーク、フォーリー・ポイントを経由しての道のりである。デイムラーの走行距離は三百七十四マイル、九時間四十五分の長旅だった。

車の音を一番に聞きつけたのはジョージ・クレシーだった。ちょうど、二杯目のウィスキー・ソーダを飲んでいたところで、屋敷の女主人は煙草を吸いながらクレシーを眺め、空のグラスを弄んでいた。二人がいる部屋は、屋敷に増建された西翼の一階全体を占める。三方の壁全てに窓がある。床から立ち上がり、あと一フィート弱で高い天井に達しようというフランス様式の窓で、まるでガラスの壁が張りめぐらされているようだ。南側に設けられた三対の広い窓は外側に開け放たれ、壁と平行になる形で固定されている。切り立った崖から吹き寄せる潮風が、三つの細長い露段(テラス)が伸びる庭園を駆け上って芳しい香りをまとい、茹(う)だるような暑さをものともせずに吹きこんでいた。

デイムラーが敷地内を蛇行する車道に入り、最後のカーブを曲がってくる音を耳にし、クレシーがぱっと振り向いて北側の壁に並ぶ三対の窓の中央に歩み寄った。閉じた窓のガラス越しに、クライスラーの後ろで停まるデイムラーが見えた。猪首(いくび)に戴かれた頭を突き出し、クレシーが淡い鋼青色の瞳をかっと見開く。その様子をヴェリティ・デストリアは座ったまま平然と眺めていた。大きく愛らしい口元の両端が持ち上がり、小さな笑みを作る。襟が食いこみ、肉のはみ出したジョージ・クレシーの首筋はいつも以上に赤く染まっていた。

「べ、べ、ベラミーじゃないか！」と吐き捨て、クレシーは振り返った。「なんでまた彼奴(あやつ)めが……」微笑むヴェリティ見て、クレシーは言葉を切った。胸ポケットから青いハンカチを引っ張り出して額を拭い、この部屋に入ってからおそらくは五度目になる動作を繰り返す。どっしりとした怒り肩をすくめると、彼は自分のグラスを持ち上げ、残った酒をぐっと飲み干した。

　ヴェリティは立ち上がると部屋を横切り、一人目の客のすぐ後ろで足を止めた。背の高さといい、ドレスといい、優美な物腰といい、まるで若い娘のようにしか見えない。足を運んでいる最中も浮かべていた微笑みは、クレシーの傍らで立ち止まり、ガラス越しに新たな来訪者を目にするや、しかめ面に変わった。

　身を翻し、ヴェリティは長い足でつかつかと扉に向かった。「待っていて！」肩越しにクレシーに告げ部屋を出ていくと、音を立てて扉が閉められた。

　一人残されたインドの星二等勲爵士にしてバス二等勲爵士、英軍殊勲賞、その他諸々の勲賞を持つサー・ジョージ・ウォルシンガム・クレシー少将は、再び窓に向き直った。憤激のあまり眉間には深い皺が刻みこまれ、デイムラーの運転席に座るこざっぱりとした運転手を険しい眼差しで睨みつけている。悪態をついて窓にくるりと背を向けると、彼はグラスを持ってデカンタとサイフォンが置いてあるテーブルに歩を進めた。そして、前の二杯よりも強い酒を注いだ。

　オーク材を張った涼しい玄関ホールで、ヴェリティ・デストリアは使用人と行き会った。正面玄関のベルが鳴ったので、スキナーが応対に出てきたのだ。ヴェリティは彼を帰らせ、自ら大扉を開けに向かった。敷居の外にはノーマン・ベラミーが立っていた。ヴェリティも背は高いが、彼はさらなる高みから彼女を見下ろす。青地に白い縞模様が細かく入ったフランネルのスーツが優雅だ。細い顔は日に焼け、鼻の下の長さを目立たせる細く黒い口髭の下で、白く輝く歯がこぼれた。

「お呼びと聞いて」ノーマン・ベラミーは言った。「……ほら、この通り！　命に応じて馳せ参じたよ」

応じるヴェリティに笑みはない。「なにしてるの！　一人で来てと言ったはずよ？」

ベラミーは笑顔を崩さず答える。「確かにそういう旨が書いてあったけれど、そんなに大切なことだとは思わなかったよ。むしろ、まともに受け取る人間がいると思うのかい？」

ヴェリティは無言だった。なにかを考えこむように顔を伏せ、右手の親指と人差し指で下唇を引っ張っている。

「あのクライスラーは誰のだい？」ベラミーは訊ねた。「入ってもいいかな？　それとも、決まりをひとつ破ったから、帰ったほうがいいかい？」

ヴェリティは顔を上げた。脇に寄って道を空け、「あら、どうぞ！」と、雑に応じる。

ベラミーは玄関ホールに足を踏み入れた。扉の横に置いてあるオークの長椅子に灰白色の帽子をぽんと落とす。振り返って屋敷の女主人を探すと、彼女はまたなにかを考えこんでいる様子で、金髪の頭を垂れていた。彼はヴェリティの元に行き、右腕を滑らかに彼女の肩に回すと、左手の指を彼女の顎に添えた。キスをしようと身を屈める。彼女の黒い瞳がさっと曇り、眉間の皺が深くなった。しかし、寄せていた眉根は一瞬で解かれ、曇った瞳が晴れると笑い声が上がった。少し身じろぎをするだけで、彼女は難なく彼の抱擁から逃れた。

「馬鹿はよして！」

「仰せの通りに！」ベラミーは微笑んだが、その笑みは引きつっていた。「それで、クライスラーは……？」

ヴェリティは気のない声で「ジョージ・クレシーよ。あの男はいつから雇ってるの？」と答えると、戸口のほうに一歩踏み出し、外に停まっているデイムラーに視線を投げた。

「クレシーだって！」ベラミーは驚きの声を上げた。「なんでまたあいつが……」

ヴェリティは言った。「私の質問に答えてくれる？　あの男はいつから雇っているの？」

「男？　ああ！　ウィルコックスのことかい？　どうして急に興味が？　帽子を脱げばきっと……」

「馬鹿はよして！」

ベラミーは彼女を見た。「失礼！　三カ月前からだよ」

「どこで見つけた人？　斡旋所？」

「いいや。妹の友人のところから来たんだ。人手がほしいとベティに話したら、一、二週間後にウィルコックスが来てね……。それがどうかしたかい？」

ヴェリティの顔は血の気を失い、ほぼ蒼白だった。塗っていることもわからないように巧みに色合いが調節されていた口紅が、いまでは赤く腫れ上がった傷口のようだ。

「そのベティのお友達のことはなにか知っているの？」

ベラミーは考えた。「ウィッダーシンズだったかケイツビーだったか――そんな感じの……わかった！　ミルフォードだ。そうだ――ミルフォードだよ」

「その人たちを知ってるの？」

「会ったことはないよ。いったい、なんだっていうんだ？」

「紹介状はなかったのでしょう？」

「もちろんあったさ。山ほどあった」

「確認はしたの？」

「覚えてないな。してないと思う。ねえ、ウィルコックスがどうしたんだい？　いい奴だよ！」

　ヴェリティは重い扉を閉めた。薄暗いホールに射しこむわずかな光の中でベラミーは彼女を見た。彼女が抱えている不安が伝染してしまったようだ。だが、ベラミーが感じている不安には当惑が大いに混ざりこんでいる。しばらくの間、二人はその場に立ちつくしていた。先に動いたのはヴェリティだった。肩をそびやかし、背筋をぴんと伸ばす。顔には血の気が戻り、黒い瞳に緊張の色を残しているものの、彼女は微笑んでみせた。

「私、あなたのことを馬鹿と言ったわね、ノーマン。謝るわ。馬鹿は私のほうよ。中に入って飲み物を飲んで、ジョージに会って。荷物はすぐに運ばせるわ」

　ヴェリティは艶のある金髪をベラミーの左肩を少し超える位置に並べ、ホールの奥に進んでいった。

　ジョージ・クレシーは湯上がりで火照った体の下半身には黒いズボン、上半身には白いリネンという出で立ちで、溌剌と髪を梳（くしけず）っていた。旅の不快感とノーマン・ベラミーが運転手と共に現れたせいで生じた不機嫌さはあらかた消え失せている。当惑はなにひとつ解消されていないままとはいえ、それ以外に問題はない。予想を裏切らず、風変わりで快適な屋敷である。荷ほどきはすんでおり、自分でブラシをかけた服もまるで使用人が手掛けたように畳んできちんと並べてある。ウィスキーをストレートで三杯飲んだので体の内側がぽかぽかし、シルクとリネンに包まれた外側でぞわぞわと肌が疼く。両端が幅広になった帯状のシルクタイは、最初の一回で完璧な対称形に結び上がった。彼の自前の下歯と歯医者が手掛けた上歯の隙間から、調子外れの口笛が流れ出した。

　趣のあるこの部屋は細長く、天井が低い。三枚の窓はどれも海に面し、広く開かれているのに、室内の空気は重く感じられた。クレシーはベストを身につけずに中央の窓に歩み寄ると、窓の桟に両肘を預け、外を眺めた。眼下にはテラス式の庭園が広がり、三つのテラスが急角度で下がっていく。三段目のテラスの終端には小さな灌木の植木が綺麗に刈りこまれ一列に並び、苔色の崖端（がけばた）と庭園との間に明確な境界線を引いている。階下のフランス窓から望む海は靄に包まれ、一マイル彼方でちらちらと光るのが見えた程度だったが、二階のこの窓からは崖の頂が見下ろせる。そこから一五〇フィート下に目を転じれば、引き潮のぬらぬらとしたさざ波に浸食された暗い金色の砂州のあちこちに黒緑の岩場が盛り上がり、おびただしい数に上る未知の獣が何世紀にもわたる長い眠りから目覚め、起き上がろうとしているような景色を見ることができた。鉛のボウルのような空と、ぬらぬらとした同色の海の境目は靄の向こうに隠れている。先ほどまで吹いていたそよ風は凪いでしまった。静止した空気は不吉な静けさを孕み、呼吸をすると柔らかくしょっぱい味のする脱脂綿のかけらを吸いこんでいるような感覚に襲われる。不思議な光が世界を照らしていた。空を覆う鉛の天蓋の裏では、西へと沈む八月の太陽がまだ赤々と燃えている。しかし、傾きつつある光線は鉛を貫いてきたことで金色の輝きを失ってはいたが奇妙な拡散光となっており、どういうわけかその光はジョージ・クレシーのような想像力のない男の目にもはっきりと金属的な艶を帯びた青色に見えた。辺りの音は死に絶え、それでいて、とてつもなく心を沸き立たせる奇妙な静寂に沈んでいる。庭園の芝生と生け垣の整えられた緑と咲き誇る花々の金、青、緋の鮮やかな色彩は、そんな静寂と異様な光に曝されて、精力的に仕事をこなす背景画家によって色を塗り重ねられた小道具のようだった。

　ジョージ・クレシーは苦労して鼻から深く息を吸いこんだ。鼻の下で丁寧に撫でつけてある猛々しい口髭はほぼ白髪になってる。

「ふむ」ジョージ・クレシーは独り言（ご）ちた。「嵐が来るぞ」

窓から離れようとしたちょうどその時、階下の大部屋に開いたフランス窓からヴェリティの丈高く優美な姿が現れたが、こちらを見上げることはなかった。ジョージ・クレシーも声をかけない。眺めるだけで充分だった。あの若々しさときたらなんなのだ。畜生！　彼女を見れば、時間が十二、三年ほど巻き戻ったとしか思えない。なにもかも昔のままだ。皺一本増えていない不思議な顔だ。あったとしても、自分には見つけられない皺だろう。一ポンドだって肉付きは変わっていない――少なくとも、こうして見ただけではわからない――それに、東洋風のゆったりとしたズボンを穿いた彼女もいいが、やはり往時に再三目にしていた、そして、ああ、また目にしたい姿が一番だ！　たいした女だ！　実にたいした女だ！　焼き立ての煉瓦を次々と投げ渡す煉瓦職人の如き早業で恋人を次々と捨てておきながら、振った男の恨みを買うことなく友人関係を続けてしまうのだから……。

ジョージ・クレシーは窓に背を向けた。当惑から生まれた不安のせいで、どっしりとした赤ら顔に再び皺が寄る。大儀そうにベッドの端に腰を下ろすと、彼は煙草を探して火を点けた。煙を頭の周りに渦巻かせながら、頑張って考えようとしている動物のように、無遠慮に五十五歳の頭と体を戸惑わせているいろいろと混ざり合った感情について鈍重に思案をめぐらせる。頭を絞りに絞った結果、その感情は少なくともふたつに分けられた。好奇心と憤りである。好奇心というのは、自分がここにいる原因となった手紙に発するものだ。ここに呼ばれた理由と、運転手はつけずに一人で来いと書かれていたのが気になっている。憤りの原因は、ノーマン・ベラミーの存在であり、自分よりも十歳は若いベラミーが一人で来いとは言われなかったこと、あるいはその要請を自分の判断で断るだけの気概を持ち合わせているという事実だった。

三杯のウィスキーで火照っていた体は冷えてしまった。全身から力が抜け、体の中が空っぽになったように感じられる。アルコールを求め、掻き毟られるような痛みが体の内側を走る。楽しい思い出として語れる時期より以前は、こんな痛みを笑い飛ばし、この渇きは十ポンド札をもらっても売り渡したくないと一人で得意がっていた時代もあった。だが、そんな時代は遥か昔のことだ。充分にとは言わずとも、なんらかの形で速やかにその存在理由（レゾンデートル）を満足させてやらなければ、この掻き毟られるような痛みはさらにひどくなり、ジョージ・ウォルシンガム・クレシーの値打ちに疑問を投げかける囁き声で頭がいっぱいになって、喪失感と虚無感にさいなまれることになるのはわかっていた。彼は重い腰を上げた。整然と並べておいた白いベストをのろのろ着ると、人生への満足感がわずかに戻ってきた。次いで、クランダルに誂えてもらった中でも一番良いディナージャケットに袖を通し、心地良い絹の裏地を堪能した。

隣の部屋では一分の隙もなく身支度を調えたノーマン・ベラミーが、左の下襟（ラペル）のボタンホールに白い花を挿してダブルのディナージャケットにさりげなく優雅な仕上がりを施した。そうしてから、開いた窓の桟に両腕をのせてもたれ、庭園の二段目のテラスでデッキチェアを畳み、椅子にのっていたカラフルなクッションを重ねてと、忙しく立ち働いているヴェリティ・デストリアの丸みを帯びた丈高くしなやかな肢体を眺めた。下にいる女性に呼びかけようとしたのか、細い線を描く黒い口髭の下で薄い唇が二度開き、その度に言葉を発することなく閉じられた。ノーマン・ベラミーの思考回路は数分前のジョージ・クレシーとそっくりだったが、彼の頭脳はもっと鋭敏で凝った動きを見せ、想像力の点でもわずかにクレシーを上回った。エメラルドと象牙の色彩も鮮やかなゆったりとした薄絹のズボンに半身を隠し、慌てることなくきびきびと優雅に動き回るヴェリティ・デストリアの美しい体を見つめる彼の心をさいなむのは、十年前の記憶と生じたばかりの苛立ちだ。どうしてジョージ・クレシーを？　あの男には過去にも散々悩まされたものだが、いまはそれ以上に苛々させられそうだ。慇懃さを崩さずにいる自信はないが、ジョージに無礼な態度を取ればどうなるかはよく知っているのだから、結局は全てを飲みこむよりないのだろう――少なくとも、ジョージに無礼だと思われない程度には。なにを言ったところで、ジョージは神々にしかわからない理由で――神々が大事にしまいこんでいるその秘密は、正に神のみぞ知ることなのだが――大きな栄誉に輝くことが運命づけられている男なのだ。そして、そうは見えなくとも、実際、多くの者にはそう見えているように、ノーマン・ベラミーほど野心を抱いた軍人もいないのだった。

煙草の端を嚙むと、彼はほんの少しの間ヴェリティから視線を外し、背景に広がる断崖と鉛色の海をちらりと見た。嵐の前の静寂がもたらす奇妙な胸騒ぎが頭に入りこみ、無限にも感じられる一瞬ののち、黙考する彼の頭脳は自由奔放に動き出す。頭の中の仕切りが全て取り払われ、渾然一体となった神の如く尊い考えで溢れ返る。その混沌の中から彼が拾い上げていたのはたった三本の糸――ヴェリティ・デストリアの麗しい肉体と風変わりな思考をもっとよく知りたいという不意に蘇った欲望と、ノーマン・ベラミーの些細な問題が唐突に見過ごせないものになったという意識、それに、頭の中をぐるぐると渦巻いて無視できない、恐ろしい嵐が目前まで迫ってきているという感覚だった……。

二番目と一番目のテラスをつなぐ五段の階段を上ってくるヴェリティが、彼を見上げた。剝き出しの美しい腕の下にはクッションをひとつずつ挟み、折り畳んだデッキチェアを両手に提げている。なにか言っているが、聞き取れない。彼は微笑みを返すと再びギアを入れ、思考回路を普段のノーマン・ベラミーに恥ずかしくないものに戻した。

彼は声を張り上げた。「いま、下りていくよ」

眼下のヴェリティが屋敷に入り、視界から姿を消した。ベラミーは窓から離れ、扉に向かう。ノブに手をかける直前に、扉が控えめにノックされた。ノックから間を置かずに入室許可が出ると、肩幅が広く背筋をぴんと伸ばしたヴェリティの有能な使用人が姿を現した。彼は室内に足を一歩踏み入れた位置に立ち、ノーマン・ベラミーを見てこう言った。

「ご入り用のものは全てお揃いですか?」

ベラミーは頷いた。「揃っているよ、ありがとう。君が服をやってくれたのか?」

「左様でございます」

「それはありがとう、夕食は何時かな?」

「お食事は八時半からだとお伝えするよう、奥様から言付かって参りました。それから、奥様はお食事が予定通り始まることを望んでいらっしゃることを私から申し上げさせていただきます」スキナーは言った。

ベラミーは頷き、戸口に向かうと使用人が脇に退いて道を空けた。敷居を跨ごうとしたその瞬間に、背後からスキナーが声をかけた。

「少々お待ちいただけますか」と、スキナー。「上着のお背中が」音もなく鏡台に歩いていくと洋服ブラシを持って戻り、目についた上着の汚れを巧みに払った。

「ありがとう」ベラミーは礼を言い、プロヴァンスに伝わる美しい旋律を口笛でそっと奏でながら階下に下りていった。

ジョージ・クレシーが自室の扉を開けると、戸口に佇むスキナーの姿があった。クレシーはスキナーの質問に、全て満足している、他に必要なものはないと答えると、レディ・デストリアには〝階下の大部屋〟に行けば会えるのだな、と訊いた。

「奥様はお着替えの最中でいらっしゃいますが、ベラミー大佐が階下に下りていかれたところでございます」スキナーは答えた。

クレシーは唸り、目の前の男にちらりと視線を走らせた。ぴんと張った広い肩の上には黒髪に覆われた形のよい頭がのっており、綺麗に髭を剃った秀でた相貌に無表情の仮面をかぶっている。返答できない難題をぶつけられた使用人としては見事な対応である。もしも人間的な感情で顔が輝くなら、この男はどんな表情を見せるのだろう？　ジョージ・クレシーは答えが出るとは思えない疑問を胸のうちで問いかけた。無論、答えは見つからない。ヴェリティに関係のある疑問が頭の中に入りこんでいた彼としては、答えを見つけたかったことだろう。昨年、ヴェリティの消息は耳に入ってこなかった。そのような状況は彼の交際関係においては異例のことである。こんな辺鄙な場所に身を隠していたせいなのか？　それに、ジョージ・クレシーの頭がサマセット・モームの文章につながったのも、珍しく本を読んだせいなのか。『一人称単数』という傑作揃いの短編集に収められた一編が、ジョージ・クレシーの頭の中に貼りついてしまっていた――『人間的要素』（社交界の花形である女性を恋慕する作家が、彼女が使用人と恋仲であることを知って幻滅する）という作品だった。

ジョージ・クレシーは不機嫌な気分で階下に降りていった。大部屋に入ると、シェーカーと氷とたくさんの酒瓶を相手になにやら忙しそうにしているベラミーがいた。クレシーが見てきた中でも特大のシェーカーである。二クォート近く入りそうだな、と彼は思った。ノーマン・ベラミーは指の長い手で挟むように大事そうに持ち、肩上の次は胸と腹を擦るようにと、天性のバーテンダーの如き手さばきで振っている。瓶の中で液体が揺れ、氷がぶつかって立てるカラカラという音がくぐもり、聞いているうちにジョージ・クレシーの身のうちを掻き毟るような痛みがエクスタシーと手を取り合うまでに高められていく。むしゃくしゃした気分は治まらず、彼はその気もないのに朗らかに挨拶をしてくるベラミーを無視すると、無愛想にぶつぶつ呟くという洗練されているとはとてもいえない態度を取った。そして、新聞を鷲摑みにして柔らかな座り心地の大きなソファの端にどさりと腰を下ろし、それを広げて顔を隠した。

ベラミーはシェーカーを振る手を止めた。蓋を外し、見かけによらず半パイントは入るふたつのグラスに中身を注ぐ。液体は淡いピンク色をしており、表面を半インチほどある芳しい白い泡が覆っている。小皿からレモンピールを二片取って風味付けに絞って落とすと、泡の上で果皮はくるくると回った。ベラミーはグラスをひとつ取り、香りを楽しんでから味わった。それから、グラスを置き、もうひとつのグラスを持ってソファに向かった。

「どうぞ!」と、『イングリッシュ・ハーミーズ』紙の後ろに声をかける。

新聞が下がり、現れたジョージ・ウォルシンガム・クレシーの赤ら顔はしかめられていたが、片手を伸ばしてグラスを受け取ると、滑らかな動きでグラスの縁に乾燥した唇をつけた。

「はー——あ!」呟きが漏れ、ジョージ・クレシーの顔がにこりと綻ぶ。

「すまんな!」そう言って、二口目をぐっと飲んだ。

「初めての味だ!」ジョージ・クレシーは気さくに賛辞を送り、グラスの底に残るピンクの液体を見てこう訊ねた。「なにを入れているんだ?」

「入浴中に思いついたものですよ」

「それはけしからんな! この味も実にけしからん! だがその昔、ベラミー青年の作る酒は確かに美味かった。勲章をたんまりもらえたのも、そのおかげなのだろう、ええ？」彼は自分の冗談に呵々と笑った。

ベラミーはにこりとした。その微笑みが歪んでいたとしたら、ごく普通の冷笑と変わりのない程度である。

「わかってくださいよ。お偉方に僕を推薦してくれたのはあなたなんですから」

ジョージ・クレシーは顔を鋭く振り向けた。赤ら顔がさらに赤みを増したが、敵愾心が消えたいま、そこにあるのは仲間意識ばかりである。

「青臭いことを言うな！　ただの軽口だ！」

そう言って残った酒を一滴残らず呷り、空のグラスを突き出す。

「ほら！　わしにもう一杯作って、わしらはいまなにをしているところなのか教えてくれ」

ベラミーはおかわりを二杯作った。クレシーが二杯目を半分飲み、自分は一啜りしたところで、ベラミーは言った。

「いま、僕になにか言ってましたね。僕らがいまなにをしているところなのか教えてくれと」

ジョージ・クレシーは分別臭い顔で頷いた。

「僕もあなたに同じ質問をしようと思ってたんですよ」と、ベラミー。

ジョージ・クレシーは目を見開いた。「おまえさんも、だと？　わしはてっきりおまえさんが知ってるものと……そうなのか。ここに来る時は一人で運転してこいと言われたか？」

ベラミーは身を強張らせた。あらかじめ用意してあった辛辣な反駁が喉まで出かかったが、ぐっと飲みこむ。かわりに、彼はこう答えた。「手紙にはそんなことも書いてありましたが。生憎、多忙であまり気に留めなかったんです。彼女には叱られましたけどね」

ジョージ・クレシーは豪快に笑った。「そうだろうな！」

「そうですよ！　それで思い出しましたが——うちの運転手はどうなっているんでしょう」

室内をさっと見回して一瞬で確認をすますと、ベラミーは扉のほうに行き、四つある電灯のスイッチの真下にあるベルのボタンを親指で押した。

ジョージ・クレシーの二杯目のカクテルが飲み干された。ベラミーのグラスには三分の二が残っている。二人の間に会話はなかった。

扉が開いてスキナーがやって来た。近すぎない位置に立ち、二人の顔を交互に見る。

「うちの運転手がどうしているのか教えてくれるかい？」ベラミーがスキナーに訊ねる。

「かしこまりました。奥様から私にご指示がありました。ウィルコックスは使用人用の離れに通しております。彼にご用がございましたら、内線をお使いください。玄関ホールの主電話の横に置いてございます」

「使用人用離れだと？」ジョージ・クレシーが吠えた。「使用人用離れ？」

「左様でございます。奥様はこのお屋敷の他に、崖の向こうに平屋を一軒所有しておいでです。距離はほんの二百ヤードほどでございましょうか。コックと小間使いが寝起きをしております」

「しかし、おまえは屋敷で寝起きしているのだろう、ん？」

「左様でございます」

クレシーは唸り声を上げ、再び『イングリッシュ・ハーミーズ』紙の後ろに籠城を決めこんだ。

「ありがとう。今晩のところはウィルコックスにこれといった用事はないよ。すまないけど、君から伝えておいてくれるだろうか？」そう訊いたのはベラミーだ。

「かしこまりました。離れに電話いたします。他にご用はございませんか？」

ベラミーは首を振った。「いや、ないよ、ありがとう」

スキナーは足を止め、『イングリッシュ・ハーミーズ』紙の向こう側に視線を注いだ。だが、新聞の裏側は静かなもので、スキナーは踵を返して部屋を出て行き、扉がそっと閉められた。

「たいした男だな！」ベラミーは言った。

ハーミーズ紙が下げられることはなかったが、その後ろで激情的な唸り声が上がった。ベラミーに理解を期待するものではないその唸り声を翻訳すれば、ジョージ・クレシーの頭が『人間的要素』と題された小説を再び思い出したことを意味していた。

沈黙が三分ほど続いた。三分が過ぎる頃には二人のグラスは空になり、しわになったハーミーズ紙はソファの反対側に上下も構わず投げ捨てられていた。

「で？　どうなんだ？」ベラミーはクレシーに目を向けた。

「なにがどうだって？」と、無礼だが怒る気も失せる口調で彼は訊き返した。

「我々はどういう用件でここに来ているんだ？」掻き毟られるような痛みが消えたおかげで、大声ではあるが、すっかり上機嫌になってジョージ・クレシーは言った。

「そんなことがわかったら異常ですよね！」クレシーは目を剝いた。

「おまえさんがなんだって？　……ああ、そういうことか！　ほう！　心当たりもないのか？」

「まったく」ノーマン・ベラミーが答える。

「よし、わしもひとつ教えてやろう。わしも知らんのだよ！　おまえさんはヴェリティからどういう手紙をもらったんだ？」

そこまで答える義理はなく、ベラミーは硬い声で答えた。

「立ち入ったことを訊きますね」

その言葉にジョージ・クレシーは笑って返した。「失敬、失敬！　悪気はないぞ！　神経質になったもんだな。昔はそうじゃなかった」

ベラミーはにこりとした。「僕は部下でしたからね」

ジョージ・クレシーは一瞬目を見張り、口を開くと、が、は、はときれぎれに大笑いした。

「いや、もっともだ！」そう言って、ジョージ・クレシーはハンカチを取り出して目元を拭った。

口元に浮かんできた冷笑を隠すために、ベラミーはそっぽを向いた。目の前には大きな書き物机がある。その上に黒檀の台のついた、飾り鋲が奇妙に突き出た金のフレームが伏せられている。手持ち無沙汰からフレームを手に取って裏返すと、小さなつまみを操作して日付を血の色の線で消していくタイプの日めくりだとわかった。表示されている日付を見ていると、なぜだか目をそらしたくなる。その理由に思い当たったのは、日めくりを元の場所に戻し、机から離れた時だった。不意に確信が津波の如く押し寄せ、ある記憶が蘇える。彼は咄嗟に右手を拳に握ると、左の掌に打ちつけた。打ちこまれた拳は銃声のような音を立てた。

ジョージ・クレシーが跳び上がった。「なんだ、いったい……！」

ベラミーは手で制した。「待ってください！　今日の日付は？」

「そりゃいったいどういう意味だ。今日の日付だと？」

「そうです。今日は何日ですか？」

「なぜわしが知ってなきゃならんのだ」灰色の口髭が持ち上がり、猫の背中のように逆立ったように見えた。

　ノーマン・ベラミーは譲歩した。「どうしてでしょうね？　まあいい、僕が答えますよ。今日は、八月二十一日です」その言葉に額面以上の意味を含ませるように口調を変え、彼は一語一語をゆっくりと丁寧に発音した。

　クレシーはソファに陣取ったまま、顔をしかめてみせた。その赤ら顔がいままで以上に赤らみ、手入れの行き届いたハンサムな豚みたいになった、とベラミーは思った。彼は語気荒く言い放った。

「三月望日（アイズ・オブ・マーチ）（ユリウス・カエサルが暗殺を警告された日付で、三月十五日を指す）だろうと知ったことか！」クレシーは言ったが、三月望日がなにかも知らずの発言であることは言うまでもない。その言葉は一個旅団に集合をかける時のように口先からぽろりとこぼれ落ちたものだった。

「八月二十一日です。八月二十一日。考えて、ねえ、考えてください」

　ベラミーの口調になにかを感じ取り、クレシーは怒りを抑え、気を落ち着けた。彼は考え、少ししてからこう言った。

「どうやら聞き覚えのある日付だが。二十一日……。なんと神よ！」御名を冒瀆した罵りか、はたまた祈りか、クレシーはその言葉をひとつの単語のように発音した。

　ベラミーは微笑んだ。「思い当たると思いましたよ」

「そりゃ……そりゃ……」クレシーが喉をぐぶりと鳴らし、口ごもる。「そりゃシッチャカメッチャカな話だぞ！　……おい、ふざけるのも大概にせんか、ベラミー！　偶然だ！　単なる偶然の一致だ！」

部屋の扉がそっと開いたがその音を中にいる男たちは聞いていなかった。

「偶然の一致だなんておかしいですね！」と、ベラミーは応じた。

その後ろで穏やかな声が言った。「あら、どうして？」

ベラミーはさっと振り向いた。クレシーも一瞬少年の心に戻り、子供のようにぱっと立ち上がった。二人の眼差しがヴェリティに注がれる。場の注目は全て彼女がさらってしまっていた。

ヴェリティは黒と銀のドレスに身を包んでいる。両腕は剝き出しだが、近頃は腕以外の素肌が曝されることはめっきり減ったものだ。ドレスは腰で一旦細く絞られ、裾広がりのスカートが優美な曲線を描いて床に達している。ドレスの色とは対照的な腕と肩、喉の白さが眩しい。まるで光をうちに孕み、自然と輝きを発しているような肌である。小さくて形のよい頭を掲げ、顎を軽く上向けた仕草が妙に挑発的だ。ハート型の顔にビロードを思わせる生き生きとした黒く燃え立つ瞳が、同色の柳眉の下から世界を見ている。黒い眉の上には白い額が秀で、その白い額が戴く髪は艶のある黄金で作られた頭をぴっちりと覆う帽子（キャップ）のようだ。左の中指にはめた淡い色合いの細いプラチナの指輪と、小さな耳たぶから長く垂れているちらちらとした輝きを放つ涙滴型のイアリング以外に、身につけている宝飾品はなかった。

このような美には敬意を払うべきだという考えが、血のめぐりの悪いジョージ・クレシーの頭に浮かんだ。しかし、どうすべきかまごまごしている間に、同じことを考えていたベラミーが行動に移した。半歩前に出て、優雅に腰を折って恭しくお辞儀する。ベラミーが伸ばした右手にヴェリティの右手が重ねられた。ベラミーはその手を持ち上げて唇に寄せると、優しく口づけを落とし、背筋を伸ばした。

ジョージ・クレシーの赤ら顔が一瞬だけ紫に変わり、胸のうちの罵倒を外に出すことなく黙って立ちつくしていた。

「偶然の一致だとなにか都合が悪いの？」ヴェリティが訊ねる。

「わしは日付など偶然の一致だと言ったのだが」と言い、クレシーはベラミーの方を重々しく顎でしゃくった。「彼は違うと言うのだ」

ヴェリティの顎が下がった。男たち一人一人にどこか不安そうな眼差しが素早く送られる。

「日付？　偶然の一致ですって？」そう言って少し黙ると、またすぐに顎を上げ、彼女は笑い声を立てた。

「それで二人で額を寄せて相談していたのね？」彼女はクレシーを見た。「そうね、ノーマンの言う通りよ、ジョージ！」

クレシーは目を剝いた。「どういうことだ？」

「日付は偶然の一致ではないということよ」

「君は今日、クレシーと僕をここに呼んだが、それはつまり……僕らはバスティオンの件で呼び出されたということなのか？」

ベラミーの質問に、ヴェリティが微笑みながら答える。「そうよ。あたふたすることはないわよ、ノーマン――あたふたって、可愛い言葉ね！」

クレシーは重々しい声で言った。「わしはてっきり、そのシッチャカメッチャカな話はもうずっと前におまえさんの頭から消えたものと思っていたよ」

「あら、そうなの、ジョージ？　可愛い人ね」

ヴェリティはカクテル・テーブルのところまで行くと、脇にある椅子に腰を下ろした。それからベラミーを見上げ、にっこりと微笑んだ。「お酒を作ってちょうだい、ノーマン」

ベラミーは酒瓶とシェーカー相手の作業に戻った。

「わしにも頼む」クレシーはそう言うと、ヴェリティに向いた。「まったく……まったく……ええ、クソが！　まったく、シッチャカメッチャカな話だわい！」

ヴェリティの顔から微笑が消えた。愛らしい顔立ちに優しい非難の色が浮かぶ。

「ジョージったら、喉が鳴ってるわよ！　ノーマンが息を飲んであたふたなら、あなたはお酒に飲まれてあやふやね。もうよして！」

ベラミーは泡に覆われたピンクの酒をもう二杯作った。勿体ぶった態度で一杯目がこの屋敷の女主人に差し出される。一口目を味わい、続けてもう一口飲む。なにも言わなかったが、彼女は満面の笑みで男を見上げ、頷いてみせた。ベラミーはもう一方のグラスを取ってジョージ・クレシーに差し出した。

「どうぞ！」

ジョージ・クレシーはグラスを取ると、がぶがぶと半分を一気に飲んでしまった。

「品がないわね！」と、ヴェリティ。

「お行儀なんかはぶん投げておけないもんかね？　さて、おまえさん、二、三の単純な質問に答えてくれる気はあるかね、どうかね？」

「あら、いいわね、ジョージ！　単純な質問は大好きよ！　単純な質問をしてくれるのが単純な……あら、失礼」

「構わんよ」クレシーが嚙みつくように言う。「あるかね、どうかね？」

「まあ、ジョージ、答えるに決まってるじゃない！　是非答えさせてちょうだい。さあ、どうぞ！一番目の単純な質問は？」ヴェリティはグラスを置くと、両手を膝の上で組んで質問を待ち受ける姿勢を取った。

沈黙が降りた。ジョージ・クレシーは口の中でぶつぶつ呟き、喉で音を立てると荒々しくシャツのカラーを引っ張った。顔は真っ赤だ。

「いつ始めましょう？」

ジョージ・クレシーからさらに音が漏れた。

「君の頭にあの件が蘇った原因について訊ねたらどうなるのかな？」

ベラミーがそう言うと、ヴェリティが彼のほうに頭をめぐらせた。黒い瞳が目一杯見開かれている。

「蘇った？　まあ、蘇る必要もないことなのよ。私の中では死んだように見えたことさえないんだから」

沈黙していたクレシーが口を開いた。「どういうことだ？　おまえさんの言っていることがよくわからん。言葉遊びはごめんだぞ！　言いたいことはそのまま言ってくれんと！」

ヴェリティは指を一本持ち上げると、額に当てて敬礼した。「失礼しましたわ、サー・ジョージ！単純な女のように説明しないといけないわね。あなたの前ではもう五年くらい話題にしてないけれど、そのことは片時も私の頭から消えたことはないのよ。そうしようとしているからではなくて――頭の片隅に置いておくにはそんなに愉快な話ではないものね――私が忘れないようにしてくれる人がいるからよ」

ベラミーが低く口笛を響かせた。「僕らに見せた手紙以外にも、送られてきた手紙がもっとあるということかい？」

ヴェリティは彼を見た。「もちろんよ」

「なんと！」クレシーは手にしていたグラスの残りを飲み干してテーブルに置いた。「クソが、まったく……まったく……」

「お願いだからよして！」と、ヴェリティ。

相変わらずカラーを引っ張りながら、クレシーは目を剝いた。「なにをだ？」

「しっちゃかめっちゃかよ！　聞いていて不愉快だわ」

「ヴェリティ、僕らを揶揄っているのかい？」

そう訊ねたベラミーをヴェリティは長い間見つめ、ジョージ・クレシーに視線を移すと、二人に向かってこう言った。

「そうだったらいいと私も思うわ。面白い冗談よね！　でも、違うの。いま、ものを収める場所としては古式ゆかしき際どいところに忍ばせて、六通の手紙を持ってきているわ。そのうちの五通は五年前にあなたたちに見せたあの一通のあとに受け取ったものよ」

「おまえさんはどこぞの頭のおかしな輩に馬鹿にされとるのだよ！」荒々しくクレシーが言う。

「ジョージ、なんて失礼なことを！　私が誰かに馬鹿にされてるんじゃないかなんて言われるだけでもひどいのに。頭のおかしな人に馬鹿にされてるだなんて、よくも言ってくれたものね！」

クレシーの喉がさらに騒々しい音を立てた。

「それ、どうにかしたほうがいいわよ」ヴェリティは優しい声を出した。「ねえ、ノーマン？」

ベラミーの長く薄い唇が曲線を描いて微笑を作ろうとしたが、目はまったく笑っていなかった。

「その手紙を見せてもらえる？」

ヴェリティは黒と銀のドレスのスクウェアにカットされた胸元に手を伸ばした。

「まあ、もちろんよ。さっきからちくちくしてしょうがないし」

胸元を探る手はリボンでまとめられた厚みのない紙束を持って出て来た。

「バス・ソルトの匂いがするわ」彼女は言った。「くらくらするような匂いは、私が読み上げている間に消えてしまうでしょう。そうすれば証拠はゆっくり検分できるわ」

ジョージ・クレシーは小さなテーブルクロスのような白い絹のハンカチをポケットから引っ張り出し、額を拭った。

「クソ暑いな！　嵐が来るぞ！」

ベラミーはクレシーに目をやったが、なにも言わなかった。

「冗談でしょう！」と、ヴェリティ。

ヴェリティは灰色の便箋の束を解いた。

「いいこと！　私がこの手紙を受け取ったのは一九二八年八月二十七日、あなたたちに前に見せた最初の手紙が届いた日から数日遅れた一年後よ。封筒で配達されたの。デトロイトの消印よ。日付はなく、住所もない。中身はこう。

『レディ・デストリア、ヴェリティ殿。この手紙が記念日に受け取られることを望む。見こみ通りに配達されるかまったく確信が持てないので、早く受け取った場合は二十一日に読み直していただきたい。この手紙は、おまえたちの所業が忘れられていないことを教えるために送ったものだ。おまえと、あの二人の男どもだ。私はおまえから遠く離れたところにいる。精神的にはともかく、物質的に恵まれていない人生を送っており、おまえの近くにいることができないのだ――おまえのすぐ目と鼻の先に。この手紙を書いた本当の目的は、おまえが犯した罪の記憶が埋もれてしまわぬようにすることだ。墓の下に葬られたあの七百人の声がおまえには聞こえないか？　私には聞こえる。彼らの声は片時も耳から離れることはない。私は彼らと共にいなかったし、彼らを救うためになにかをしてやることもできなかったが、いまの私は――こんなことは本意ではないが――おまえと他のふたりが生きている同じ世界にいる。この気に食わない場所に一人残された私の目的がなんなのかは、おまえもわかっていることだろう。一九一八年八月二十一日の夜におまえたちがやったことで、おまえと他の二人に遅かれ早かれめぐってくる報いを見届けることだ』」

ヴェリティは読み終えた。声音の変化はごまかしきれないほど明らかである。彼女は無理に朗らかな口調になって言った。

「もちろん、署名はなかったわ。そんなものは必要ないと思ったんでしょうね。確かにそうよね？」

太腿にのせた小さな紙の山からもう一通を取って開封すると、膝の上で便箋の皺を伸ばす。

「次の手紙は一九二九年の八月二十五日に受け取ったものよ。封筒の消印はボンベイになっているわ。他の手紙と同じく日付も住所もなし。中身はこうよ、『**まだおまえから遠く離れたところにいる。私の魂と思いは変わらずおまえの傍にある。それを忘れるな……**』。もちろん、署名はないわ」

「インクと紙を無駄にしておる頭のおかしな奴がいるのだな！」ジョージ・クレシーのぶつぶつと呟く声はよく聞き取れなかった。また額を拭い、庭に面して開いた窓のひとつに歩を進める。「まったく、暑いな！」

クレシーの背後から、ヴェリティの冷静で明瞭な声が聞こえてきた。

「次の手紙は中国からよ。配達されたのは一九三〇年の九月二日。日付も署名もなし。中身はこう、『地理的に言って、おまえに近づいているかはわからない。だが、私は着実におまえの元に向かっている。そこに辿り着くまでに、どれだけの距離を行かねばならないのか。神は死んだとおまえは感じているとことだろう。私はおまえの命をこれほど長くつなげたのは神の定めだと思っている。あるいは神は死んだのではなく、その意志が私を動かしているのかもしれない。おまえたちが苦しむために生きるのは正しいことに決まっているのだ。男たちに伝えろ』」

短い沈黙が部屋に降りた。窓辺のジョージ・クレシーが爽やかな風を求めて深呼吸したが、それは手に入らなかった。ノーマン・ベラミーは大きなソファに腰を下ろした。煙草に火を点けると、彼は見事に手入れされた爪を意味もなく子細に観察した。

「次の手紙は去年、パリから当日に届いたものよ。中は一言だけ――『近づいた』」

「ふむ！」ノーマン・ベラミーは呟き、窓辺のジョージ・クレシーは鼻嵐を抑え気味に轟かせた。

「待って！　今月の十五日、六日前にこれが届いたの。中身はこう、『ついにこの時が来た。これまでは聞こえなかったとしても、いまではおまえの耳にもあの声が聞こえているだろう。二十一日が過ぎた時に、おまえは彼らと顔を合わせることになるのだ……』。そしてこの手紙は、あなたたちが今日の午後通り過ぎたタクスフォードの田舎町で今月の十四日に投函されているわ」

「ふむ！」ノーマン・ベラミーは再び呟いた。

ジョージ・クレシーが短い歩幅でどかどかと部屋の中央に出て来た。そこで足を止め、屋敷の女主人を睨みつける。声が上擦っているのはおそらく怒りのせいばかりではないだろう。

「狂人の仕業に決まっとる！」

「騒がないで、ジョージ！　多分、あなたの言う通りだとは思うけど」

「しかし、そうすると、狂人は何者だという問題があるよ」と、ベラミー。

ヴェリティは彼を見つめた。「ノーマンたら！　あなたみたいに賢い人なら、それがバスティオンだってことはわかってるでしょう」

「バスティオンだと！」クレシーが声を上げた。「バスティオン！　寝言を言うな！　奴は死んだ。こいつは毒にも薬にもならん、頭のイカレた馬鹿者だ！」

「まあ、ジョージ！　可哀相なジョージ！　あなたの願望コンプレックスはきっと男性的なものに向いているのね。とんでもなく父性的な方向に！　頭の中の小さな子供たちの本当に多いこと！」

「なんの話をしとるのか、さっぱりわからんぞ」

ベラミーが立ち上がった。先ほどまでクレシーがいた窓辺に寄り、鉛色の空をちらりと見上げる。振り返らずに彼は言った。

「ヴェリティの言う通りだ。バスティオンに違いない」

小さくカチャリという音がして部屋の扉が開き、三人をびくりとさせた。ベラミーは肩をわずかによじり、ヴェリティは小さく息を飲み、クレシーは怒りで息苦しそうに鼻を鳴らした。しかし、現れたのはスキナーだった。彼は室内に静かに歩を進めると、女主人の前に立った。

「失礼いたします、奥様。お電話でございます。お名前は伺えませんでした」

ヴェリティは微笑みを向けた。

「駄目よ、スキナー。名乗らない相手とは話さないことを知っているでしょう」

「存じておりますが、奥様、とにかく奥様と話をさせろと言い立てているのです。あちら様をなだめるほうが大変でございまして、ですので……」

「構わないわ」ヴェリティは言った。「電話には出られないと伝えてちょうだい。名乗らない人とは話せないわ」

「かしこまりました、奥様」

来た時と同じように、スキナーは静かに部屋を出て行き、扉がそっと閉められた。

「ねえ、クレシー、いい加減ぐだぐだ言うのをやめてください！　手紙を書いたのがバスティオンだってことは、あなたもちゃんとわかっているでしょう。奴はイカレているかもしれない、それは否定できないことですけど、もし奴が……」そう言ったのはベラミーだ。

「そんなことを言ったら、ますます彼を……面白くすると言ってもいいかしら？」

ジョージ・クレシーはふうふうと喘いだ。なにかを言いかけ、やめる。もう一度言いかけ、やはりなにも言えなかった。そんなことを繰り返し、最後にこう言った。

「わしに言えるのはただ……こりゃあ……シッチャカメッチャカな話だぞ！」

「本当に救いがたい人ね、ジョージ！」噛んで含めるようにヴェリティが言う。「口にするなと言ったのに、また言ったわね。次は別の言葉にして——アブラカダブラなんていいんじゃない。意味は同じだわ」

もう一度扉が開き、スキナーが姿を見せた。彼はもう一度女主人の前に立つと、こう言った。

「まったく強情な紳士でいらっしゃいます、奥様。ですが、名乗られることはないでしょう。奥様のほうが絶対に話をしたがると仰っておられます。先ほどは……」スキナーはそこではたと口を噤んだ。

ヴェリティは目を見張った。見えているのはふたつだけとはいえ、スキナーは唐突に六つの瞳から注目を浴びていることに気づいたらしく、居心地悪そうに体を動かした。

沈黙は長い間続いた。

その沈黙を破ったのはヴェリティだった。彼女の声は先ほどまでとはうって変わって甲高くなっていたが、取り乱してはいなかった。

「その紳士に訊ねてちょうだい、スキナー。ひょっとして、ルドルフ・バスティオンという名前じゃないかって」

三人は待った。スキナーが出て行き、三分ほど経過したことを時計が告げていた。だが、誰一人として時計を見ていた者はなく、彼らの体感では少なくともその二十倍の時間が経過したように感じられていた。

スキナーが戻ってきて、言った。

「お電話の紳士にルドルフ・バスティオンというお名前ではないかとお訊ねいたしました、奥様。しかし、返事はございませんでした」

「その人はなんと言ったの?」ヴェリティは訊ねた。

「なにも、奥様。電話を切ってしまわれたのです」スキナーは答えた。

第二章　午後九時〜午後九時四十五分

ヴェリティ邸のマントルピースの上で、四角い金の置時計が九時三分前を指した。南というか、海に面した壁中央のフランス窓は大きく開かれている。窓の両脇には高い位置に小さなサッシ窓があり、こちらも全開になっていた。食堂の細長いテーブルは給仕が通る余地だけを残し、今晩のところは窓辺に寄せられている。テーブルの上座には——西側になる——ヴェリティ・デストリアが着いている。右側には開いた窓に背を向けてジョージ・クレシーが、クレシーの向かいにノーマン・ベラミーが座った。テーブルには銀の枝付き燭台がふたつ置かれているが、蠟燭には火が点されておらず、ボウル型の笠を被せた天井の中央灯も、巧妙に取りつけられた蛇腹灯（コーニス・ランプ）も消されている。窓辺は食事ができるほど明るいとはいえ、部屋の奥は奇妙にも灰色と紫が入り交じって見える陰が重く垂れこめる。窓の外では夕闇が宵口の不思議な薄青い光と混ざり始めていた。辺りは依然として静まり返り、空気も停滞したまま動こうとしない。一同が座っている場所から海が近くにあることが窺えるものは、微かだが大気中に充満している潮の匂いだけだ。崖の下を覗きこむと目に飛びこんでくるのは一面の灰色で、雲か霧かその両方が海面を覆い隠してしまっているのだ。風はそよとも吹かず、端然として古風な趣のある庭では段ボールとキャンバスで作った装飾のように見える灌木と花々が、どことなく不自然な感じで突っ立つ。気温は一日中高かった。そして、食堂の窓のすぐ外に掛けられた温度計の目盛りが数度下がったいまでも、世界はかつてないほど暑い場所になったように感じられた。

首周りにしきりと指を走らせ、首を締めつける高い襟を緩めているため、ジョージ・クレシーの襟は既にだらしなく形が崩れ始めていた。わずかに赤みが引いたようにも見える赤ら顔が外からの不思議な光を受けて、てらてらとした輝きを放つ。襟を引っ張っていない時は大きな絹のハンカチで顔を拭っていた。

ベラミーは息を荒げず涼しい顔で、汗を掻いてもいなければ、拭ってもいない。だが、浅黒く痩せた顔はどこか悄然として青ざめているように見えた。

ヴェリティはテーブルに両肘を突き、なかばまで吸った煙草を左手に、涼を求めて右手に持った小さな扇を時折ゆったりと優雅な仕草で仰いでいるが、送られてくるのはぬるい風ばかりである。

ジョージ・クレシーは空になった白葡萄酒（ホック・ワイン）用のグラスを置いた。

「好きに飲んでいいわよ、ジョージ。果物はいらない？」と、ヴェリティ。

「結構だ、ありがとう。」ジョージ・クレシーは答え、スキナーが手の届く位置に置いていった壜に手を伸ばす。グラスが満たされたところで彼は壜を置いた。

「ワインを一杯いかが、ノーマン？」

桃の皮を剝いていたベラミーが顔を上げた。「いいや、結構だよ」彼はスキナーが出て行ったばかりの扉を肩越しに振り返った。「戻ってくるかな？」

ヴェリティは首を振った。

「それで？」と、ジョージ・クレシー。小型爆弾のようなその一声は沈黙を粉砕し、無数の耳障りな破片を散らした。

ヴェリティは顔をしかめた。「ジョージ、怒鳴らないでちょうだい！」

「失敬、失敬！」クレシーはぼそぼそと呟いた。「わしは、どういうことだと言いたいのだ。おまえさんとこのあの男もこの部屋に交え、三十分以上座り、天気がどうの、狩がどうなりそうだの、どうでもいいことをぐだぐだ話しておる。内容のないことばかりをな。彼奴がなにを言っとったのかも聞いとらんのに。いまはわしらだけになったのだから、どういうことだと言わせてもらうさ」

「サー・ジョージ・ウォルシンガム・クレシー少将よりご高説を賜りましたわ。ねえ、ジョージ、どういうことだなんて私に言っても、わかるわけがないでしょう。私だって同じ質問をしたくてあなたをここに呼んだのよ」

「僕もかな？」ベラミーが訊ねた。

「もちろんよ」

「だが、わしらになにがやれると？　なにもないだろう。この度し難い馬鹿者の手紙を全部燃やして忘れちまうことはできるがな」

再び沈黙が降りた。それを破ったのはヴェリティだ。彼女はクレシーを見てこう言った。

「じゃあ、あなたはたいしたことはないと思っているのね……。率直な話よ……心配することはなにもないと？」

クレシーは鼻を鳴らした。「心配だと！」椅子を引くと、脚が床板を擦って耳障りな音を立てた。彼は太い足を組むと女主人を睨みつけた。

ヴェリティはもう一人の客に目をやった。ベラミーはナイフとフォークを下ろすと、右手の長くほっそりとした指で、脚に金を被せたホック・グラスを弄んだ。少し間を置いてから、彼は口を開いた。

「自分でもどう考えているのかよくわからないんだ」と言って、彼は向かいに座るクレシーを見た。

「あなたには同意できないということははっきりしていますけどね」

クレシーは爆発した。「よくもそんな口を！」

「やめて、ジョージ！　狼少年を思い出して！」

クレシーはヴェリティをまじまじと見た。「なんの話か皆目わからんが」ヴェリティを見つめた目で、今度は同席者の男を睨みつける。「まったく、ベラミーよ、おまえさんの頭の中はいったいどうなっとるのか！　思い違いをしたどこぞのイカレ野郎が――バスティオンかもしれないが、バスティオンだろうとは言えん奴が――麗しい女性に馬鹿げた手紙をわんさと送りたがっているといってびくびくするとは。わしにはさっぱりわからんな！　そういえば、おまえさんはその手のことは全てご婦人に合わせる男だったか。事実を直視せい、事実を！　十四年前の今日、ある……あー……出来事があり、そこに我々の麗しき女主人とおまえさん、それにわしとバラクロウは……あー……関係していた。誰が見てもよくあるような、〝事件〟でもなんでもない出来事だが、バスティオンだけはそう考えておらん。奴が軍人であって忌々しい素人ではないのなら、問題にするような事態ではなかったと判断できたはずだ。だが、奴が軍人ではなく、素人と同じことだがおつむが少々足りなかった場合、ひとつしかないモグラ塚を見てエヴェレストがふたつも聳えてるみたいにしちまうのだ。底なしの愚行を山のようにやって免職処分をくらい――そのあとでたいした仕事も手に入れる！　除隊を食らうや否や資格があるので徴兵され、当然、兵卒として英国陸軍に入隊する。それが不満で脱走する。捕まり、脱走及び逮捕の際の激しい抵抗やらなんやらで、三年の服役という非常に寛大な判決を言い渡される。奴にとっては安楽な場所だったと言わせてもらうが、三年間、民事刑務所にぶちこまれたあと、またもや当然のように姿を眩ます。五、六年後にヴェリティの元にイカレた手紙が届き、差出人のないその手紙は、このバスティオンという男から送られてきたものということになる。彼女はそれをわしに見せ……」

「僕にもです」ベラミーがそっと口を挟んだ。

「……彼女はそれをわしに見せ、わしはそれについて調べ、このバスティオンという輩は十中八九、一九二五年にヴァンクーヴァー郊外で起きたカナダ太平洋鉄道の事故で死んだものとわかる。最初の一通を受け取ったあと、毎年、いまごろの時期になると、同じ人物によってわけのわからん寝言とか言いようのないことばかり書かれた手紙がヴェリティの元に届けられる！ 麗しい女性の神経に障るよう、計算しつくされた手紙がな。だが、ベラミーよ、二十年以上も立派に軍人を務めてきたおまえのような男がどうして神経急発を起こそうというのか、わしには理解できんのだ。反吐が出るわ！率直に言おう、おまえさんは自分を恥じるべきだ！ いまわしらがすべきことは、ここでぺちゃくちゃ喋ってヴェリティを怯えさせることではないわ。その逆だ――わしがやろうとしていたように、ヴェリティに断言してやるのだよ。手紙の中身はシッチャカメッチャカな戯言でしかないとな！」

クレシーはそこまで言ってぴたりと口を閉ざした。荒く息をついている。いつもより大きく、耳障りな声で喋っていた。濃い青灰色の残光を受け、赤ら顔の濡れた肌がてらてらと輝く。再び巨大なハンカチを引っ張り出し、額どころか顔全体が拭われる。ハンカチの後ろから、どうやら「シッチャカメッチャカな話だ」と呟いているらしい声が聞こえた。

「またもやサー・G・W・C少将に熱弁を揮っていただきましたわ！ やったわね、ジョージ！ あなた、こんなに言葉を知っていたのね」ヴェリティはノーマンに視線を移した。「ねえ、ノーマン、私たちはどうすればいいかしら？　私たちはふたりきりで、明らかに無勢なのよ」

　ベラミーはまだ手中のグラスをいじくり回していた。顔を上げずに彼は答えた。

「問題はそこです。誰かになにかができるとは、僕は思いません」

　突然、ジョージ・クレシーの口から、へっ！と言ったようにしか聞こえない音が轟いた。その音から間髪を容れずに彼は言った。

「なにか行動を起こしたければ、警察に言やあいい。はっ！　電話をかけてベラミー大佐だと名乗り、恐ろしくて危険な狂人が友人に送ってきた手紙のせいでノーマン・ベラミー大佐が恐怖で死にそうだと言うがいい。我々になにができますかと警察に訊かれたら、護衛隊を三、四十人、特別に手配してくれと言ってやれ」

「もうよしなさい、ジョージ！　いい加減、私もうんざりしてきたわ」注意するヴェリティの声はひどく険しい。

　ジョージ・クレシーは瞠目した。赤らんだ顔がさっと黒ずんだ紫に染まる。口の中でぶつぶつと呟くと、彼は黙りこんでテーブルに視線を落とした。でっぷりと太った悪戯小僧がそのまま大きくなった姿を見ているようである。そんなクレシーを見て、ヴェリティの唇がぴくりと動いた。彼女は言った。

「ごめんなさ……」

「シッ……」ベラミーが片手を挙げた。

　部屋に沈黙が降りる。壁に阻まれているせいで微かな、しかし明らかに近い場所から車の音が聞こえてきた。

「誰だい？」ベラミーが訊ねる。

「誰だか迷うほど人は来ないわ。アンと男友達でしょう」

「アン？」クレシーが訊き返す。「男友達だと？」彼の声には困惑が滲んでいた。

「アン・ラヴェナム。フェイスの娘で、私の姪。男友達というのは――アンの彼氏よ。二人とも、この家に泊まっているの」ヴェリティが立ち上がり、男二人もそれに倣う。「大部屋でコーヒーはいかが？　ポートワインを壜ごと預けてもいいのだけど、生憎、我が家にはなくて！　ブランデーならご相伴いただけるかしら。どうする？」

二人は提案に応じ、ヴェリティはテーブルの下に手を延ばすと、そこに取りつけてあるベルを押した。

やって来たスキナーに彼女はこう訊ねた。

「車の音がした？」

「ミス・ラヴェナムがお帰りになりました、奥様、フォーサイス様もご一緒でございます」

「やっぱり。スキナー、大部屋にコーヒーをお願い。ブランデーもね」

「かしこまりました、奥様」スキナーは一礼して踵を返すと、玄関ホールに直接通じる扉を開けて押さえた。その戸口をまず彼の女主人が、次にジョージ・クレシーが、最後にベラミーが通って部屋を出て行った。

玄関ホールは真っ暗だった。列の最後尾にいるノーマン・ベラミーには二人の頭越しに、表玄関のロビーからひと続きになっているホールの入り口に佇むふたつのぼんやりとした人影が見えた。その一人が明瞭で瑞々しい女性の声を発した。

「そこの明かりを点けて、ヒューゴ」

スイッチを入れるカチリという音がして、ホールの天井中央に下がる不透明で大きなクリスタル・ボウルに命が吹きこまれ、柔らかい光が辺りを明るく照らし出した。

「お帰り、アン。今晩は、ヒューゴ。楽しんできたの？」と、ヴェリティが声をかけた。

「ええ、とっても」アン・ラヴェナムは答えた。まだなにか言うことがありそうだったが、母親の妹の後ろにいる二人の男に気づいて口を閉じる。

「アン、このお二人は私の古い友達なの——サー・ジョージ・クレシーとベラミー大佐」ヴェリティが二人の男を振り向く。「この子はフェイスの娘よ」

娘と握手をした男たちが目にしたのは、ほっそりとしているが綺麗な丸みを帯びた体を、ぴったりとした色鮮やかな毛織り地のドレスに包んだ並外れて優美な姿だった。帽子は被っておらず、決してみっともなくはないが、烏の濡羽色の短い髪が乱れているのを見れば、オープンカーに乗っていたのだと容易に推測できる。姉のフェイスが妹のヴェリティとは似ても似つかぬ髪色の持ち主だったことを思い出し、フェイスの娘がラテン的な暗い色彩を帯びていても不思議はないと二人の男は納得した。娘はにこやかに微笑みながら二人と握手を交わした。お愛想とはいえ、笑みのおかげで小さな顔がいっそう愛らしさを増している。彼女は両手を髪にやると、滑稽にも聞こえるいかにも困ったという声を出した。

「髪がぐちゃぐちゃ、直さないと！」

ヴェリティは娘の後ろにいる、ホールの入り口に佇んだままの男に声をかけた。

「ヒューゴ、隠れていないで出てらっしゃいな」

彼女の言葉にはなにか含んだ調子があり、男に温かな微笑みを向けるので、思わずジョージ・クレシーはヴェリティに鋭い眼差しを向けた。

ヒューゴと呼ばれた男が前に出た。身長は平均的か、少し高いくらいで、体を鍛えている頑健な男らしい、ぴんと伸びた背筋と広い肩幅の持ち主だった。アン・ラヴェナムの黒髪に負けず劣らず見事な金髪の持ち主でもある。長年太陽に曝されてきたせいで真っ黒に日焼けしている顔からは、怒っているような真っ青な瞳が覗く。なにかの時に骨折したのか、わずかに曲がって見える低い鼻の下は長く、形はいいがどちらかというと薄い唇をしている。それに、下顎がずいぶん長い。古いツイードのコートの下に着ている襟のついた青いチェックのリネンのシャツは首元がかなり荒っぽくはだけ、草臥(くたび)れてみっともないフランネルのズボンを穿いている。

「フォーサイスさんよ。こちらはサー・ジョージ・クレシーとベラミー大佐」

フォーサイスは軽く頭を下げ、ぎこちないお辞儀をした。握手は求めなかった。

「ヒューゴ・フォーサイスはアンと結婚するの。彼も、私も、アンだってそう言っているわ。フェイスは違うと言ってるけど。時間が経たなきゃわからないわね。ヒューゴ、お願いだから着替えてきて！　いま、ここは軍隊になったのよ！」

階段の途中まで上っていたアン・ラヴェナムが「急いで、ヒューゴ！」と呼びかけた。

フォーサイスは長い足で素早く追いつくと、彼女の腰に手を回し、二人で二階に姿を消した。

「あなたたちも、こっちへ！」ヴェリティは声を上げて脇に避けると、トレイにものをのせたスキナーを通した。スキナーのあとについて三人はホールを横切り、いまは両開き戸を大きく開け放っている大部屋に向かった。スキナーは大部屋に足を踏み入れるや否や、有能な使用人のみが体得している驚くべき早業を駆使してトレイにのっていたものを片手に取ると同時にもう一方の手で部屋の明かりを点けた。ほぼ見えない位置にある天井蛇腹の溝に隠れた沢山の小さなランプに柔らかな光が灯り、大部屋を優しく照らし出した。

「おめでとう！」敷居を跨ぎながらベラミーが言う。「素晴らしいことだ！」

「なにがだ？　なんの話だ？」と、クレシー。

ベラミーは彼を見た。「なんでもありませんよ」

「そうね、素敵でしょ？」彼女は手に持ったままの小さな扇で煽ぎ出した。「ねえ、髪の中に蛾が入りこむのと蒸し風呂（ターキッシュ・バス）だったらどっちがマシ？」

「ええ？　なんの話だ？」

ベラミーは笑った。「蛾のほうかな」

「わかったわ、スキナー、カーテンは閉めないで……。どうかしたの？」ヴェリティの声が不意に高くなり鋭く問いかけられた。

クレシーが肉付きのよい部分にピンを刺されたようにびくりとした。

ベラミーは「いったい……」と言って、口を閉じた。

三人の目がスキナーを凝視する。夕食前はカクテルが置かれていたテーブルにトレイが置かれ、スキナーは三人に背を向けて床を見下ろしていた。視線は、北側に並ぶ三対のうち、中央のフランス窓の足下に向けられている。

スキナーが見ているものは、その場を動かずとも三人にはよく見えた――正方形の白い封筒だ。

「それはなにかしら、スキナー？　拾ってちょうだい」落ち着いた平素の声音に戻り、ヴェリティが言う。

　スキナーが身を屈め、慎重な手つきで封筒が拾い上げられる。彼はヴェリティのところまで戻ってくると、差し出された手に拾ったものを渡した。

「失礼いたしました、奥様。なぜかは私にもわかりかねますが、あそこに落ちているのを見て妙な感じを受けましたもので」

　ヴェリティは清々しいほど気怠げな一瞥を封筒に送った。

「食事の前に私が落としたのね。ありがとう」

　スキナーは半身で振り返るとトレイに視線を走らせ、のっているものを吟味した。

「他になにかご入り用のものはございますか、奥様？」

　ヴェリティもトレイを見た。

「いいえ、充分よ」

　スキナーは静かに退室した。男たちはヴェリティに駆け寄った。彼女は封筒を持つ手をいっぱいに伸ばしている。表書きには見慣れたくもないのに見慣れてしまった手書き文字でレディ・デストリアと記されている。左上の隅には〝親展、緊急〟の大文字もある。ヴェリティが顔を上げた。ノーマン・ベラミーをちらりと見ると、次にジョージ・クレシーに視線を移す。ベラミーの顔は強張り、黒い眉がくっつきそうなほど険しくしかめられている。クレシーは困惑し怯えた動物のような表情をしていた。

　ヴェリティは早口でまくしたてた。「こんなことを言いたくはないけど、ジョージ、ご覧の通りよ。でも、これ……」彼女は突然腹を決めた様子で封筒を左手に取ると、右の親指で封を破った。紙を裂く耳障りな音を、静寂が千倍にも増幅して室内に響かせる。封筒の中に入っていたのは淡いラヴェンダー色をした、罫線付きの安物の便箋一枚である。したためられていたのは三行で、こう書いてあった。

『切手は不要。ついに手を伸ばせば届くほど近くに来た。私の思いがずっとあった距離だ。覚悟を決め、〝彼ら〟があまり手厳しくないよう祈っておけ』

「どう?」ヴェリティは二人の男を順番に見て訊ねた。

「どうかしてる!」そう言うと、ベラミーは笑い声と呼ぶにはあまりにも陰気すぎる不愉快な音を立てた。

「笑い事ではすまんぞ! シッチャカメッチャカな話だ! わしは……わしは、前言を撤回するよ、ベラミー。すまない」と、クレシー。

「とても立派だわ、ジョージ。でも、私たちはどうすればいい?」

「警察に電話するのだ。この辺りの田舎警察じゃ駄目だ――タクスフォードか、それぐらいのとこでないと」

ヴェリティはベラミーを見た。「あなたはどう思う、ノーマン?」

「同意できません。クレシー、それは無理ですよ。少なくとも、僕はそう思いますね。仮に電話して警部補なり巡査部長が来たとして、警察になんと言えばいいんです?」

クレシーは喉を鳴らした。「それはだな……ううむ。ええと……あー……。別に、皆までは……あー……。起こったことを言ってやりゃあいい。レディ・デストリアを脅している頭のおかしな奴がいるとな。なにも気を揉む必要はない、だろう?」

ベラミーはかぶりを振った。「そんな単純な話では終わりません。警察を呼ぶということは、僕ら全員とは言わないまでも、ヴェリティの警護を頼むということです。第一に実際に危険があるのか、第二にその危険の原因はなんなのか。英国の警察だって人手が余っているわけではありませんから、その点がはっきりしないことには余計な業務にわざわざ人員を割いてはくれませんよ。あなたが言っている程度の説明では、第二の質問に対して満足のいく回答をすることは間違いなく僕らにはできません」

クレシーは考えこんだ。「確かに……。確かに、一理ある。おまえさんの言う通りだ。ふむ！　では、わしらはどうすりゃいいのだ？」

「僕らでヴェリティを守るんです」

「コン畜生が、そうだとも！　ただの青二才ではなかったな、ベラミーよ。わしは……今夜のわしは、ちょいと冷静さを欠いておる……。暑さにやられとるんだな。間違いなく嵐が来るぞ」

「二人とも、なんて頼もしいのかしら！　でも、教えてほしいの、私を守るためにどんな手を打とうと考えているの？」

「うむ、うむ。どんな手か？　こいつはちょいと考えなくちゃならんな、ベラミーよ」

ヴェリティは満面の笑みだが、黒い瞳には隠しきれない不安が浮かんでいた。期待をこめた目がベラミーに向けられる。しかし言葉はなかった。

「スキナーを呼び戻したほうがいいでしょう」

ベラミーの返答に、ヴェリティは眉を吊り上げた。「どうして、なんのために？」

「君が封筒を落としたという話をスキナーが信じたとは思っていないだろう？　誰も信じないよ。なにしろ、封さえ開いていなかったわけだからね」

「なぜに彼奴を引きずりこむ?」クレシーがつっけんどんに言った。おそらく、『人間的要素』の妄想が頭にこびりついているのだろう。

「〝引きずりこむ〟気はないですよ。手紙が不可思議な方法で彼の女主人の元に届けられたんです。その方法を突き止めたいと思うのは当然でしょう。手始めに彼からいろいろ訊いていくんですよ」彼はヴェリティに向き直った。「彼を信頼している?」

「絶対的に!」

「雇ってどれくらい?」

ヴェリティは考えた。「三年ちょっと——四年近くね」

ベラミーは頷いた。「よし! 僕が指揮を執っても構わないかい?」

「まあ、構うわよ!」と、ヴェリティ。

ベラミーはクレシーに視線を移した。「僕がやっても?」

「うむ、うむ」クレシーはぶつぶつ呟いた。そして、呟きながら南側中央の開いた窓に寄っていき、外を眺めて額を拭った。ベラミーは戸口に向かい、ベルを押した。やって来たスキナーにヴェリティは言った。

「とてもおかしなことが起きたのよ、スキナー。真相を知るために、あなたの助けが必要なの」

スキナーは顔色ひとつ変えずに応じた。「かしこまりました、奥様」

「では、ベラミー大佐の質問に答えて、私たちを助けてくれるかしら?」

「もちろんでございます、奥様」

「ところで、スキナー、レディ・デストリアは先ほど思い違いをされてね。君が拾った手紙は彼女が落としたものではなかったんだよ」そう言ったのはベラミーだ。

「左様でございますか」

「僕らはいま、あの手紙が――あの窓の前で君が見つけた手紙が――どうしてあそこにあったのかが知りたい。協力してくれるかい？」

「お力になれるでしょうか。私も不思議に思いましたもので」

「どうして？」

「デザートをお出しして退出しましたのちに、片付け物がないか確認に参りましたが、その時に手紙はなかったからでございます」

ジョージ・クレシーが窓際から戻ってきた。彼はヴェリティの傍らに立つと、渋い顔でベラミーとスキナーを順番に睨みつけた。なにか言おうとする素振りを見せたが、ヴェリティが彼の腕にそっと手を添えると、口を噤んだ。

「確かかい？」と、ベラミーが訊く。

「間違いございません」

「窓に鍵が掛かっていたかはわからない？」

「鍵でございますか？　きちんと調べはしませんでしたが、掛かっていなかったと申し上げられます。就寝時間まで窓に鍵が掛けられることはございませんので」

「だけど、外から窓は開けられないわよ、ノーマン。北の窓は無理。外に取っ手がないの。そういうふうに作らせたから」

「そうすると、誰かが外からあの窓を開けようとしても、開けられなかったということだね？」

「まったくその通りでございます」

「僕らの前に君が最後にこの部屋に来るまで、どれくらいの時間があったかわかるかい、スキナー？」

スキナーは考えこんだ。「そうでございますね……。皆様にデザートを給仕しましたのち、すぐに部屋を出まして、食料貯蔵室(パントリー)に戻る前に使用人部屋に参りました。そしてそこに五分ほどおりました。その後、階段を下りまっすぐここに参りました。食堂の皆様の元を辞しましてから、十五分ほどでございましょうか。ですので、皆様が食事を終えてここにいらっしゃったのはそれから十五分ほどでございましょう」

「そうだな、それくらいだろう。ということは、誰が手紙を置いたにしろ、それができる時間は十五分しかなかったわけだ。この屋敷の使用人は他に何人いるのかな？」

「今晩は二人でございます。料理人(コック)と客間女中(パーラーメイド)が――今夜は家女中(ハウスメイド)が半休になっておりますので」

「心当たりはないかな、コックかパーラーメイドのどちらかに……。いや、それで、そのふたりはどこに？」

「使用人部屋でございます。食堂と居間の向こうの廊下を突き当たったところが厨房になっておりまして、その隣にございます」

「ありがとう。二人がそこにいつからいるか、わかるかい？」

「はい。少なくとも私がデザートをお出ししていた時からいると、はっきり申し上げられます」

「どうして言い切れるんだ？」

「と、申しますのも、カーが――パーラーメイドの名前でございます――デザートをお出しする準備を手伝ってくれたからでございます。給仕を終えてすぐ使用人部屋に戻りますと、彼女とコックがチェッカーで遊び始めておりました――二人はあのゲームが大好きでして。先ほどベルが鳴りました時、私はそこから直接参上いたしました。いつものことながら、ゲームはなかなか面倒な事態に陥っておりました。どれほど長い時間、そこに座りこんでゲームをしているのか教えてやりましたら、二人ともひどく驚いておりました」

ベラミーは顎を擦った。「なるほど。君が手紙を置いたのではないのだね?」

「はい」

「発言は慎重にお願い、ノーマン!」ヴェリティが言った。

ベラミーは彼女を見た。「スキナーは理解してくれると思うよ、僕の質問に他意はなくて……」続く言葉がすんなりと出てこず、言い淀む。

「形式だ」クレシーが噛みつくように口を挟んだ。「形式に則っただけだ」

「どうも。気を悪くしてないといいんだが、どうだい、スキナー?」

「ええ、まったく」スキナーは無表情で答えた。「自分の立場はしっかりと理解しております」

ここで、ベラミーは今夜初めての笑みを浮かべた。「僕もきちんとその点をわきまえられているといいんだが。手紙を置いたのが君でもコックでもパーラーメイドでもなく、もちろんレディ・デストリアでもサー・ジョージでも僕でもないとなると、外部の者の仕業ということになるな」

「仰る通りでございます」

「そして、外部の者の侵入経路は扉か、開いている三つの窓のどれかか、あるいは……。西の窓はどうなっているんだ？」

「そちらは北の窓と似たような構造になっております。この部屋の中からしか開けられません」

「そうか。すると、くだんの手紙をあそこに置こうとすれば、選択肢は開いた窓か扉しかない――そうだね？」

「その通りでございます」

「それに、窓から入ったとしたら十五分ほど、扉から入ったのであれば十分ほどしか時間はなかった」

「それはどうしてでございましょうか」

「私もそれを訊きたいわ、ノーマン……。ああ、わかった！　私たちがホールでアンとヒューゴと五分喋っていたからね？」

　ベラミーは頷いた。「その通り」

「たいした名推理だが、だからどうだと言うのだ？」

　クレシーの横槍は黙殺された。ベラミーはスキナーに続けて言った。

「今日、あるいは最近、この辺りで知らない顔を見たことは？」

　スキナーはかぶりを振った。「ございません」

「もし知らない人間を見たら、君は気づくだろうか？」

「はい。私が気づかなかったとしても、他の者が――コックやメイドが気づくでしょうし、その者たちが見過ごしても、カースウェルが気づくでしょう」

「カースウェルとは？」

「庭師でございます」ベラミーは屋敷の女主人に視線を移した。

「最近、素性のわからない者を見かけた？」

ヴェリティは首を振った。「知らない顔は一人も。あのね、ノーマン、この辺りでは見知らぬ人間が来たら、それだけで事件なのよ。一人でも見かけたら、数週間はその話が続くわ」

クレシーが爆発した。「いつまでこんなくだらんお喋りを続ける気だ？　やることはひとつだと言っただろうが。電話をして……」

「ジョージ！」ヴェリティは声を上げ、サー・ジョージ・ウォルシンガム・クレシー少将を黙らせるのに非常に効果的な目つきを向けた。

クレシーは「すまん、すまん！」と口の中でもごもご言うと、また窓辺に戻り、哀愁の漂う背中を一同に向けて立った。

ベラミーはスキナーに言った。「庭師はどこで寝起きを？」

「少し離れたところでございます。二、三マイル先から自転車で通ってくるのです。しかし、彼は知らぬ顔は見ておりませんし、私にも奥様にもメイドの誰にもそういう話をしておりません」

ベラミーは沈黙した。右肘が左の掌にのせられ、右手の長い指が思案気に顎を撫でる。少ししてから、彼はこう言った。

「君は話が早くて助かるよ、スキナー」

「恐れ入ります」

「軍隊に？」

「戦争中はおりましたが、職業軍人ではございませんでした」

ベラミーはなかば反射的に、開いたフランス窓の前にいる悄然とした後ろ姿を横目でちらりと見た。口角がぴくりと上がり、束の間、笑みになりかけた。彼は言った。

「臆病な男ではないね、スキナー?」

「ええ、まったく。懐中電灯を持って見回りに行くことに、なにひとつ異議はございません」

ベラミーは一瞬目を見張り、この屋敷に入って初めて声を上げて笑った。

「いいことだ! では、頼まれてくれるかい?」そう言うと、彼はヴェリティを振り返ってこう訊ねた。「構わないね?」

「もちろんよ。スキナーが構わなければ、だけど。どうなの、スキナー?」微笑みながら問うた彼女の声音に窓辺の人物が反応し、粘膜が炎症を起こしているような息苦しい声音が上がった。

「行かせてくださいい、奥様」

スキナーの言葉に、ヴェリティは感謝の念のこもった笑みを見せた。

「では、早急に頼むよ」

そう言ったベラミーに「かしこまりました」と答え、スキナーは立ち去った。

窓辺のジョージ・クレシーが振り向き、二人がいる部屋の中央へとゆっくりと戻ってきた。小さな目の上で白髪交りの砂色の眉がぎゅっと引き絞られている。言いたいことが爆発しそうな顔をしていたが、一言も言葉にはしなかった。

「ジョージ、ひどい顔ね? なにか飲んで、ジョージ……。いやだ、コーヒーを飲みに来たのに。ノーマン、そこのナントカいうものの下にあるランプに火を点けてくださる?」

ベラミーはテーブルに行き、マッチとアルコール・ランプを使用した。クレシーがヴェリティの傍に来た。彼の声は抑えきれない怒りで震えていた。

「で、話はどこまで進んでいたっけか？　おまえさんたちが賢かろうと愚かだろうと構わんが、わしが言ったことをやるのかね？」

「あら、ノーマンに同意したのではなかったの、ジョージ？」

クレシーは目を剝いた。「〝ノーマンに同意した〟とはどういう意味だ？」

ヴェリティの顔に浮かんでいた微笑みが跡形もなく消え去った。「あなたのお気に入りの言葉を使わせてもらおうかしら――いまのあなたはそうとしか言いようがないから！」

「わしがなんだって？」

「しっちゃかめっちゃかよ！」なかば冗談めかした口調で、ヴェリティは乱暴に言い放った。「あなたの言うこと、しっちゃかめっちゃか！」

ジョージ・クレシーはかぶりを振った。闘牛場の真ん中で最初の二、三本の飾り銛(バンデリージャ)を逃れようとしている間の抜けた雄牛にいまの彼はそっくりだった。クレシーが重い声を出した。

「わしは本気でおまえさんがなにを言っとるのかわからんよ」

「たったいま、警察になんでもかんでも話すわけにはいかないということで、ノーマンに同意していたじゃない。協力を仰ぐのであれば、それなりに説明しなければいけないから――話したくないことまで話す羽目になるって」

クレシーはのろのろと言った。「そうだ、そうだったな。確かに同意した。おまえさんの言う通りだ」

「飲み物は？」と、ヴェリティ。

ベラミーがコーヒーテーブルから戻ってきて訊ねた。

「ラヴェナム嬢はどこまで知っているんだ?」

ヴェリティがベラミーを見る。「なにも。知る必要がある?」

「話がどこまで進んでいるのかと訊いていましたね、クレシー。たいした距離ではないかもしれませんが、進んではいますよ。僕らにはわかっていることがありますから。手紙は外部の者が置いたか、あるいは……」

クレシーが憤慨して話を遮った。「おまえらの話にはついていけん! この話に〝あるいは〟は存在しない。なぜそこで〝あるいは〟が出てくるのだ? やれやれ、わしの頭がすっかりイカレちまったのか、あるいは世界中がイカレちまったのだな!」

「可哀相な世界ね!」ヴェリティが茶々を入れる。

こればかりはクレシーにも無視された。彼はベラミーを睨みつけた。

「〝あるいは〟はやめろ。手紙は外部の人間が置いたものだとわしらにはわかっとるんだ」

「なぜです?」ベラミーが訊き返す。

クレシーは口をあんぐりと開けてベラミーをまじまじと見た。なにか言おうとするも、言葉は出てこない。荒っぽく唾を飲みこんでから、彼は改めて口を開いた。

「手紙だぞ、いいか、手紙の話だぞ! あの手紙は〝外部の者〟の手で書かれている、そこは問題なく理解しているな?」

ベラミーは頷いた。「もちろんです」

「それなら……。それなら……。ああ、ムカつく奴だ!」

「ねえ、クレシー」ベラミーの冷ややかな声音は穏やかではあったが、辛辣な響きを帯びていた。

「ねえ、クレシー、あなたの頭は手紙の書き手に――僕はバスティオンと、あなたは〝どこかのイカレ野郎〟と言っている――その男に共犯者がいるという可能性に考えが及びませんでしたか？」

ジョージ・クレシーは顔を紫色に染め、年下の男を無言で見つめた。額には大粒の汗が噴き出ている。緩んだタイが少しよじれ、太い首を取り巻くウィングカラーの先端がだらしなく広がっている。言い返そうとした言葉は、不意に扉の外で話し声が聞こえ、扉が開いたことで、慈悲深くも押し止められた。

アン・ラヴェナムがヒューゴ・フォーサイスと一緒に入ってきた。娘は袖無しのドレスに着替えていた。胸元と背が大きく開いた上半身は金色の薄織物で、腰から下は優しい色合いだが鮮烈な青に染められた薄い素材でできており、ふんわりとした膨らみを持たせたスカートは裾が鋸刃のようになっている。黒髪はこれ以上ないほどきっちりとセットされ、よく似合っている。娘の後ろにいる男は古めかしいが仕立てのよいディナージャケットで正装しているものの、体にあまり合っていないようだ。湯を浴びて身なりを整えた姿を見たベラミーは、紹介されたあとに思っていたほど男が若くないことに気づいた。少なくとも三十五、だが四十五歳は超えていないと思われる年頃の男である。

ヴェリティはあとからやって来た二人を笑顔で迎えた。コーヒーテーブルに向かうと椅子に腰を下ろし、黒い瞳をちらりとベラミーに向ける。ベラミーがアン・ラヴェナムではなくヒューゴ・フォーサイスを見ているので、彼女は少し驚いた。下世話な関心が急に湧いたような、なにかに気づいたような、ベラミーはそんな目つきをしていた。

「暑いわね！　嵐が来なけりゃ、私が荒れちゃう！　あら、コーヒーはまだなのね？　よかった！」

娘はベラミーに微笑みかけると、コーヒーテーブルのほうにふらふらと歩いていき、机上の箱から煙草を取り出して火を点けた。そして、椅子に座っている母親の妹を見下ろすと、優しい声で囁いた。

「ヴィー、綺麗ね！」

煙草を吸いながら娘はまたふらふらと窓のほうに歩いていくと、ジョージ・クレシーの横に並び、タールのように真っ黒な暗闇であるべきなのに――灰色だったヴェールが黒く染まり、月と星を覆い隠しているので――どういうわけか不気味な燐光を帯びてうっすらと輝く奇妙な宵闇を覗きこんだ。

「やな感じ！」アン・ラヴェナムはぶつぶつ呟いた。

ジョージ・クレシーは頭をめぐらせると、娘をまじまじと見た。「なんだ？」

「なんでもありませんわ」アンはそう答えると、自分をじっと見てくる肉付きのいい顔を一瞥し、たわいのないことを喋り出した。魅力的な娘であることにジョージ・クレシーは気づいていた。

ヴェリティはコーヒーを置き、姪の婚約者と話した。

「それで、あなたたちはなにをしていたの、ヒューゴ？」

大きなソファの肘掛けに腰を下ろしているヒューゴが答える。

「午後はセーリングを。タクスフォードで食事をしてから、会合に出てサンダーソンのスピーチを聞いてきました」

少なからぬ驚きを感じつつ、ベラミーは男が話すのを聞くのはこれが初めてだと思った。奇妙な声だった。しゃがれた声は耳障りといっていいほどなのに、聞いていて不快感がない。言葉はとても深く響く声で――不思議な癖があって――口の右側だけを動かして発せられる。この奇癖にもかかわらず、一言一言は間違いなくはっきりと聞き取れるのだ。聞き慣れぬアクセントは、ある階級というか、この部屋にいる他の者たちが所属する階級のものとは明らかに違うし、英国の下層階級で使われるものでもない。ベラミーは軽く眉をひそめ、どこの訛りか突き止めようとした。だが、答えは見つからず、胸のうちでこう呟いて自分を納得させたのだった。「植民地風だな」

ヴェリティが言った。「サンダーソン？　ああ、そういえば言っていたわね。やっぱり顔を真っ赤にしてた？」

ヒューゴ・フォーサイスは微笑んだ。「それが全然。病的な感じのピンクでした。ベビーリボンのような淡いピンクです」

ヴェリティは笑った。「それはがっかりだったわね、ヒューゴ。血の気がまったくなかったなんて！」彼女はベラミーを見て言った。「教えてあげるわ、ノーマン。あなたはいま、危険な革命家を前にしているのよ。そうよね、ヒューゴ？」

男はつまらなそうな愛想笑いをうっすらと浮かべ、なにも言わなかった。

「へえ、そうなんですか？」ベラミーは曖昧に返事をした。頭の中ではある疑念が沸き立っており、アン・ラヴェナムの未来の夫に向こうとする疑いの眼をどうにかしてそらそうと必死だった。

突然、窓の方で「きゃあ！」という甲高い女の声が上がった。

「外に誰かいるわ！」叫んだのはアン・ラヴェナムだ。「露段の一番奥よ、ヴェリティ。懐中電灯を持ってる」

ジョージが言葉にならない唸り声を上げた。ヴェリティとノーマン・ベラミーは目配せをした。その瞬間、ぼんやりと二人を見ていたヒューゴ・フォーサイスの目に、興味の色がぱっと浮かんだ。

ヴェリティは広い部屋の端まで届くように声を張り上げた。「なんでもないわ、アン。スキナーが外に出ているだけだから」

窓辺にいたアンはテーブルのほうに移動した。ジョージ・クレシーのそばを離れ、余計なお喋りをしなくてすむことを明らかに喜んでいる。娘は言った。

「あの人、あんなところになんの用があるっていうの？」

再度ヴェリティはノーマン・ベラミーを見た。彼女が答える前に、一瞬の間があった。

「そうね、あなたたちにも話しておきましょう。ヒューゴと二人で、なにかいい考えをくれるかも」

ベラミーが瞬間的に動いた。ヴェリティの目を引きつけると、彼はかすかだがはっきりと首を横に振ってみせた。ヴェリティは軽く顔をしかめてそれに応えた。彼女は若さに溢れる娘の顔を、それから警戒心の強い仮面を被ったヒューゴ・フォーサイスを見てこう言った。

「異常としか言いようのないことがあったの。何者かが――屋敷の者ではない人間が――私宛の手紙をこの部屋に置いていったのよ。私たちがデザートを食べ、この部屋に来るまでの十五分間の出来事だったわ。私たちは手紙がどうやってここに置かれたかを突き止めたい。それで、スキナーが外を見て回っているの」

状況が悪化したのを見て取ったベラミーが、打開すべく前に出た。

「ミス・ラヴェナムかフォーサイス君が助けになってくれるかもしれないな。誰かうろついている者を見かけなかったかい？」

アン・ラヴェナムは首を振る。「誰も。この辺りには人っ子一人いなかったわ」

ベラミーはフォーサイスに視線を移した。

「いいえ。一人も見てません」フォーサイスは答えた。

「ヴィー、これっていったいどういうことなの？　なにか事件かと思ったわ！」アン・ラヴェナムが訊ねる。

「くだらない話よ！　戦中に私からひどい仕打ちを受けたと思いこんでいる男が、二、三年前から手紙をたくさん送ってくるの。なんというか……そうね、脅迫状みたいなものをね。イカレてるのよ。考えるまでもないわ。でも、そんな妄想にどこまで蝕まれているかが問題なのよ。もちろん、なにも心配することはないけれど、家の中に直接手紙が届けられたとなれば、考えなくてはいけないわ」

アンの瞳が大きく見開かれた。「やだ、そんなことがあったの！　初めて聞いたわ！」

「話はそれで全部じゃないだろ、ヴェリティ」ベラミーが言った。

ヴェリティは振り向き、ベラミーを見上げた。頬の色味が少し失われている。

「ノーマン！　なにを言い出すの？」

「この件にはジョージ・クレシーと僕も関わっていることをミス・ラヴェナムに話すべきだと思う。本当のところを言うとだね、ミス・ラヴェナム。この男の恨みを買っているのはレディ・デストリアよりも僕とサー・ジョージのほうなんだ。もちろん、彼女が言った通り、本当にくだらない話なんだが、事実は事実だからね。なにか不可解な理由から、僕らに向くべき悪意がレディ・デストリアに集中しているようだから、無視するわけにはいかないんだ」

「手紙を拝見できますか？」フォーサイスが訊ねる。

ヴェリティは悠然と答えた。「もちろんですとも」そして、ハンドバッグから便箋を取り出し、手渡した。

フォーサイスが便箋を傾け、肩越しに覗きこむアンと一緒に手紙を読んでいる間、ベラミーは屋敷の女主人をじっと見ていた。雄弁に訴えかける彼の目に、ヴェリティは微笑むと「大丈夫よ」とでも言うように肩をすくめてみせた。懸命に記憶をたぐると、ベラミーも顔を綻ばせた。先程見つけた手紙の内容を思い出し、あの文面では事情を知らない者が読んだところで狂人の言葉としか受け取りようのないことに気づいたのだ。

アン・ラヴェナムは恋人の肩にのせていた手を外すと背筋を伸ばし、ヴェリティを振り返った。

「〝彼ら〟ってだあれ？」

「さっぱりわからないわ！　この男は頭がおかしいのよ」

「スキナーの捜索はどんな具合かしら」

ヒューゴ・フォーサイスが立ち上がり、女主人に手紙を返し、こう訊いた。

「僕も手伝いましょうか？」

「あなたが構わないのなら。優しいのね、ヒューゴ」

「私も一緒に行く」と、アン。

ヒューゴ・フォーサイスはいい顔をしなかった。「君はここにいるんだ」

「意地悪ね！　私も行くわよ」アンは言い返した。

微動だにしないジョージ・クレシーの横を通り、二人はフランス窓から出て行った。

「台なしにしてくれたね」ベラミーは言った。

ヴェリティが彼を見る。青ざめてはいるものの、その顔には作り物ではない笑みを浮かべている。

「どういうこと？」

「台なしというわけじゃないかもしれないけど……でも……」これ以上言葉を発するなと自分で命じ

たかのように、ベラミーの唇がきつく結ばれた。

「あなたが考えていることはわかるわ」

ベラミーは鋭い眼差しを彼女に向けた。「へえ？　そうかい？」

ベラミーの背後から、ジョージ・クレシーがどすどすと足音も荒く歩いてきた。無言でベラミーの横を通り過ぎると、テーブルを挟んでヴェリティの向かい側に行った。

「ジョージ！　あなた、まだ一口もコーヒーを飲んでないじゃない！」

ジョージ・クレシーは「コーヒーか！」と言うと、丸みのある大きなグラスにブランデーを景気よく注ぎ入れた。両手でガラス球を包みこんで揺らしながら、先ほどまでヒューゴ・フォーサイスが座っていたソファの肘掛けに腰を下ろす。彼はグラスを鼻に近づけ、左右に動かした。

「そうよ、ノーマン。あなたが考えていることはわかるわ。屋敷に手紙を置いていった知らない人間が――よそ者が――いないのなら、手紙を置いたのはアンかあの子の恋人に違いないって考えているんでしょう」

ベラミーの両眉が持ち上がった。「さすが、頭の回転が速いね」

「結構な高比率なのよ。覚えておくといいわ」

クレシーは唇からブランデーを離した。目の前のヴェリティを見て、立っているベラミーを見上げる。

「なにが言いたいんだ？　あいつが……あの何某が――あの娘につきまとっておる妙なシャツを着た奴が――ここに手紙を置いたと言いたいのか？」

「私の意見じゃないわ。私はただ、ノーマンがそう考えているんじゃないかって言っただけよ」

「ちょっと考えれば誰でも思いつくことさ。時間はたっぷりあったんだ。車の音を聞いただろう。僕らがホールに行くのに二、三分はかかってる。ホールに着いたら、ちょうど、二人が入ってきたところだった」ベラミーが言う。

「まったく、シッチャカメッチャカなことを考えたもんだな！」

ヴェリティが呻き声を上げた。

ベラミーは年長の男に視線を移した。ベラミーの顔を覆っていた仮面がいまだけは剝がれ、軽蔑の色が露わになった。彼は冷ややかな声でこう言った。

「どうしてシッチャカメッチャカなんです？」

「自分で前に立てた仮説を根拠に、あいつが――あの妙ちきりんなシャツを着た何某のことだ――あいつがバスティオンだとおまえさんが主張しておるから、それはシッチャカメッチャカな戯言だとわしは言っておるのだ！　ご婦人の前だから、言葉を慎んだつもりだぞ」

「手紙を書いたのが何者でも共犯者がいる可能性があると、先刻はあなたもそう考えてはいませんでしたか。バスティオン本人がこの屋敷にいると考えているのなら、あなた自身の言葉を借りれば、それこそシッチャカメッチャカな話ですよ」

不意にジョージ・クレシーは微笑んだ。もう一口ブランデーを啜り、グラスをトレイに馬鹿丁寧なほどそっと置き、立ち上がる。冷酷な微笑がベラミーに向けられた。

「なにがシッチャカメッチャカだ？　おまえさんはバスティオンがどんな姿をしているのか知っておるのか？　バスティオンを見たことがあるのか？　奴がどんな風采をしているか話に聞いたことがあるのか？　写真を見たことがあるのか？　軍人ならばきちんと答えよ！」

ベラミーは目を見張った。再び眉間に深い皺が刻まれ、黒い眉が一筋の線になる。彼が答える前に、長い間があった。その間、ベラミーを見つめるヴェリティの顔からなけなしの血の気がすっと引いていき、クレシーの冷酷な笑みはどんどん大きくなっていった。

「ほら、どうした！　言ってみろ！　十年前のバスティオンもそうだが、いまのバスティオンがどんな顔をしているのか、おまえさんにはそれを知る術があるというのかね？」

「いいえ、なにもありません」ベラミーは答える。

「まあ！」と、ヴェリティが声を上げた。

クレシーは彼女のほうを向いた。「おまえさんは？」

彼女は無言でかぶりを振った。

第三章　午後九時四十五分〜午後十時四十五分

一

　ジョージ・クレシーは沈黙のうちに勝ち誇った空気を漂わせながら、ブランデーグラスを手に取り、優しく揺すった。立ち上る香気を鼻を鳴らして堪能する。そして、中身をぐっと飲みこんだ。口を開く者はいない。静寂を破るために、クレシーは音を立ててグラスを置いた。

「さて、わしは見かけほど馬鹿ではなかったろう？　いまは何時かな？」

「ピアノの上に時計があるわ」

　クレシーは首を回してそちらを見た。「ふむ！　十時十五分前か。電話はどこかな？」

「どこにかけるつもり？」

「心配するな。警察にはかけんよ」

　ヴェリティは無言でベラミーを見たが、彼は見返しもしなかった。視線に気づいてもいないのだろう。右手の親指と人差し指で下唇を引っ張りながら、その目は床を睨んでいる。

「ホールの隅よ、ジョージ。部屋を出たら左に行って」

クレシーはなにも言わずに威勢よく部屋を出て行き、扉が音を立てて閉められた。

ヴェリティが立ち上がり、片手を頭にやって親指と小指でこめかみを絞る。しばらくそうしてから、「我慢できない暑さね！」と、熱のこもらない声で平板に言い放った。

ベラミーからの返事はない。うつむいたままだ。ヴェリティが彼に近づきその腕を両手で掴むと、神経が参る寸前だということを物語るような仕草でがくがくと小刻みに揺すった。

「お願いだから、なにか言って、言って！　できの悪い銅像みたいに突っ立ってないで！」

やっとベラミーが顔を上げた。「すまない」と詫び、扉の方を顎でしゃくる。「あの人は、なにをしようとしてるんだろう」

「そんなこと、どうでもいいわ……。新鮮な空気を吸いましょうよ！」開け放たれた三つの窓のうち、ヴェリティは中央の窓に荒々しく歩を進めると、室内に背を向けて窓敷居に立った。ベラミーも彼女に従った。テラス式庭園の右奥で、懐中電灯の明かりが灰色がかった闇を切り裂いて躍っている。左手のどこかから、女の声が聞こえてきた。

「ジョージがあんなにできる人だとは思わなかったわ」

ベラミーは頷いた。「僕はたいした馬鹿者だった。僕らの誰一人としてバスティオンを知らないのに、そのことを忘れていたんだから」

「ジョン・バラクロウ以外の誰もね」ヴェリティはとても低い声で、まるで囁くようにそっと答えた。「君はバラクロウが好きだったね。僕は好きじゃなかった。彼を好きだなんて言う人間は君だけだよ。あの人は……」そこまで言って、ベラミーは唐突に言葉を切った。

ヴェリティの視線の先で、ベラミーが口をなかば開いたまま、きゅっと目を細めた。明らかにいま、顔色が変わった、と彼女は思った。

「どうしたの、ノーマン？」

ベラミーはまた下唇を引っ張った。そのまま、なかなか口を開かない。ヴェリティは彼の顔を注視して待った。ようやく彼の口から出てきた言葉は、なかば自分に言い聞かせているようでもあった。

「ちょっと思い出したことがあって。妙なことが――ナツメヤシ（デーツ）みたいにがっちがちに固い事実が――急に降って湧いたように頭の中に入りこんでくることがあるだろう。さっき、僕がはっとしたのは日付（デート）が合致したから、というか、その日付に心当たりがあったからなんだ」

ヴェリティの赤い舌先が、さらに赤い唇からちらりと覗いた。「八月の二十一……」

ベラミーは苛々した様子で舌打ちをした。「違う、それじゃない！　別の日付だよ」顔を上げ、彼は真正面から彼女を見つめた。「ジョン・バラクロウがニューヨークで死んだ日がいつか、君は知らないだろうか？　年はいい――一九二六年であることを僕らは知ってるからね――月日が知りたいんだ」

ヴェリティは頷いた。「知ってるわ。覚えた日付は絶対に忘れないの。十月三十日よ」

ベラミーは歪んだ笑みを浮かべた。「日付を全部覚えているのなら、もうひとつ教えてくれ。軍法会議でバスティオン二等兵が三年の刑務所送りになったのはいつのことだ？」

「知らないわ。だって、一度も聞いたことがないもの。私……多分、私……関心がなかったんだと思うわ」

「そうだね、そういうことなんだろう。僕が答えよう。頭にふっと浮かんだのがその日付なんだ。報告書の片隅に記されていた日付が目に浮かんでいる。いいかい、その日は一九一八年の、十月三十日だったんだ」

ヴェリティは無言だった。ベラミーはそんな彼女を見つめ、情はないが甘やかな響きを持つ奇妙な声音でこう言った。

「そうだね。日付の一致なんて、珍しいことではないね？」

「事故で死んだと言われているけど、ジョン・バラクロウの死因は違って、一人、二人の人が勘繰っているような自殺でもないと言いたいのかしら？」

「そう考えているわけではないよ。そういうこともありえるんじゃないかという話だ」

「では、可能性の話はもうやめて。嫌ね……嫌だわ、そういう話」

扉が勢いよく開き、ジョージ・クレシーが足音高く入ってきた。ヴェリティは椅子に腰を下ろし、ベラミーを無視して彼女の前までずかずかとやってきた男を見上げる。クレシーは胸を張ると、両手をぽんと打ち鳴らし、擦り合わせた。それから、腹の底から朗々と響く声を出してこう言った。

「さて、これで一安心だ！」

ベラミーはコーヒーテーブルのほうに歩いていき、銀の箱から煙草を取って火を点けた。暗がりに顔を隠して佇むと、彼は二人のやり取りに耳を傾けた。

ヴェリティは少し疲れた声音で訊ねた。「なにをしてきたの？」

「勝手にやらせてもらったよ。人を呼んだ」

「あなた、いま、なんと言って？」

クレシーはズボンのポケットに両手を突っこみ、椅子に座っている彼女を高い位置から見下ろした。踵と爪先の重心を入れ替え、ゆらゆらと体を前後に揺らす。強い自己保身を感じる声で彼は言った。

「なにも手を打たんわけにはいかんからな。どいつもこいつも口ばかりで動こうとしないように見えたから、わしが……ええ……一肌脱ぐことにしたのだよ。この家を……うむ……警察でいっぱいにするよりは、人でいっぱいにするほうがましだろうと思ってな。言ってることがわかるかな？　人が増えて賑やかになればなるほど……ええ……安全になるというわけだ。多勢に無勢と言うだろう、うん？」

　テーブルの後ろの暗がりでベラミーは口を開いた。

「誰が来るんです？」抑揚もメリハリもなく、感情のまったくこもっていない声である。

　まるで目の前の女主人から訊ねられたかのように、クレシーはそちらを振り返りもせずに質問に答えた。

　そして視線を彼女に向けたまま、彼は言った。

「若いジョージ・プレスデイルだよ。アーサーの倅（せがれ）だ。知っとるだろう、フォードブリッジで会っとるからな。いまはマロウ・ムアに駐屯しててな。ぱっと思い出したのだ。屋敷に大勢呼ぼうと思いついた時に、真っ先にジョージのことが頭に浮かんできたのだよ。それで、電話をかけに行ったのだ。マロウ・ムアにかけたら坊主はいなかったが、心当たりを教えてもらった——どこだと思うかね——ガウバラ・ヘッドの〈王家の紋章（ザ・ロイヤル・アームズ)〉亭だ。〈王家の紋章〉亭に電話し、坊主を確保した。友人三人と食事をしとった。三十分かそれくらいで着くだろう」ジョージ・クレシーは話を終わらせた。誇らしげに喉を鳴らしくっくと笑い、胸を反らせる。

「その人になにを頼んだの？」声音と同じく、ヴェリティの顔には様々な感情が浮かび、驚きと苛立ちと安堵が奇妙なせめぎ合いを見せていた。

ジョージ・クレシーは瞠目した。「うん？　なにを頼んだか？　いま、説明しただろう？　警察は呼べんから、かわりに……」

　ヴェリティは皆まで言わせなかった。「ええ、ええ、それはわかっているわ。その人はここになにをしに来るの？」

　ジョージ・クレシーは笑い声を上げた。あまりにも愉快そうに笑うので、ヴェリティは唇をひん曲げて歯ぎしりをし、暗がりに身を隠しているノーマン・ベラミーはかろうじて聞こえるほどの音を立てて息をひゅっと吸った。

「パーティだ」ジョージ・クレシーが言った。「肩肘張らん、ささやかなパーティだ。レディ・デストリアの屋敷に来ておる頭の古臭い連中に、我が麗しき女主人は少々うんざりされておる。若者の活気がほしいところだからな。案ずることはないぞ、酒を飲んでお喋りをして気分を変えられて、あとはおまえさんに会えれば、なにもいらんからな」

「なんてことなの！　軍隊が来るのね！　しかも、準大尉たちが！」

　ジョージ・クレシーの赤らんだ頬が紫に染まり、険しい目が彼女を睨みつけた。「軍隊になんの問題が？」

　ヴェリティは彼を見た。「あら、問題なんてないわ。ごめんなさい、少将殿！　三人だか四人だかの準大尉が来て、おもてなしをするということに……」

　クレシーは遮った。「準大尉じゃない！　ジョージは六カ月前に三つめの星（階級章で陸軍大尉を表す）を拝領しておる。それに、軍隊が来る心配は無用だよ、ジョージの連れの三人は兵士ではないからな――残念なことに！」

「どういう方たちですか？」ベラミーが静かに訊ねた。

クレシーは彼のほうに顔を向けた。相手が女性ではないので、腹立ちを隠そうともせずに言う。

「知る必要があるか？　誰かと言えば、わしらが必要としている人間だよ。まあ、坊主の友人だ。名前は教えてくれたが、聞き取れなくてな。いずれにせよ、人が数人増えたところで問題はあるまい？」

「ええ、ええ。いいことですよ！」

ベラミーから思わぬ賛同を受けて、クレシーは面食らった。次に口を開いた時にはその口調から荒々しさは消え、ずいぶん和らいだものになっていた。

「怒鳴って悪かった」彼は詫び、ヴェリティのほうに向き直った。「わしはただ、できることを精一杯やっとるだけだ」

ヴェリティはにっこりと微笑んだ。「わかっているわ、ジョージ。ありがとう。謝るのはあなたじゃなくて、私の方よ」気怠げに腕を伸ばしてテーブルの扇（おうぎ）を摑み、顔の前でゆっくりと煽ぎながら、彼女は言った。

「ひどい暑さね！」

クレシーはその言葉に食いついた。「まったくだ。英国で一番暑い夜だわい。茹（う）だるような暑さで息もできん！」

「じきに嵐が来ますよ」ベラミーは言った。

砂利を踏む足音が聞こえてきたかと思うと、扉の一番近くの開け放たれていたフランス窓からアン・ラヴェナムとヒューゴ・フォーサイスが入ってきた。

「なにも見つからなかったわ！」娘は言った。「手掛かりなし！　手掛かりの手の字もなかったわ！」

「スキナーはまだ頑張っています。崖の上で彼の懐中電灯が光ってるのが見えますよ」と、フォーサイスが言う。

「スキナーは徹底しているの」ヴェリティが言った。「ヒューゴ、こっちに来てブランデーをどうぞ。アン、着替えて正解だったわね。これから人が増えるわよ」

「やだ、嘘！」アン・ラヴェナムはそう言うと、ベラミーとクレシーを順に見た。「ブリッジをするのかと思ってたのに」

「そう決めつけるのは早いぞ。なぜできないと思うのかね」ジョージ・クレシーは伊達男ぶりを発揮して言った。「君にわし、ベラミーに……その……そこの……」

アンは言った。「名前はフォーサイスよ。ヒューゴ・フォーサイス。でも、この人、本当にお話にならないのよね。あら、ブリッジの話よ。カードはやらないの」

「なんと！」アンの言葉にクレシーは目を剝いた。

ヴェリティは中央の窓に目を向け、外を見ていた。立ち上がると、おもむろにそちらへ足を運ぶ。窓のすぐ外にはテラスの最上段が広がっており、その芝生を横切って懐中電灯の揺らめく明かりが近づいてくる。ベラミーはそっとテーブルを離れ、開いた窓の前に立つ屋敷の女主人に寄り添った。彼女は微かな笑みを浮かべて彼を見上げると、右手を彼の腕に添え、優しい力をこめてそっと押し、感謝の意を伝えた。彼は闇に目を凝らしながら、わずかに声を高くして呼びかけた。

「君かい、スキナー？」

ちらちらと躍る光の後ろからスキナーの声が答えを返したかと思うと、二人の前にスキナーの姿が現れた。

「なにか見つかった？」

ヴェリティの問いに、スキナーはかぶりを振った。「いいえ、奥様、なにも」

「そうだと思ったよ」ベラミーが言う。

ヴェリティは彼を見た。「どうして？」

ベラミーは微かに肩をすくめた。「わからないけど」

「怪しいものはなにもないと誓って申し上げます——影も形もございません。無論、地面はからからに乾いておりますので、形が残るのは難しいのですが」

「いいのよ。そんなに沈んだ声を出さないで、スキナー！……探しに行ってくれただけで、感謝してるわ」

「お礼には及ばぬことでございます、奥様。自信を持って言い切れることがひとつございます。奥様が仰るような、この敷地内をこそこそと、うろつき回っている輩はおりません」

「それがわかって嬉しいわ。でも、嫌な知らせがあるのよ、スキナー。これからお客様が来るようなの。二十分くらいで到着すると思うわ。三人か四人。食べるものはいらないけど、飲み物は必要でしょうね」

「承知いたしました、奥様。準備いたします。三人か四人と仰いましたか、奥様？　サンドイッチも用意いたしましょうか、奥様？」

ヴェリティはにこりとした。「そうね——コックがまだ帰っていないようならお願いするわ」

「彼女は帰りました、奥様。外回りに行く時にコックとカーも出まして、離れまで一緒に向かいました。ですが、なにも問題はございません、奥様、サンドイッチは私が用意いたします」

「スキナー、なんて素敵な人なの！」

「ありがとうございます、奥様」そう言って、スキナーは立ち去った。

ベラミーは砂利の上に降りると、少しの間、黒灰色のヴェールに覆われた空を仰いでいた。ヴェリティも砂利道に降りてきて、横に並んだ。

「暑いわね。耐えがたい暑さだわ」

ベラミーが不意に片手を持ち上げ、「聞こえるかい？」と訊いた。

音がくぐもるほど遠いどこかで雷が鳴っており、低く、長いどよめきが聞こえてきた。

「ああ、助かった！」そう言ったのはヴェリティだ。

「すぐにこっちに来るな。嵐は怖い？」

ヴェリティはきっと視線を向けた。「まあ、誰に向かって言ってるの？」

「さすがだ！」ベラミーは振り返り、彼女の左肘を右手で摑んだ。「中に入ろう」

ひんやりとした肌は柔らかで、その感触に彼は痛みを感じるほど強く、まったく予期せぬ昂ぶりを覚えた。死に絶えたとばかり思っていた記憶と、期待すらしていなかった希望とが奇妙に混じり合って胸を貫く。彼ははっと息を飲んだ。まるで痛みを感じたかのように、触れていた手が落ちた。

窓敷居の上で、ヴェリティが頭をめぐらせて彼を見た。薄明かりに照らされる白い卵形の顔の中で、彼女の瞳は暗い輝きを湛えている。ベラミーはその眼差しを受け止めたが、彼女の瞳からなにかを読み取ることはできなかった。口を開いて出て来た自分の声は不自然で、しわがれているように聞こえた。

「なにかできることはないかな？　使用人は取りこみ中だから。構わなければ、屋敷を回って窓を見てくるよ。十分後には窓が全部閉まっていることが確認できて嬉しいだろう」

「まあ、ノーマン！　あなたって時々とても優しくなるわね！」彼女は中に入ると、少人数の人々が固まっている部屋の中央にゆっくりと歩を進めた。アン・ラヴェナムとジョージ・クレシーが大きなソファに並んで座り、ブランデーグラスを両手で包むように持ったヒューゴ・フォーサイスは、さっきまでヴェリティが座っていた低い椅子の肘掛けに腰を下ろしている。アン・ラヴェナムが顔を上げた。ヴェリティに笑いかけ、なにか言いかけたが、言葉は唇のうちに留まった。距離があるせいでまだ不明瞭ではあるが、ほんの数マイル先で銃砲を撃ち放ったような大きな音が響き渡り、雷鳴が炸裂したのだ。

二

嵐は一秒ごとに近づいてくる。すでに先触れとなる凄まじい突風はやって来ており、本格的な大風が風向きも定かではないままに一瞬のうちに吹き抜けていく。庭の芝生を屋敷から隔てる砂利道を濡らす大粒の雨の音に混じり、長い間を置いて聞こえてくる遠雷は鳴る度に大きくなり室内にいる五人の耳に届いた。海上の広大な空では、雷鳴が轟く十分ほど前から青白く鮮烈な光が一面に目映く輝き渡り、まるで暗闇に染まって読み取ることのできない地図上で燐光を発する川のような、突発的に走る恐ろしげな黄色い筋と共に黒灰色のヴェールを引き裂いていた。

ヴェリティはデカンタやグラスを置いたテーブルの傍らにある低い椅子に座っていた。向かい側にはソファの片隅に腰掛けたジョージ・クレシーがいる。南側のフランス窓は開け放たれたままで、中央の窓の前にベラミーとアン・ラヴェナムが立っており、男の肩にかろうじて届く高さに娘が黒髪を並べている。扉に一番近い窓のところにはヒューゴ・フォーサイスがひとりで佇んでいた。

アン・ラヴェナムは振り向くと、部屋の向こうにいるヴェリティに聞こえるよう、大きな声を出した。

「明かりを全部消しましょうよ」背後の眺望を手を振って示す。「きっと……きっと、壮観よ！」

フォーサイスが窓から離れ、しゃがれ声で言う。

「それはいいね！」彼は照明のスイッチがある扉のほうに足を向けた。

「駄目よ！」と、ヴェリティが鋭く制した。

フォーサイスは途中で足を止めた。「すみません！」一言謝ると元いた窓辺に戻り、ポケットに両手を突っこんで足を交差させ、窓の枠にもたれて外を眺める。

アン・ラヴェナムはなにか言いかけ、口を噤んだ。

「ごめんなさい、私……。もうすぐお客様が来ることを忘れないで……。それに、私はあまり……」

ヴェリティが言う。

「どっちみち、馬鹿な思いつきだったから大丈夫よ、ヴィー……。きゃっ！　来るわよ！」アンが答える。

突然、幾筋にも別れた網目模様のような雷が空を走り、目を眩ませる光がぱっと閃き、音の出所は明らかに真上ではないものの、瞬間的に耳が聞こえなくなるほどの大音量で雷鳴が轟いた。

ヴェリティが立ち上がった。目一杯に背筋を伸ばして立つ彼女は、どことなく不自然に聞こえる声音で言った。

「少なくとも涼しくなって助かるわ」

ジョージ・クレシーはベストのポケットから薄い懐中時計を取り出して覗くと顔をしかめ、なかば独り言のように呟いた。

「いったい、なにがあったっちゅうのだ？」

「いま、何時なの、ジョージ？」ヴェリティが訊ねる。

彼は彼女に視線を向けた。「十時三十五分だ。もうとっくに着いておってもおかしくないのだが」

ヴェリティが微笑む。「すぐに出発していればね。迅速に行動してくれるのは……」その唇がきゅっと結ばれる。危うく、〝警察〟と言いそうになったのだ。

ベラミーが窓から離れてやって来た。

「いま、車の音が聞こえた気が。待った！　あれは……」

いまだに距離を感じる雷鳴が再び轟き、凄まじい爆音に、続く言葉は飲みこまれた。

ヴェリティの顔が曇った。血の気を失った顔色は蒼白で、真っ白い頬に刷(は)かれた紅(べに)のせいで病的な紅潮を帯びているように見える。

「また聞こえた！　あれは間違いなく車の音だ」ベラミーが声を上げた。

風の音が消えた。静寂の中、さっきよりも勢いを増して落ちてくる大粒の雨音だけが響いてくる。

ベラミーの言葉で一同が耳をそばだてていると、まず間違えようのない、ローギアで吹かす車のエンジン音が聞こえてきた。それから一瞬の間を置き、車寄せに自動車が一台、二台と入ってきて、閉じられた北側の窓に目映い光の弧が横切った。

ヴェリティはジョージ・クレシーを見て言った。「二台？　来るのは三、四人なの、ジョージ？それとも、九人、十人？」

クレシーは唸り声を上げた。「すぐにわかる」

窓の前を車が通り過ぎ、スピードを落としたタイヤが緩やかに砂利を踏む音を立てて止まった。エンジン音が止んだかと思うとドアをばたんと閉める音がし、話し声と足音が聞こえてきた。短い間があり、屋敷の奥でベルが低く、そして大きく鳴り響いた。

アン・ラヴェナムがヴェリティの傍に来て椅子の肘掛けに腰を下ろし、肩に手をのせた。そして、ヴェリティの耳に唇を寄せ、そっと囁いた。

ヴェリティは肩をすくめた。「わからないわ。ジョージ・クレシーのご友人なのよ。一人には会ったことあるわ、プレスデイル青年よ」

「ジョージ・プレスデイル？　ジョージなら、私も知ってるわ。トミー・ヴォルティンガーから〈ミスターシンダース〉号を買い取って、グレート・ミリタリー賞を手に入れかけた人」

クレシーが顔をぱっと輝かせた。「そのジョージ坊やだ。では、おまえさんはあいつを知っておるのだな？　わしの従弟なのだよ」

「私が知っているというのは、あちこちで二、三度会ったことがある、という意味合いですけど」アンは答えた。

今度はもっと長く、ひどく差し迫った調子で、もう一度ベルが鳴らされた。

ヴェリティは顔をしかめた。「スキナーはなにをぐずぐずしているのかしら」

「雨が降ってるわ。お気の毒に、皆さん濡れてしまうわね」

ベラミーがしかめ面で扉を見た。全員が扉を見つめていた——ヴェリティは顔だけをそちらに向けている——ヒューゴ・フォーサイスだけは窓辺に佇んだまま、海を見つめている。

再びベルが鳴った。見えないが、親指でボタンを乱暴に押しつけているのがよくわかる鳴り方だった。ジョージ・クレシーが腰を上げた。

「わしが出よう」

「スキナーはいったいどうしたっていうのかしら!」ヴェリティは言った。

どっしりとした足取りに反して、ジョージ・クレシーはきびきびと戸口に向かうと勢いよく扉を開け放ち、閉めることなく部屋を出て行った。彼の足音がホールを横切りロビーに入っていき、カチャリという音のあとに蝶番が微かに軋み、クレシーが玄関扉を開く音が部屋に残った者たちに聞こえてきた。それからがやがやという話し声と、ロビーの寄せ木張りの床の上を歩く大勢の足音。賑やかな声の中でひときわ目立つのは、やけに楽しげなジョージ・プレスデイル大尉の深みのあるバリトンでそこから漏れ聞こえてきたある声にヴェリティは眉をひそめて目を見張ると、ノーマン・ベラミーに視線を向けた。ベラミーは頷くと肩をすくめ、長い口の両端を一瞬だけ下げてみせた。ヴェリティは立ち上がり、アンに声をかけた。

「女性がいるわ。私も行ったほうがいいわね」

ヴェリティがホールに行くと、ジョージ・クレシーに率いられた客たちがちょうどロビーから入ってくるところだった。一行の中でヴェリティの目を引いたのは、フランネル地の服に痩せた体を包んだジョージ・プレスデイルである。他にディナージャケット姿の見知らぬ男が二人と、黒いベルベットのイヴニングドレスを着た、やはり知らない女がいた。ドレスと共布(ともぎれ)で仕立てられたケープには白い毛皮の襟がついており、背中に回されているせいで、肉付きもほどよく形もきれいな肩が剝き出しになっている。綺麗に整えられた髪は黒く、透明感のある肌は温かみのあるオリーヴ色をしていた。

サー・ジョージ・ウォルシンガム・クレシー少将が、屋敷の女主人のレディ・デストリアにミセス・何某を紹介した。ジョージ・プレスデイルが進み出てくるとお辞儀をし、レディ・デストリアに満面の笑顔を向けた。食事をすませ上機嫌なのがヴェリティにわかるほどいい笑顔だった。

「プレスデイルと申します。ジョージ・プレスデイルです。僕のことを覚えていらっしゃるでしょうか。サー・ジョージは連れの名前をきちんと聞き取れなかったようですね。こちらはミセス・ケップルです。ミセス・ケップル、レディ・デストリアをご紹介します。こちらは友人のミスター・ジェレミー・ノーフォークです。ジェリー、レディ・デストリアです。そして、レディ・デストリア、こちらはもう一人の友人のミスター・ポール・クロージャーです。ポール、レディ・デストリアです」

微笑みの下でヴェリティは値踏みする目を素早く走らせ、客の様子を抜け目なく観察した。プレスデイル大尉のことはいままで知らなかったとしても、これで誰だかわかった。ミセス・何某あらためミセス・ケップルは背こそ低いが素晴らしい曲線美と、太りすぎではない程度に肉付きが良く誰が見ても魅力的な肢体の持ち主で、プレスデイル大尉もこっそり男友達に話しているであろうことは想像に難くないが、実にそそる体をしている。出で立ちは見事で——突然の誘いだったことを考えると——驚くほどだ。育ちのよさを窺わせる落ち着きがあり、美しいアルトの声音は柔らかく豊かな響きを持っている。年齢は二十七から三十二の間だろうとヴェリティは判断した。

ジェレミー・ノーフォーク氏は平均よりも少々上背があり、肩幅が広く、太らないようかなり気をつかっているのがわかる体型をしている。髭は綺麗に剃っており、白髪頭に黒い眉、長年風雪に耐えてきた感のある丸顔は穏やかで、瞳には鮮やかな青い色を湛えている。実際は違うが、がらがらの大声を出しそうな顔をしているとヴェリティは思った。ノーフォーク氏のお辞儀はまるで教科書のようで、声の出し方と話し方はヴェリティと国籍と階級を同じにし、生まれ育った国よりも外の国々で人生のほとんどを過ごしてきた人間のそれだった。

ポール・クロージャー氏は一人だけ、やけに雰囲気が違っている。女性と同じ黒い髪とオリーヴ色の肌は、まるでラテン系かと見紛うばかりだ。ノーフォーク氏より背は高く、背筋の伸びたスポーツマン・タイプのがっしりとした体格をしているが、体重は六キロかそれ以上軽いように見える。髭のないノーフォーク氏とは違い、形はよいが猛禽類を思わせる鼻の下に、黒い口髭を蓄えている。口元にはなんとも言いがたい表情を浮かべ、服装とマナーは共に完璧だ。紹介されてぼそぼそと喋っていた時から判断し、物柔らかな美声の持ち主では、というヴェリティの予想とは裏腹に、彼の声質は高かった。

なかなか珍しい組み合わせだが、かといって戸惑うほど奇異でもなく、総じて見れば好感の持てる四人組である。

ひどい嵐に見舞われたものの、すんでのところで巻きこまれずにすんだ話で客たちはひとしきり盛り上がった。ジョージ・プレスデイルは落ち着きがなく、愛想が良いが少し声が大きい。黒ずくめの小柄な女性の目に留まる度に青年は瞳を輝かせ、いっそうにこやかになった。服装のことで彼はヴェリティに詫びた。扉を開け放したままになっている大部屋に一行を案内するヴェリティに、青年は人懐こい超特大の羽虫のようにまつわりついていき、その道すがら、ガウバラ・ヘッドへのドライブは彼らにも予定外の出来事だったのだろうと彼女は推測した。そしてその読みは正しかった。「ねえ、レディ・デストリア、ホテルの喫煙室――バティストックにある〈司教の冠(ザ・マイター)〉亭――にいた彼らを連れ出してきたんですけど、そこのことはご存じですよね、レディ・デストリア。あのレベルでは英国で一番いい宿ですよ……」

ヴェリティは客たちを大部屋に通した。紹介がつつがなく行われた。ベラミーは大真面目な顔で距離を取っており、アンは温かく客たちを迎え入れ、ヒューゴ・フォーサイスは曖昧な態度で接し退屈していることをあまり隠す気がないようだった。

なにはともあれ、パーティは始まった。ヴェリティは一同を見て、テーブルに視線を移した。置いてあるのはブランデーと大きなグラスが五つきりだ。扉のほうをちらりと見てフォーサイスに目で合図を送ると、部屋を横切りそちらに向かい、照明のスイッチの下にあるボタンを押した。屋敷の奥からまたビーッというベルの音が聞こえてきた。

ヴェリティは会話を始めようと努めた。収まっていた嵐が突如として猛威を振るい出したので、それほどの努力はせずにすんだ。先触れとなる突風が吹き荒れた。ぼたりぼたりと降っていた大粒の雨が出し抜けにバケツをひっくり返したような勢いで降ってきて、目の眩む青白色の光が瞬間的に世界を包みこんだ。摘み取られたシダの葉状の目映い黄色のジグザグが四本、黒い空の上でぱっと閃いたかと思うと、ごろごろと空がどよめき、耳をつんざく雷鳴が煙突の真上に落ちたと思うほどの大音量で轟いたのだ。

雨は幾重にもめぐらせた壁のように分厚く降っている。光を投げかける窓を持たない漆黒の世界は魔法の白光を自ら発して明かりとし、凄まじい雷鳴が鳴り響いたあとにもごろごろと唸るようなどよめきが頭上で延々と繰り返されている。会話はしばらく途絶えた。五人の男と二人の女がこの壮麗な空のショーに見入っていた。三人目の女はソファの片隅で縮こまって小さな黒い球のように丸くなり、できるだけ体を低くしようと必死になって、両腕で抱えこんだ頭をクッションの下に潜りこませようとしていた。彼女の様子に真っ先に気づいたのはジョージ・プレスデイルである。悲鳴のような、鼻を鳴らしたような音を発すると、すぐさま女の元に駆け寄って傍らにひざまずく。他の者たちはそんな二人をただ見ていた。

ノーフォークは言った。「構うな、ジョージ、放っておけ！　そうしてるほうが落ち着くんだよ」

クロージャーは言った。「彼女はすぐに立ち直りますから、レディ・デストリア」

アンは言った。「なにか持ってきましょうか――気付け薬とか、飲み物かなにか……」

ヴェリティは言った。「飲み物！　本当に、スキナーはいったいどうしたのかしら？」

辺りを見回してノーマン・ベラミーを探すと、彼はすでに戸口に向かっており、横にはジョージ・クレシーが立っていた。彼女はクレシーを見てこう言った。

「ジョージ、いったい……」

その瞬間、屋敷から少し遠ざかったようではあるが、ひときわ大きな雷が落ち、彼女の残りの言葉をかき消した。長椅子で縮こまる女が「いやあぁぁ！」と長く語尾を引く悲鳴を上げ、女を懸命になだめようとジョージ・プレスデイルがチッチッと舌を鳴らす音を立てた。

ホールに出たベラミーは扉を閉めた。ホールの中央、明かりの下に立って声を張り上げる。

「スキナー！」彼は叫んだ。「スキ――ナ、ー、！」

最初の呼びかけが雷鳴に消されたとしても、二度目のはきっと聞こえたはずだ、と彼は思った。長く伸ばした「スキ――ナー」という呼びかけは暗闇の沈黙を湛える井戸の中にくるくる回りながら落ちていき、千々の木霊に砕けたように感じられたのだ。

答える声はなかった。

ベラミーはホールを横切り始めた。なかばまで進んだ頃には、いつの間にか駆け足になっていた。自分になにが起きたのか自分でもさっぱりわからなかったが、そのまま走り続ける。廊下に入って食堂と応接室の扉の前を走り抜けると、使用人部屋の前で足を止め、扉を勢いよく開ける。中は真っ暗だった。

「スキナー!」呼びかけてから、彼は明かりを点けた。

部屋には誰もいない。食料貯蔵室の扉を開けて明かりを点ける。食料貯蔵室にも人気はない。厨房の扉を開け、どうにも腹立たしく思いながら変な位置に取りつけられたスイッチを手探りで見つけ出し、ふたつの明かりを両方点ける。戸口に立って厨房を見回し、「スキナー!」と、もう一度声を張って呼びかけた。返事はない。明かりを点けたまま厨房をあとにすると、また無意識のうちに廊下を走って戻り、不意の衝動に駆られて階段を上った。階段は真っ暗で、まだ三段が残っているのに上りきったと勘違いした彼は、蹴つまずいて腹から倒れた。両方の掌がじんじんし、左の膝も痛い。立ち上がり、切れた息で悪態を吐く。廊下は塗りこめたように暗かったが、そこに世界を包みこむ青白色の光がまたもぱっと閃いた。窓のカーテンは閉まっておらず、そのおかげで百分の一秒ほどの一瞬、人の手では決して作りえない光が廊下全体を目映く照らし出した……。

「なんてこった!」荒く息をつきながら、ノーマン・ベラミーは呟いた。彼は右側の壁に飛びつくと、爪を立てた右手で壁を掻き、必死に照明のスイッチを探した。なんとか見つけ出したスイッチを押し、廊下の途中にある小さな球体に柔らかな黄色い光を点す。彼は先ほど雷光が明らかにしたものに駆け寄った。大股で五歩の距離だった。

廊下の突き当たりにぐったりと倒れているものの傍らに両膝を落とす。スキナーだった。ぴくりとも動かない。顔は床に伏せられているが、体は右半身を下にして横倒しになっており、両脚を折り曲げて眠っているような姿勢を取っている。ベラミーはそっとスキナーを仰向けにした。こちらを見上げる顔は蒼白で、閉じた瞳が不気味さに拍車をかける。右眉の上の皮膚が広範囲に変色しており、切り傷から血が滴っていた。

ベラミーは目を見張った。瞼がぴくりと動いた気がする。倒れている男のベストのボタンを引き千切って胸元を開き、左胸に手を滑りこませる。心臓はゆっくりと力強い鼓動を刻んでいた。

ベラミーは口をすぼめ、派手な音を立てて大きく息を吐いた。右手の甲で額を拭い、汗で光る拳を間の抜けた顔で見下ろす。微風が首筋を撫で、バタンバタンという音が断続的に聞こえてくることにふと気づいた。首をめぐらせると、廊下の端の窓がばたばたと風に煽られているのが見えた——あの窓の戸締まりを最後に自分で確認してから、まだ三十分も経っていなかった。

床に寝そべっている男が溜息を漏らした。ベラミーがそちらを見ると、スキナーのぼんやりとした目が不思議そうに彼をじっと見ていた。ベラミーは膝を突き、男の頭の下に腕を差し入れてそっと抱き起こした。

「大丈夫か？　なにがあったんだ？」

スキナーは口を開いて答えようとしたが、言葉は出てこなかった。

「大丈夫だ——焦らなくていい」ベラミーはそう言って待った。

スキナーがもう一度口を開くと、か細い声が出て来た。ベラミーは耳を近づけた。

「大……丈夫……です……一……分……お待ちを」一語一語発する度に、声は力強さを増していく。

「男に殴られました」

ベラミーは目を見張った。「誰に殴られたんだ?」

「何……者……かです……」スキナーはふらつきながら上体をまっすぐに起こそうとしたが、ベラミーが強い力で押さえつけていた。

「焦るな!」ベラミーは言った。

「もう大丈夫です」スキナーはしっかりとした声を出した。頭に片手を当てると歯を食いしばり、彼は小さな呻き声を漏らした。

「なにがあったのか話してくれ。ゆっくりでいい」

「もう大丈夫です。私は階下にいました。窓がぶつかる音を聞いたと思いました。そして二階に行きました。明かりは点けませんでした。廊下を渡っていると、音を立てていたのはこの窓だとわかりました。何者かが入ってこようとしている、あるいは出て行こうとしているところでした。私は一声上げてそいつに飛びかかりました。その時に殴られたのです。私にわかるのはこれだけです」

「そうか、楽(らく)にして壁に寄りかかるといい」ベラミーは両腕で抱きかかえるように男の体を起こし、廊下の内壁にもたれて座っていられるようにしてやった。

「もう大丈夫です。立ちます」

「そのまま座っていたまえ!」立ち上がって後ろを振り返ると、ベラミーは開いた窓から身を乗り出した。なにも見えない。雷鳴は少しの間鳴りを潜め、ゴロゴロというどよめきだけが二マイル先で轟く砲撃のように聞こえてくる。

ベラミーは掛け金と閂（かんぬき）の両方を使って窓を閉めた。足下にいるスキナーを見て、同じ台詞を繰り返す。

「そのまま座っていたまえ！」そう言い置き、ベラミーは大股で廊下を走って戻った。階段まで来たところで足を止め、一瞬考えこんでから両手をメガホンのように口に当て、階下に向かって呼びかけた。

「クレシー！」

第四章　午後十時四十五分〜午後十一時三十分

一

　また雷が鳴った。この轟音で最初の呼びかけはかき消されたかもしれないと思いながら、ベラミーは応答を待った。少ししてから、再び両手を口元に当て、呼びかけを繰り返す。階下で大部屋の扉が開く音がし、男女の話し声が聞こえてきた。頭を回し、素早く後ろを確認する。廊下の奥にいるスキナーは片手で頭を押さえ、先ほどと同じように壁に背を預けた姿勢で床に座りこんでいる。階下の様子が窺え、下にいる者たちからもこちらが見える位置まで、ベラミーは階段を駆け下りていった。

　ホールのなかばまで来ていたヒューゴ・フォーサイスの後ろをジョージ・クレシーがのしのしとやって来るところだった。大部屋の戸口にはアンとヴェリティが立っており、その後ろには二人の肩越しから様子を窺うノーフォークとクロージャーの姿がある。

「止まるんだ！」ベラミーは大声を出した。

　フォーサイスが声を潜めて訊ねた。「どうしたんですか？」

　クレシーはがなった。「なんだ？　なにがあった？」

　戸口で女たちが喋る声が聞こえてきたが、ベラミーには誰がなにを言っているのかさっぱりわからなかった。

「たいしたことじゃありません！　スキナーがちょっと殴られたんです。ヴェリティ、君にはなにもできないよ。戻るんだ」そう言ったあとで、ベラミーはフォーサイスとクレシーに呼びかけた。「その二人、上がってきてくれ！」

　フォーサイスを先頭に、二人がやって来た。ベラミーは廊下の奥でぽつんと一人座りこんでいるスキナーを指して言った。

「倒れているのを見つけました。頭に一撃を受けています。開いた窓がガンガンぶつかる音を聞いて閉めに来たんですよ。一番奥の窓です。明かりは点けていません。窓に近づいたところで人影に気づいたと言っています。入ろうとしていたのか、出て行こうとしていたのかはわからないと。彼は人影に駆け寄り、あとのことは記憶にないそうです」

　フォーサイスはなにも言わなかった。落ち窪んだ目がちらりと右を見、次に左を見た。左手には屋敷の北側を横断する長い廊下が延びている。

「なんと！　冗談にしては性質（たち）が悪すぎるぞ！」クレシーが言った。

「問題は――その客が屋敷の中にいるのか、それとも外にいるのかですよ」ベラミーも言い返す。

　クレシーはしばし考えこんだ。行動を起こさねばならぬ状況に直面したことで、顔つきがすっかり変わっている。全身がしゃきっとし、ぼんやりとしていた輪郭線が明瞭になったみたいだ。勝手放題にだらけていた体と心が突然ひとつにまとまったからだろう。長らく聞くことのなかった往時の声音をベラミーは耳にした。

「我々で突き止めるぞ。このことをヴェリティに隠しておいてもどうにもならん。ヴェリティだけでなく、全員だ。ベラミーよ、下に行ってヴェリティに話してこい。ジョージと他の連中には、誰かがこの家に押し入ろうとし、そこの何某をのしてしまったことだけを言えばいい。大部屋の窓を全部閉め、女たちはあの部屋に全員集め、ジョージ・プレスデイルを護衛につけるのだ。おまえは男二人を連れて一階をくまなく回ってこい。あらゆる場所を見てくるのだ。わかったか？」クレシーはフォーサイスのほうに頭をぐいと振り向けた。「二階はこの何某とわしとで回る」

「スキナーはどうします？」ベラミーは訊ねた。

「いまは放っておけ。この家は単純な造りだから、捜索には五分もかからん。さあ、動け！」

実に理性的な判断だった。ベラミーは階下に向かった。集まってきた一団を羊飼いの如く先導して大部屋に連れ戻し、部屋に入ると扉を閉め、入り口をふさぐように立つ。ジョージ・プレスデイルはなにが起きているかも知らず、長椅子でぶるぶる震える黒髪の女を相変わらずなだめていた。

「ちょっと、いいかな。何者かがこの家に侵入しようとした。二階からだ。スキナーが殴られてのされ……」

ヴェリティがはっと息を飲んだ。「なんてこと！　まさか……？」

ベラミーはかぶりを振った。「心配ないよ。脳天に一撃を食らったが、それだけだ。彼を殴りつけた者が外に逃げたのか、それともまだ家の中にいるのか、それを確かめなくてはいけない。クレシーとフォーサイスが二階を調べて回っている。僕らで一階を調べよう。プレスデイル！」ベラミーは最後の一音で声を張り上げた。

「なんでしょう？」ソファの上からジョージ・プレスデイルが返事をした。

「手伝ってほしい」ベラミーは普通の声量に戻してそう言ったが、その声に有無を言わせぬなにかを感じ取ったプレスデイルは未練がましく背後に視線を送りつつ、戸口の集団のほうへと足を運んだ。

「我々は侵入者があったと考えている。君は女性三人と一緒にこの部屋にいてくれ」ベラミーはクロージャーとノーフォークを見て続けた。「見回りには我々三人で行きましょう」

「おうとも。行こうじゃないか」ノーフォークが応じた。

クロージャーはなにも言わなかったが、頷いた。

「プレスデイル、窓を全部閉めてくれ。いますぐに」ベラミーが指示を出す。

アン・ラヴェナムが言った。「でも、駄目かしら……」

ベラミーは有無を言わさなかった。「でも、駄目だ」

「あのこととなにか関係があるとお考え……？」

ヴェリティがアンの腕をぐっと握った。「黙って、お嬢さん。無駄にしている時間はないの」ヴェリティの顔はひどく青ざめ、疲れのせいか黒い瞳の下にくまが現れていたが、声は上擦ることなく落ち着いていた。

ベラミーはヴェリティに微笑んでみせた。視線をめぐらせると、すでにひとつ目の窓を閉めたジョージ・プレスデイルが残りのふたつを閉めるために、中央の窓に向かって移動しているところだった。

ベラミーは他の男二人を見て言った。

「行きましょう！」

大部屋の扉を閉め、ホールを歩くベラミーの両脇に、ノーフォークとクロージャーが付き従った。

ノーフォークのきらきらした青い目と、睨むようなクロージャーの目がベラミーをじっと見つめてくる。有能そうで無駄口を叩かない男が二人もいたことをベラミーは神に感謝した。

「家の構造を教えます。屋敷の西側にあるのはいま出てきた部屋だけです。このホールとロビー、それに、階段の向こう側にある廊下沿いの部屋を全て見て回ります——食堂、応接室、トイレ、使用人部屋、厨房と食器室(スカラリー)です。クロージャー君はここに残ってホールとロビーを調べ、終わったら順次進めていってほしい。僕は奥の厨房までまっすぐ行き、そこと食器室を調べます。ノーフォークさんは食堂から頼みます。鍵がきちんと掛かっていない窓がないか、しっかりと確認してください。あらゆる場所を見てください！　いいですね？」

「おうとも」ノーフォークが応えた。

クロージャーは頷いたが、なにも言わなかった。

二階ではヒューゴ・フォーサイスが踊り場の西側にある部屋を廊下に沿って次々と回っていた。踊り場の右手、つまり東側はジョージ・クレシーが同じように調べている。スキナーはベラミーにそこから動くなと言われた場所で、おとなしく座りこんでいた。二度ほど立ち上がろうとはしたのだが、その度にぶっきらぼうながらも思いやりのあるジョージ・クレシーから、おとなしく座っていろと命じられたのだ。

二

大部屋の扉が開き、ジョージ・クレシーがどしどしと入ってきた。そのあとにノーフォークとクロージャーが続いた。

雷鳴はいまだ低く唸り、稲光も盛んに閃き、幕をはりめぐらせたような雨も変わらず降り続いていたが、嵐は去りつつあった。ジョージ・プレスデイルの庇護下にある女も、青ざめた顔をしているが背筋をしゃんと伸ばし、落ち着きを取り戻していた。大きなソファの片隅に腰掛けた彼女の隣にはジョージが座る。アン・ラヴェナムは反対側の肘掛けに腰を下ろし、片足をぷらぷらさせながら、琥珀の長いシガレットホルダーにねじこんだ煙草をいささか速いペースで吸っている。ヴェリティは先ほどまで座っていた、テーブルの傍にある低い椅子に戻っていた。

クレシーが場の中央に歩を進めた。咳払いをしてから、彼は言った。

「さて、怪しいものはなにも見つからなかったと聞けば、諸君もさぞや嬉しかろう。誰かは知らんが屋敷に押し入ろうとした輩は退散して、ここにはいない。屋敷の中はわしらが徹底的に調べつくしたからな。二階はフォーサイスとわしが、一階はベラミーとこちらの紳士二人が調べた。全ての戸棚を開き、あらゆる煙突を覗き、椅子の下、ベッドの下、時計の裏も花瓶の中も、なにひとつ残さず調べ上げた。この家に招かれざる客はいないというわしらの言葉が、どこをどう切り取っても掛け値なしの真実でしかないことは保証させてもらおう」そこでクレシーはぴたりと口を閉じた。自分で自分のユーモアを面白がってくっくと笑い、実にいい笑顔で一同を見回す。首をめぐらせ、彼は後ろにいるノーフォークとクロージャーにも視線をやった。「そうだな、諸君、ええ？」

「おうとも」ノーフォークが応えた。

クロージャーは頷いたが、なにも言わなかった。

「残念！」と、アン・ラヴェナムが言う。

「まあ、それはよかったわ！」と、ヴェリティ。

「おかしな話ですね！」そう言うと、ジョージ・プレスデイルはヴェリティに視線を移した。「気の毒な執事さんにご同情申し上げますよ！」

「ひどすぎることばかり！　嵐も！　泥棒も！　それに、私のみっ、と、も、な、いふるまいも！」と、黒髪の女。

「みっともないふるまいだなんて、そんなことはないよ！」ジョージ・プレスデイルがそう言った。

ヴェリティはクレシーを見た。「スキナーは？　大丈夫なの？」

クレシーの表情に影が差し、素っ気なく言い捨てた。

「大丈夫だと言ったろう。頭に一撃を食らったが、それだけだ」

「ヒューゴはどこ？　ベラミー大佐は？」アンが訊ねた。

「スキナーに手を貸しとる」クレシーは唸るような声を出した。

ヴェリティは立ち上り「様子を見てくるわ」と言った。

クレシーがなにか言いたそうな素振りを見せたが、言葉を飲みこむとそっぽを向いてしまった。

ヴェリティは半円を描くように客たちを一瞥すると、「少し失礼させていただくわ……」と言って、部屋を出て行った。

ミスター・ジェレミー・ノーフォークはピアノに向かうと、上にのっている銀の箱から煙草を一本取り出した。煙草に火を点けると彼は煙を深く吸いこみ、満足そうに溜息をつく。煙が大きな鼻孔から漏れている。感じのよい笑みが皆に向けられ、アン・ラヴェナムに向かってこう話しかけた。

「気になるね。レディ・デストリアはトラブルに巻きこまれたことがあるのでは、と考えているのだが」

「どういう意味ですか？」アンは鋭い口調で問い返した。手紙の件が思い出されたのだ。

クレシーが場の中心に戻り、ノーフォークに向かって言った。

「なにが言いたいのかね？　彼女が以前にも泥棒に入られたことがあるのかと訊いているのなら、わしは知らんよ。だが、この屋敷のように人里から離れていると、そういう事態は避けられんものだ」

ノーフォークはクレシーを見た。「ああ、まったくその通りですな！」

ホールに出たヴェリティが階段の下でしばらく待っていると、まずノーマン・ベラミーが、それからヒューゴ・フォーサイスに支えられながらスキナーが下りてきた。

「寝かせるべきだわ。それ以上に、お医者様に診せないと」

「本人が大丈夫だと言っている。五分前よりも間違いなく回復しているよ」心配するヴェリティに、ベラミーが声をかけた。

階段を下りきると、スキナーはフォーサイスの手を借りずに自力で立った。彼はヴェリティを見て言った。

「具合はずっと良くなりました、奥様。数秒後には完全に回復していることでしょう」

怪我が気にかかるヴェリティは目を大きく見開き、男の右目の上を広範囲に内出血で変色させている切り傷をじっと見つめた。

「馬鹿言わないで、スキナー。横にならなきゃ駄目よ」

スキナーは譲らない。「その必要はまったくございません、奥様。フォーサイス様がご親切にも私を使用人部屋まで連れていってくださいます。部屋の長椅子で十分も座っていれば、完全に回復いたしますよ、奥様」

「彼は間違いなく回復しているよ」ベラミーはそう言うと、スキナーに笑いかけた。「君の頭蓋骨はずいぶん頑丈だな」

「お陰様で。あれ以上ひどく殴られていたら、寝台送りになっていたところでございます。危ないところでした」

ヴェリティはフォーサイスに視線を向けた。「あなたはどう思う、ヒューゴ。寝ている方がよくはない？」

フォーサイスは無言で肩をすくめてみせた。

「いいわ、私の考えは私が知っているから」ヴェリティはぱっと身を翻すとホールを横切り、ロビーに向かった。

スキナーとフォーサイスは階段の下で四十五度、方向転換をすると、廊下をゆっくり歩いていった。ベラミーは動かない。階段の下で佇む彼の前には、庭に面したポーチに通じる扉がある。ふと思いついた彼は扉のところにいき、開けようとした。しかし鍵が掛かっていた。見ると上下にある閂もしっかりと掛けられている。ほっとして踵を返すと、ロビーと隣り合ったホールの片隅でちょうどヴェリティが電話をかけており、こう言っている声が聞こえてきた。

「もしもし！　……もしもし！　……急いでよ！　……もしもし！」

指でフックを小刻みにしつこく押すので、ガチャガチャという音がうるさい。ベラミーはその様子を注視した。ヴェリティは受話器を持ったまま、彼を振り返った。

「ノーマン！」ヴェリティが呼ぶ。「ノーマン！」

ベラミーは大股で彼女の元に急いだ。

「どうした？　応答がないのかい？」

ヴェリティは頷いて受話器を差し出した。ベラミーは受話器を受け取り耳に当て、送話口に息を吹きかけた。受話口は音を返さない。送話口をぽんぽんと叩いてみる。受話口はやはり無言だ。彼は受話器を戻した。

「どうなの？　どうなっているの？」

「線が切れている。完全に死んでいるね。どこにかけたかったんだ？　医者かい？」

ヴェリティは首を振った。「それ、離れとの連絡に使う単独電話機なの。コックに電話して、彼女にこっちに来てもらおうと思ったのよ。お医者様へはそのあとに主電話からかけるつもりだったわ——あっちの電話よ」と、彼女はそちらを指差した。

ベラミーは彼女を見つめると、なにも言わずにすぐにその場を離れ、二台目で外線用に使われる主電話に向かった。送受話器が一体となった新型だった。彼は電話機本体から受話器を取った。

ヴェリティは片手を胸に当て、大きく目を見開き、瞬きもせずにベラミーの一挙手一投足を見守った。

ベラミーは受話器に息を吹きかけ、ぽんぽんと叩いた。もう一度息を吹きかけ、またさらに叩く。しばらく動きを止めると、彼は受話器を本体に戻してこう言った。

「完全に死んでるな！」

「まあ！　電話線が切られたということ？」

ベラミーはことさらに大きな声を出して答えた。「いや、そうは言っていない。この嵐ではなにか被害が出てもおかしくないだろう？」

「どうして怒鳴るの？」

「怒鳴っていたかい？　それはすまなかった」

「怒鳴るのは心にもないことを言っているからよ。大声を出すことで自分に信じこませようとしているんだわ」

「くだらない話はよしてくれ……。さあ、皆のところに戻ろう」

「駄目よ！」ヴェリティは身をよじり、彼女の腕を優しく摑んだベラミーの手を振り払った。「駄目よ！」

ベラミーは彼女を見つめた。「今度はどうしたんだい？」

「あなたが連れてきたあの男よ！　紹介状もなしにあなたのところに来たあの男。あなたが考えている通りの人間かもわからないあの男！」

ベラミーは身じろぎせずに立ちつくしている。沈黙の中で二人の目が合った。ベラミーは右手を持ち上げると、引っ張ったりねじったり、下唇を指でいじりだした。

にわかに近づいてくる足音が聞こえたかと思うと、足早にホールを横切るヒューゴ・フォーサイスの姿が現れた。彼は微笑み、そのまま通り過ぎて大部屋に行こうとしたが、ヴェリティが呼び止めた。地を這うような低い声で彼女は言った。

「ヒューゴ、ジョージ・クレシーにすぐここに来てくれるよう伝えてくれるかしら……。ああ、そうだわ、ヒューゴ、もうひとつお願い。あの人たちになにか飲み物を出してほしいの」

フォーサイスは無言で頷き、足を止めずに大部屋に向かった。フォーサイスがハンドルに触れる寸前に内側から扉が開きジョージ・プレスデイルが部屋から出て来た。青年はヴェリティのほうへまっすぐに歩を進めた。夕食をすませていい気分だった到着時の機嫌はどこへやら、痩せた顔が軽く強張り、目の下には内心を物語るくまが浮きでている。寿命の十分の七を過ぎた老馬のような顔である。

「炭酸アンモニウムをお持ちではありませんか？」

「なにをですって？」ヴェリティはぼんやりとした声音で訊き返した。目に見えない努力だけでは追いつかないほど、彼女の頭は世界の全てを飲みこんでしまったような巨大な問題に囚われ、他のことに気を回せるような余裕を失っていた。

「炭酸アンモニウムです」

「ああ！　炭酸アンモニウムね。ないと思うわ。誰が使うの？」

プレスデイルはがっくりとうなだれ、思わず笑ってしまいそうになるほど悲しそうな顔をしていた。

「ソニアが――ミセス・ケップルです。雷にすっかり怯えてしまって。いつも具合が悪くなってしまうんです」

「ごめんなさい。我が家にはないわ。ブランデーを飲ませてあげて」

ジョージ・プレスデイルはかぶりを振った。ぞっとした表情を浮かべたせいで、顔がますます長くなって見える。「それはできません。気分が悪くなってしまいますから。酒は一滴も飲めないんです」

「本当にお気の毒だけれど、炭酸アンモニウムはあげられないわ。我が家にはないの。一度も置いたことがないのよ」

「ああ、クソッ！」ジョージ・プレスデイルは悪態をつくと、いまにも両手を揉み絞り出しそうな様子を見せた。「クソッ！　ちきしょう！」

大部屋の開いた扉からジョージ・クレシーが出て来た。人が固まっているのを見て気を揉んだ彼は、ヴェリティに声をかけた。

「なんだ？　今度はなにがあったんだ？」

「なんでもないわ」とヴェリティは答え、横目でプレスデイルを見た。「ちょっと待ってて、ジョージ！　……本当にごめんなさいね、プレスデイル大尉。我が家には炭酸アンモニウムというものがまったくないの。彼女にはブランデーを飲ませてみるといいわ」それ以上押し問答をするつもりはないことがわかる口調だった。

プレスデイルは諦めのつかない顔でその場を離れた。

「何事だ？　なにがあった？」クレシーが訊く。

「大声を出さないで、ジョージ！　ただ……ただちょっと、電話が二台とも通じなくなっただけよ。どこかで線が切れているんだわ」

クレシーは出し抜けに吠えた。「なんだと！」

「断線してるかどうかはわかりませんよ。通じないのは嵐のせいかもしれません」とベラミーが言う。

「かもですって！」心底見下げ果てたといった声と表情で、ヴェリティは言い捨てた。

「ふむ、クソ迷惑でド厚かましい話だが、なにか問題があるか？　この屋敷のことはわしらだけで事足りるぞ？　誰だか知らんが、押し入ろうとした輩がもうこの家にはいないことは、わしら皆がわかっとる。なのに、なんでそんな顔をしとるんだ？」

クレシーの質問に、ヴェリティは声を潜めて答えた。ありとあらゆる努力をしたにもかかわらず、声の震えを抑えることはできなかった。

「ノーマンが運転手を連れてきているの。雇ってたった数カ月の人間よ。どんな人間だか、彼、なにも知らないの！　いまは……いまは、離れで眠っているはずだけど、どうかしら」

「ふむ！」ジョージ・クレシーは床を睨みつけた。

使用済みのブランデーグラスをトレイにのせたヒューゴ・フォーサイスが大部屋から出て来た。彼は三人の横を通り過ぎるとホールを抜け、食堂の向こう側の廊下へと消えていった。

「馬鹿らしいよ、ヴェリティ！　どうしてそんなことに……？」ベラミーが呻く。

その言葉をクレシーが遮った。「馬鹿らしいとは言いきれんぞ！　こんなことがあった夜だ、いまならどんなことでも疑わんよ。……おう！　いまのはなんだ？」

クレシーの背後で正面玄関の扉が開く音がしたかと思うと、遠ざかりはしたものの、ずっと鳴り止むことのなかった雷鳴が突如として大音量で響いてきた。

ノーマン・ベラミーは二歩でロビーに到達した。ふうふうと喘ぎながら、クレシーものっそりとあとを追う。ヴェリティは片手で喉元を押さえ、その場に立ちつくしていた。大きく見開いた目で瞬きもせずに見つめているのはロビーと、その先にある開いた扉だ。雷光が一瞬世界を明るく照らし出し、相変わらず降り止まぬ銀幕のような雨がヴェリティの瞳に映し出された。地面に叩きつけられる雨粒がザーザーという音を間断なく響かせる。戸口でベラミーが叫んでいた。

「馬鹿、戻ってこい！　溺れてしまうぞ！」

ヴェリティは喉に当てていた手を外した。卵形の相貌に微笑に近い表情が浮かび、すぐ消えた。彼女はゆっくりとロビーを横切り、ジョージ・クレシーの隣に立った。ロビーの壁を手探りし、スイッチを見つけて押すと、ふたつの照明に命が吹きこまれた。ひとつはロビーを照らし、もうひとつは玄関ポーチに下げられたランタンに明かりを点した。

雨音の向こうから、ベラミーに答える声が戻ってきた。

「大丈夫です！　車のところまで行くだけですから……」あとの言葉はまた少し大きくなったゴロゴ

ロという雷鳴に飲みこまれて消えた。

「まったく、馬鹿な小僧だ！」クレシーは言った。

「恋をしているのよ」ヴェリティが呟く。

そしてベラミーが大扉を閉めた。

「溺れたいのなら勝手にすればいい！」

グラスをカチカチと鳴らしながら、ヒューゴ・フォーサイスが戻ってきた。トレイにはデカンタがふたつと、タンブラーがいくつものっている。

ヴェリティはフォーサイスに声をかけた。「まあ、ありがとう、ヒューゴ！」

フォーサイスは振り向かずに頷きをひとつ返し、重い荷物を慎重に運びながら大部屋へと消えていった。

クレシーはこの屋敷の女主人と、自分と同じく招かれた客を順に見た。二人がなにか言うかと思って待ったが、彼の視線を受けても二人は黙っていた。クレシーは痺れをきらしてこう言った。

「なぜにわしらはここに突っ立っておるのだ？　ベラミーの謎の運転手が来るのを待っとるのか？それとも、新しい遊びをしとるのか？」

「やめて、ジョージ！」ヴェリティが声を上げた。

ヴェリティはそう言いながらクレシーの腕にそっと触れた。その感触に、クレシーは憎々しげな色の消え去った顔で彼女のほうを振り向いた。

「すまん。あんなことを言うべきじゃなかった」

ベラミーは目を上げた。「いいじゃないですか」

「おまえさんには言っとらん」クレシーはぶつぶつ言った。

「相手が誰でも関係ありませんよ。あなたが言ったことはもっともだ。ウィルコックスが正体を隠しているなんて……実はまったくの別人だなんておかしな話がまかり通るほど世界が狂っているかどうかはともかくとして、あなたは正しいですよ。僕らは屋敷の中に、侵入者は外にいる。だから……」

彼の言葉はそこで途切れた。屋敷の奥で鳴らされる玄関ベルが、無視できないような重低音を大音量で響かせてきたのだ。男たちの体が咄嗟に動き、自分でもほぼ無意識のうちに女と扉を隔てるような位置に移った。クレシーの左肩とベラミーの右肩ががつんとぶつかる。クレシーはよろめき、扉のほうに一歩踏み出すことでなんとか体勢を保った。

ベルがさらに長々と、大きな音で鳴らされたかと思うと、扉が激しくノックされた。ベラミーは一歩前に出ると、クレシーの横に立った。

不意に背後でヴェリティが笑い出し、二人をぎょっとさせた。しかも、心底楽しそうな笑い声だった。驚いて振り返った男たちの目の前を通り過ぎていくと、彼女は大扉の錠に手をかけ、勢いよく開け放った。

雨に濡れまいと無駄な努力で首を縮こませた、背が高く、痩せた人間が駆けこんできた。首が伸びると、現れたのはジョージ・プレスデイルの顔だった。水が滴り落ちるほど、全身びしょ濡れになっている。水気を含んで色が濃くなった金髪が絹の帽子(キャップ)をかぶっているように頭にぺったりとはりつき、数分前までは銀灰色だった洒落た服はよれよれで、あちこちが黒っぽく変色した斑模様(まだらもよう)に変わっている。足を踏み出す度に、靴の中に入りこんだ水がぐちゅぐちゅという音を立てた。

三人の視線が青年に集まる。どうやら青年は口がきけなくなるほどの怒りと戦っているようである。

「濡れとるぞ」と、ジョージ・クレシーが言った。

「ジョージ！」ヴェリティの甲高い声は途中でけたたましい笑い声に変わり、そのまま止まらなくなった。初めこそ可笑しくて笑っていたはずだが、どんどんとヒステリックな響きを帯びていく。

ジョージ・プレスデイルは噛みつくように答えた。「そうですか？　別に構いやしませんが。そんなことより、どこのどいつか知りませんが、僕の車をメチャクチャにした生きてる価値もないクズ野郎がいるんですよ！　もし捕まえたら……」

ジョージ・クレシーが一喝した。「言葉に気をつけんか！」

唐突に始まったヴェリティの笑い声がやはり唐突に止んだ。ヴェリティの白い腕がついと伸びると、青年が戸惑うほど強い力で彼の腕をぐっと掴んだ。

「車がどうしたの？」

ジョージ・プレスデイルはヴェリティを見た。青年はいまだに濡れ鼠のような姿だったが、もう笑う気は起きなくなったようである。

「プラグコードを切った馬鹿がいるんです。切っただけでは飽き足らず、ご丁寧にも残った両端を六インチずつ短くしてくれたんですよ。それだけじゃありません。ノーフォークの車も同じことをやられました。まったく同じことをです」青年は怒りで燃え立つ瞳を又従兄(はとこ)のジョージ・クレシーの顔に向け、睨みつけた。「この件でなにかご存じでは？」

沈黙が降りた。ジョージ・クレシーの赤ら顔が色を失い、蒼白になったノーマン・ベラミーの唇がきゅっと引き締まるのを見て、腸(はらわた)を煮えくり返らせているプレスデイルにもなにか事情があることが察せられた。

第五章　午後十一時四十五分〜午後十一時五十分

サー・ジョージ・ウォルシンガム・クレシー少将は問題を抱えていた。問題とはいっても、不安という触手で今夜一晩をすっかり絡め取ってしまった途方もない謎のことではなく、目下遂行中の任務で持ち上がった少々頭を悩ませる事態である。高い集中力を誇る彼にしてみれば、目先の問題に意識を集中させることなど朝飯前だ。そして、そのもっと大きな問題が控えめな表現を使っても不愉快すぎて考えたくもないものであるおかげで、余計なことを全て頭の外に追い出してしまう天賦の才は遺憾なく発揮されていたのだった。

現在、サー・ジョージ・ウォルシンガム・クレシー少将は電話線を辿って屋敷内を回っている。特に知りたいのは断線箇所が——もしも断線しているのであれば——うちなのか外なのかだ。一階の電話線に異常がないことは確認できたので、いまは二階に上がってきている。階下には女性陣と、男は一人ノーフォークがいる。ノーフォークの役目は女性陣の護衛と一階の警備だ。クレシー自身は二階の警備を兼ねて、電話線を調べて回っている。屋敷の外には他の男たちがいる。クレシーから外回りを任ぜられた彼らは、その役目を——彼らのために言えば——喜んで引き受けたのだった。

クレシーは屋敷の最西端に行くと、廊下の奥から順に各部屋を回って行った。足を踏み入れた部屋の窓は、どれもしっかりと閉められていた。ヴェリティの私室から始めて隣の浴室へ、浴室から手洗いへ、手洗いからクレシー自身が使っている部屋へ、クレシーの部屋からベラミーの部屋へ、ベラミーの部屋から空いている一人用の客室へ、そこから空いている二人用客室へ、そこからまた同じ造りの部屋へと渡り歩く。電話線は全室を通って配線されているようだ。廊下の奥にあるヴェリティの広い私室には電話機が二台あった。離れとの連絡用の内線と、外線用の主電話である。他の部屋に電話はない。廊下ではなく、どうして屋敷の外壁側を伝うような配線をするのかはわからないが、その辺りの事情はともかく、電話線は無傷だった。最後に調べた二人用の客室の前で九十度横を向くと、南を向いた部屋しかない妙な造りをしたこの屋敷で唯一東に面している納戸と、数部屋分の扉が廊下沿いに並んでいるのが見えた。部屋を出たところで、少なくとも電話線についてはこれ以上の調査が不要になったことがすぐにわかった。いま、背にしている扉の上から出て来た電話線は廊下の天井を横切ったあとに北側の壁を伝い、東端にある窓の上に小さく穿たれた穴から外に出て行く――スキナーを襲った者が使った窓である。照明の反射光を遮るために目の周りを両手で囲い、窓に顔を押し当てて外を覗き見る。電話線はぴんと張ったまま、闇の向こうに延びていた。

では、この件はこれでお終いだ。残る部屋――浴室、クローゼット、リンネル用戸棚、それにスキナーの部屋――の窓がしっかりと閉められているか確認がすんだら、彼は階下に戻ることにした。

廊下の角を曲がったクレシーは、まずスキナーの部屋に向かった。問題なし。リンネル用戸棚とクローゼットも問題なし。浴室にも問題はなかった。浴室を出る時にクレシーは戸口で振り返り、明かりを消すために手の届きにくい場所にあるスイッチを探した。親指がスイッチに触れ、持ち上げると、浴室が闇に包まれた。

扉のハンドルを握り、捻って外に出て、閉めようとした。だが、捻るという彼の行為は果たされることなく終わった。姿は見えないが、好ましからぬ存在がこの空間にいる。不意に胸を騒がせたその感覚が嘘ではなかったことを、彼は身をもって知ることになったのである。

どんとなにかを突き立てられたような痛みが背骨に走り、小さな輪のようななにかが背中の真ん中に押し当てられている硬い感触があった。素早く体を引いて背中の感触から逃れ、殺気立ちながら振り返って向き合おうとする。だが、振り返ることはできなかった。鋼索(こうさく)のような指に恐ろしい力で首筋を締め上げられたのだ。その指にぐっと力がこもったかと思うと、額が壁に叩きつけられた。目の前で無数の星が飛ぶ。頭がくらくらして、気が遠くなったのは半秒ほど。立ち直ったもう半秒の間に、彼は浴室の扉が閉まっていることに気づいた。姿の見えない何者かと、この狭い室内に二人きりになったのだ。壁に頭を叩きつけた指は首筋を締めつけたまま、緩めてはくれない。小さな硬い輪も背骨に押しつけられたままだ。すると、こう言う声が聞こえてきた。

「動くな」

小さくて硬い輪が、背骨に穴が空きそうな力で押しこまれる。

「銃だぞ!」声は言った。

「それとも、銃口に取りつけられたハグストロムの消音器と言うべきかな」声は続けた。

「コン畜生が! 何者だ?」ジョージ・クレシーは喚いた。動こうとして筋肉にぐっと力をこめる。首筋がぎりぎりと締め上げられた。こちらから命じることなどとてもできないような力で、顔が壁に押しつけられる。声が言った。

「動くなと言ったぞ! 口も利くな! 喋るのは俺だ。ジョージ・クレシーよ」声は続ける。「真夜中まであと十五分だ。日付は八月二十一日。十四年前のこの日、七百人の人間が貴重な命を無益に落とした日付だ。あんな場所にいたのだから、彼らにも死ぬ覚悟はできていた。だが、死ぬべき時はあの日ではなかった。あの時に命を落としていなければ、死なずにすんだ者も大勢いただろうに。おまえには彼らがあの時に死んだ責任の一端がある」

声が黙った。声が再び喋り出すまでの一秒の間に、ジョージ・クレシーは多くのことに気がついた。カーテンをしていない窓の外では東から雷のどよめきが近づいてくる。嵐が円を描いて戻ってくるのだ。一瞬、青白色の光が空一面に輝き渡ると、クレシーの視界の片隅に降り注ぐ雨のヴェールの向こうに、明るく照らし出された世界が現れ、すぐ消えた。締め上げられている首筋が痛い。肉体を痛めつけ、力まで奪い取られているようだ。硬い輪が押しつけられている背骨が痛い。肉体を痛めつけ、力まで奪い取っているようだ。青白色の光と、一瞬浮かび上がった雨のヴェールに包まれた世界を見て、目が痛い。もう体に残っている力はない。そう思うと、全身の力がまた萎えていくのがわかった。

「おまえは死ぬんだよ」声は言った。

「いま、ここでな！」

ジョージ・クレシーは自分に活を入れた。なんとか戻ってきた力でぐっと胸を張り、冷ややかに締め上げる剛力に負けることなく首筋を伸ばし、しっかりとした声を出す。

「さっさとやらんか、この腰抜けが！」

「ルドルフ・バスティオンに会ったことはない、そうだろう？」声が言った。「いま、会わせてやるよ」

スイッチを入れるカチリという音がして、殴りつけられたような衝撃と共に頭上から黄色い光が降り注いだ。指が首から離れていき、押しつけてくる圧力から背骨が解放された。

ジョージ・クレシーは振り向いた。その口がぽかんと開く。

「なんたる……」呟きが漏れたが、そこまでだった。

しんと静まり返ったタイル張りの狭い部屋に、くぐもった破裂音がドンドンドンと三つ響いた。鼻を刺す猛烈な悪臭が静かに広がっていった。

ジョージ・クレシーは咳きこんだ。甲高く、泡を吐くような咳だった。指を大きく広げた手が、腹に打ちつけられる。再び咳きこむと、彼は膝から崩れ落ちた。歪んだ顔は、痛みで顔をくしゃくしゃにする子供のようだ。力なく倒れた体が子供がやるようにコルクを張った床の上でのたうち回る。一度、二度と痙攣し、彼は静かになった。

第六章　午後十一時五十五分～午前十二時十分

一

ホールには煌々と明かりが灯っている。ロビーに入ってすぐのところにある照明のスイッチを誰かが全て押したので、光が天井蛇腹(コーニス)の溝から溢れ、椀型の大きな中央灯から降り注ぎ、四つ角のコーナーランプから放たれ、室内は眩しいくらいだ。西の壁には開け放たれた大部屋の扉が鈍い金色に輝く長方形を描き出している。階段を過ぎたところで廊下は不意に闇に塗りこめられ、入り口が壁で塞がれているようだった。

開放型の背の高い暖炉には時計が置かれ、真鍮の針が八角形の文字盤で時を刻んでいる。針は午前〇時五分前を指していた。

ホールはしんと静まり返っている。チクタクと秒針を進めるゆったりとした機械音が一秒ごとに大きくなっていくようで、一同の張りつめた神経にはそれが額に延々と水滴を落とす拷問にも似た効果をもたらしていた。

ホールには女三人と男四人の姿がある。全員が中央灯の下に漫然と寄り集まっていた。女たちは背後の開け放たれた扉から出て来たままの格好だが、男三人は——二人はゴム引きの外套から水をぽたぽたと滴らせ、もう一人は靴とズボンを濡らし、泥をこびりつかせていることから——つい先ほどまで外に出ていたことがわかる。男も女も階段のほうに顔を向け、じっと息をひそめている。女たちは不安を隠そうともせず、男たちは少し気になるだけだという表情を作り、全員が頭を後ろに傾けて階上を見上げていた。

ホール自体は静寂に包まれているが、階上から降ってくる物音があった。扉が開き、閉じる音。それに、分厚い絨毯に吸収され、耳を澄まさなければ聞こえないほどの、部屋から部屋へときびきびと回っていくヒューゴ・フォーサイスの軽やかな足音である。出し抜けに、そこに違う響きが加わった。ヒューゴの声だ。「クレシー！　クレシー！」と呼びかけたきり、彼の声は聞こえなくなった。

階下の者たちの耳に、階上の踊り場をすたすたと軽やかに通り過ぎ、屋敷の東側に入っていく足音が聞こえてきた。さらに扉が開き、閉じられる。しゃがれた声がもう一度「クレシー！　クレシー！」と呼びかけ、再び沈黙した。

また扉が開いた。しかし、今回は開く音がしても閉じる音がしない——まったくなにも聞こえてこないのだ。ホールはあいかわらず水を打ったように静まり返り、時を刻む針の音だけがどんどん大きくなっていく。外では絶え間なく雨が降りしきり、ガラスと煉瓦に隔てられたザアザアという雨音に混じり、衰えゆく雷の低い唸り声が遠く離れた場所から時折聞こえてくる。雷光が幾度か閃いては空を白と菫色（すみれ）に染め上げるが、どれだけ眩しく光ろうとも、空が見える窓や扉のほうに目を向ける者はもう一人もいなかった。

途絶えていた二階の物音は、待ちかねた頃に聞こえてきた。きびきびとした軽やかな足音が戻ってきたのだ。

ヒューゴ・フォーサイスが二階の踊り場に姿を見せると、階段の途中まで降りてきた。こんな状況でなければ、夜会服に泥で汚れた膝丈のゴム長靴を履き、ぴちゃぴちゃと水音を立てて歩く姿は笑いを誘っただろう。だが、フォーサイスを注視する十四の瞳は彼の顔しか見ていない。彼の表情からなにかを読み取れた者はいなかったけれど。フォーサイスは階段の途中で立ちつくしたまま、無言で階下の者たちを見下ろした。

アン・ラヴェナムが周りの者たちより一歩前に進み出た。フォーサイスに問いかけた声は、彼女が自分で思っていたよりも一オクターヴは高かった。

「ヒューゴ！　ねえ……ねえ、なにかあったの？」

フォーサイスは彼女を見た。微笑もうとしたのか、奇妙な表情を浮かべた険しい顔つきが一瞬緩んだが、口を開いた時には彼の視線は彼女を追い越し、その後ろに並ぶ者たちに向けられていた。彼は誰ともなしにこう言った。

「クレシーが撃たれた。死んでいる」

二

ホールには三人の女と二人の男がいる。ノーフォークとクロージャーが屋敷の女主人の護衛役として残っていた。その女主人は中央灯の下ですっと背筋を伸ばして黒白（こくびゃく）の彫像のように立ちつくし、椀型のアラバスターの笠から降り注ぐ光を浴びている。女主人の姪の顔は真っ白で、足の震えを隠しために座っているが、感心なほど自分をしっかりと保っている。二人の男の連れである女は高い背もたれのついたオーク材の巨大な椅子にうずくまって体を小さく小さく丸めながら、ずっと泣きじゃくっていた。

ヒューゴ・フォーサイスはスキナーとジョージ・プレスデイルを連れて二階に戻っている。ノーフォークとクロージャーは喋らない。階段の下が二人の立ち位置だ。クロージャーはひっきりなしに煙草を吸い、ノーフォークはすっかりくつろいだ様子で階段の親柱にもたれている。二人は時折目を合わせ、どちらかがなにか言いたげな表情を見せたが、結局、どちらもなにも言わなかった。

アン・ラヴェナムは黙っている。ヴェリティも無言だ。大きな椅子で縮こまっている女がくぐもった啜(すす)り泣きを漏らしているが、それ以外に人間が立てる音はなく、その沈黙を破ったのはヴェリティだった。

ヴェリティが出し抜けに声を上げた。「なんてこと！　ノーマン！　ノーマンはどこ？」

その声に、二人の男がはっとしてそちらを振り向いた。泣きじゃくる女が涙でぐちゃぐちゃになった顔を上げる。アン・ラヴェナムは片手を口にやると、掌を一瞬強く押し当てた。ノーフォークは階段を離れて女主人のほうに行くと、一メートルほど手前で足を止めた。そして、実に呑気な声でこう訊ねた。

「失礼、レディ・デストリア。ノーマンとはどなたのことでしょう。その方はもしや……」

「ベラミー大佐。ベラミー大佐ですわ」

クロージャーも持ち場を離れ、ノーフォークと肩を並べて立った。彼は言った。

「自分はベラミー大佐とガレージまで一緒でした。自分が車を調べている間に、大佐は使用人用の離れに行かれました。車が全部……」

ヴェリティは遮った。「そんな話はどうでもいいわ！　なんの意味もない！　戻ってないなんておかしいのよ」彼女は大声を出さないよう堪え、なんとか囁き声にはならない程度に声を落とした。

ノーフォークはポケットから薄い金時計を取り出すと、見事なまでに気負いを感じさせない声で言った。

「時の流れが遅く感じられるだけですよ、レディ・デストリア。ベラミー大佐はご心配になるほど帰りが遅いわけではなさそうですよ」

ヴェリティは口を開いてなにか言い返そうとしたが、階段の上で物音がし、言葉は発せられることなく唇のうちに留まった。肩を並べたヒューゴ・フォーサイスとジョージ・プレスデイルの後ろにスキナーがついてくる形で、三人が二階から降りてきた。長い足を軽々と動かし、ヴェリティは階段に急いだ。ノーフォークとクロージャーを目にもとめず二人の間をすり抜けていく。二人は咄嗟に避け、紙一重で衝突を免れた。まるで、ヴェリティの中で二人の存在が唐突に消え失せてしまったかのようなふるまいである。ヴェリティは両手でフォーサイスの腕を摑んだ。声をひそめてはいたが言葉の端々が震えていた。

「ヒューゴ！　ノーマン・ベラミーが戻ってこないの！　心配だわ！　もし……」

「彼はどちらに？」ヒューゴ・フォーサイスはヴェリティの背後にいるノーフォークとクロージャーを見ながらそう訊ねた。

「使用人の離れに。自分とはガレージで別れました」クロージャーは言った。

フォーサイスは右手を持ち上げると、左腕をがっちり摑んで離さないヴェリティの指を優しく外した。それから、ホールの中央に進み、ノーフォークとクロージャーの真正面に立った。彼はクロージャーに訊いた。

「それで思い出しましたが、ガレージの車は無事だったんですよね？」

ノーフォークは耳障りな声で短く笑った。

クロージャーは言った。「無事ではないです。全て、同じ手口でやられています。プラグコードを持っていかれました」

アン・ラヴェナムは深く息を吸った。椅子からぱっと立ち上がると、ホールの片隅から中央に出て行き、皆に交じる。

ヴェリティの横を通り、スキナーとプレスデイルも輪に加わった。階段の下に一人取り残されたヴェリティを、ヒューゴ・フォーサイスが振り返る。フォーサイスを見返したヴェリティに、彼は優しく声をかけた。

「あなたもこちらへ」

ヴェリティはその場に立ちつくし、一瞬目を大きく見開いた。それからようやく動き出すと、彼女らしくない、ぎこちない足取りでゆっくりと皆のところに戻っていった。

「ベラミーさんの身にも万が一のことが起きたのでは、とお考えなんですか？」ヒューゴ・フォーサイスの抑揚のないしゃがれ声は落ち着いており、石炭の価格を話題にしているような調子である。

ヴェリティは背筋を伸ばした。身動きはしないが、先ほど彼女の声を震わせていた、かろうじて目に見えるほどの戦慄き(わななき)が全身に及んでいる。すると、意外なことにその顔に突然笑みが浮かんだ。ヒューゴ・フォーサイスに向けた微笑みだった。

「ありがとう、ヒューゴ！　冷たいシャワーを浴びたみたいに目が覚めたわ！　ええ、そう考えていたの」

「二人くらいで彼を探しに行ったほうがいいですね」

そう言うと、フォーサイスはまずノーフォークとクロージャーに視線を向け、次に後ろを振り返ってスキナーとプレスデイルを見た。ノーフォークとクロージャーは無言だった。

「私がまいります」スキナーが言った。

「僕も行きましょう」フォーサイスも言った。

大きな椅子にうずくまっていた女が泣きじゃくりながらヒステリックな笑い声を上げ、一同を驚かせた。クロージャーが煙草を落とし、毒づきながら拾い上げた。ノーフォークはまるで刺されでもしたかのように、目に見えてびくりとした。見た目によらず驚くほど機敏な動きで振り返ると、彼は苛立ちでとげとげしい声を出した。

「おい、頼むから口を閉じろ！」

椅子の前で片膝を突いていたジョージ・プレスデイルが、一秒にも満たない瞬間、束になった短剣を突き立てるような目でノーフォークを睨みつける。ヴェリティが指で耳を塞いだ。アン・ラヴェナムは唇を噛み、顔を背けた。

クロージャーがヴェリティを見ながら言った。「すぐに落ち着きますから」

その言葉にヴェリティは耳から手を離すと、曖昧な笑みを返した。

スキナーがロビーの手前に置いてある椅子のところに行き、濡れた上着やレインコートの山から自分のものを取って袖を通し始めた。

ヴェリティがなにか言おうとしたが、またしても邪魔が入った。彼女の言葉を遮ったのは、びりびりと震えながら深い低音を響かせる玄関のベルである。

映画のフィルムを急に停止させたように、ホールの情景が一瞬凍りついた。初めに動いたのはフォーサイスだった。ゴム長靴が立てる妙な足音と共にホールを抜け、ロビーに入ると、彼は大扉の掛金に手を伸ばした。

三

ホールにいるのは女が三人、男が五人になった。二階ではノーマン・ベラミーがかつてジョージ・ウォルシンガム・クレシーだったものを見つめていた。

ジョージ・プレスデイルに肩を抱かれたソニア・ケップルが落ち着きを取り戻したので、ホールは静寂を取り戻していた。

ベラミーがゆっくりと階段を下りてきた。ホールの中央に歩を進める彼の顔は、周りの者がひとめ見てわかるほど色を失っている。青ざめた顔と長い口元の真一文字に引き結ばれた唇だけが外から見てわかる唯一の変化だったが、口を開くと――ヴェリティでさえ――聞いたことのない声がこぼれた。こんなに低い声だっただろうか。これほど響く声だっただろうか。奇妙にしゃがれたその声は涙に暮れてというよりは、声が出なくなるまで叫び続けたせいで枯れたようだった。

「レディ・デストリアと話がしたい。二人だけで」

彼は右手でヴェリティの肘を摑んだ。彼女と共に無言で大部屋に向かい、敷居を跨ぐ。扉は閉めなかった。戸口に近いところに立っているので、ホールに残された者たちから二人の姿は丸見えである。向き合った二人の距離はゼロに近い。ヴェリティ・デストリアは精一杯に背筋を伸ばし、顎を上げて男の目を覗きこんでいる。男があまりにも低い声で話すので、ホールにいる者たちの耳に聞こえてくるのは不明瞭な呟きだけだ。一度、女が左胸のすぐ下のところに片手を押し当て、半歩分あとずさりした。そのあとに、彼女ははっとして右手の甲を口に押し当てる仕草を見せた。だが、それ以上の動きはなかった。男が発する不明瞭な低い呟きが途絶えたところで、金色の頭が頷くのがホールから見えた。背の高いふたつの人影は振り向くと、大部屋を出てホールに戻ってきた。

「君たちに事情を説明しなければならなくなったという僕の意見に、レディ・デストリアは同意してくれた」ベラミーは五人いる男たち一人一人に眼差しを注いでいった。女たちは見なかった。彼は続けて言う。

「君たちのうち二人――ミス・ラヴェナムをいれれば三人――は、今夜この屋敷で起きたことが単なる――なんと言えばいいかな?――押しこみ強盗の結果ではないことを知っている。他の者は知らない。だから、初めから話そうと思う。もう何年も前の話になるが――正確に言えば一九一八年だ――戦争のささやかな悲劇としか僕には言いようのない出来事が起きた。その出来事はある男の心に深い影響を与えた。以前から狂信的な気のあったこの男はショックで心のたがが外れ、悲劇の責任が四人の人間にあると信じこむようになった。その四人のうち、一人は六年前に客死を遂げている。残る三人のうち、二人はいまこの屋敷にいる。クレシー将軍が殺される前は三人だった。残る二人というのはレディ・デストリアと僕だ。数年前から、レディ・デストリアの元に脅迫状が何通も送られてくるようになった。あの事件が原因で心を病み、責任を取るべきは彼女とその友人たちだという迷妄に囚われている気の毒な男が手紙の送り主であることに間違いないと僕らは考えている。あの手紙は軽視すべきではなかったのに、僕らはいままで真剣に受け止めていなかったようだ。手紙は世界中からレディ・デストリアに送られてきたが、投函場所は年を追うごとにこの国に近づいており、たった数日前に届いた今年の手紙にはタクスフォードの消印が捺されていた。去年まではどれもほのめかす程度だったのに、タクスフォードから送られてきた手紙には明らかに脅迫の意図が含まれている。そしてまた一通、いまからたった数時間前に、投函されていない手紙が不可思議な方法でこの屋敷に――君たちの後ろにある部屋に届けられた。どう読んでも脅迫状としか考えられない手紙がね……」

ノーフォークが口を挟んだ。「なぜ、警察に通報しなかったんだね、大佐？」

「どうか最後までお待ちください。重要な箇所に辿り着くまでそう長くはかかりませんが、順を追って聞いてほしいんです。そういう話も出てはいた――クレシー将軍の提案で――警察に通報すべきだと。しかし、我々はよく考え、違う手を打つことにした。そのあとになにが起きたかはご存じの通りだ。二階の端の窓から入ったと思しき侵入者に、ここにいるスキナーが襲われた。それから、電話線が切られ、外の車に工作されたことが発覚した。屋敷を捜索し、とりあえずは潜んでいる者がいないことを確認してから、クレシー将軍の指揮下で手分けして屋敷の外を捜索した。我々が外にいる間に、クレシーは二階を調べていた。彼が撃たれたのはその時だ。屋外の捜索により、まず他の車が――ガレージに入れてある車が――外に停めてある車と同じく、使い物にならなくなっていることが判明した。次に、もっと重要なことがわかった」そこで言葉を切り、ベラミーはもう一度聴衆を見回した。唾を飲みこんだ喉が動き、舌先が唇から覗いて湿り気を与える。彼はまた喋り出した。

「僕の運転手が、僕とレディ・デストリアが――実質、全員だ――レディ・デストリアの使用人が使う離れで寝ているとばかり思っていた男の行方が、わからなくなっていたんだ。そのことにどういう意味があるのかを君たちに理解してもらうために、説明しておかなければならないことがふたつある。第一に、この……この狂人と関わりのある四人のうち、男の顔を知っている唯一の人間が六年前に死んでいるということだ。レディ・デストリアもクレシー将軍も僕も、そういう人間がいることは知っていたが、奴の写真さえ見たことがない。第二に、僕の運転手として働いていた男が――僕にはウィルコックスと名乗り、うちに三カ月前に来た男だ――僕が考えている人間ではない可能性が間違いなくあるということだ。紹介状とか、そういう身元確認は一切していなくて……」

再びノーフォークが横から口を出した。彼の言葉には元々それとわかるくらいの北米訛りがあったが、少なくともヒューゴ・フォーサイスが注目するほど、その訛りは顕著になっていた。

「おいおい、大佐、三カ月も狂人に運転手をさせておいて、気づかんわけがなかろう。馬鹿も休み休み言いたまえ！」

「その言葉、そっくりそのままお返ししますよ。強迫観念(イデー・フィクス)に囚われた人間、ある一点にのみ狂気を孕んでいる人間というのは――誰もが知っている常識ですがね、そういう人間は……」

「危険だわ！」アン・ラヴェナムがそう声を上げ、急にけたけたと笑い出した。

ベラミーは構わず話を続けた。「……そういう人間は、他の部分では狂った素振りを見せないものです」彼はそこではたと口を噤んだ。クロージャーとスキナー、そしてヒューゴ・フォーサイスに視線が送られる。三人の言葉を待っているようだ。だが、なおも言い募るノーフォーク以外に口を開く者はなかった。

「だが、どういうわけで運転手が君の言う狂人らしいと思ったのかね？」

「人には芝居ができます。なんであれ、たったひとつの人生の目的に取り憑かれているような人間は、特に。バスティオン――それが狂人の名前です――は確かに運転手などの職業に就く階級の人間ではありませんが、奴は賢い男です――実に優秀な人間だと、多くの者が言っていました。そんな男が芝居をうったら、騙されるに決まってますよ」

「君の元で、その男はどんな感じにふるまっていたんだ?」ノーフォークが続ける。

「運転手のようにですよ」ベラミーは短く答えた。「運転手としてきちんと仕事をしていたとしか、僕にはお答えできませんね」

ヒューゴ・フォーサイスから思いがけず発言があった。

「ひどい話だ!」と、彼は言った。

スキナーが咳払いをした。控えめながらわざと立てられたその音は、使用人が注意を引く時に使う昔ながらの手法である。

ベラミーはスキナーに目を向けた。「なんだい?」

「私からひとつよろしいでしょうか……。このウィルコックスという男の年齢は、いかほどなのでしょう?」

ベラミーが頷いた。「いいところを突いたな。年齢のことで僕らにわかっているのは、バスティオンが――狂人が――精神の均衡を失わせる事件が起きた時、少なくとも二十六歳だったということだ。となると、いまは四十歳だ。君はウィルコックスに会っているね、スキナー? あいつがうちに来た時、三十八歳だと言っていた。僕が見た限りでは、三十五から四十二、三の間というところだが。どうだい?」

「仰る通りかと存じます」スキナーはその言葉と共にまた物言わぬ自動人形となって命令を待った。

ここでもう一度ベラミーは一同を見回した。誰かが口を開くのを待つが、誰もなにも言わない。結局、彼がまた続けて喋った。

「以上のことを僕は信じて疑わない。レディ・デストリアも同じだ。君たちもじっくり考えてみれば、きっと全面的に同意してくれることだろう。あまりにも現実味がなさすぎる話だと思うのなら、僕は今夜なにが起こったかを指摘するまでだが」

再び沈黙が降りた。その沈黙を破ったのはヒューゴ・フォーサイスだった。

「僕らはなにをしましょう?」

ノーフォークは言った。「私もまったく同じ考えだよ、フォーサイス君。大佐、ご高説も結構だが、なにより物を言うのは行動だよ。して、君の提案は? かような可能性は信じがたいが——特に、いまこの大英帝国の狭苦しい小島にいる我々には——人殺しに手を染めた狂人が英国陸軍の高級将校の運転手に成りすましていたなど眉唾物の話だが、君の言う通り、これほどの異常事態のあとでは、ありえないことなどなくなった。だから、君の仮説を採用するよ。さて、そうなると、このウィルコックスだかバスティオンだか、まあ好きなふうに呼んでくれて構わないが、こいつが自由に歩き回ってる以上、また厄介なことが起きそうだな。大変なことになるぞ、君と……」

ベラミーはノーフォークの言葉を遮った。「ええ、それは皆がわかっていますとも!」

ノーフォークは気を損ねなかった。ベラミーに優しい笑みを向けると、笑顔のまま、他の者たちを眺め回してこう言った。

「下着の切れ端だって失う必要はないさ、大佐殿!」彼はヒューゴ・フォーサイスを顎でしゃくった。

「この紳士が言ったように、我々はなにをしよう？　まさか、惨事が起こるのを指をくわえて待っているわけはあるまいね？　犯人に対し、我々の頭数は充分に揃っている。私自身の気持ちを言えば――私にはなんの関係もない問題だが――やっちまえ、というところだね。君はどうだ、ポール？」

彼はクロージャーに視線を移した。

クロージャーの表情からはなにも読み取れなかった。黒い瞳はラテン系の顔立ちにつけられた単なる切れこみのようだ。先ほどまでの忙しなさはどこへやら、すっかり落ち着いた様子でこの一時間でおそらく二十本目になる煙草を吸っている。煙草をくわえた口の端から彼は声を発した。

「仰せの通りに」

ベラミーは無理矢理笑顔を作った。

「実に有り難いお申し出ばかりだ」口ではそう言いつつも、言葉も笑みも本心からのものではない。「皆さんは僕に『これからなにをするつもりだ？』とか『なにかしないと』と仰るが、まるで僕になにも行動を起こすつもりがないような言い方をされますね。ともかく、少なくともいました話をするまでは、こちらからなにかしろと頼むのは得策ではなかったことは納得いただけるでしょう」

「ウィルコックスはまだこの辺りにいるんでしょうか、どうなんでしょう。ここには頑健な男たちが六人います。全員で探しましょう」と、ヒューゴ・フォーサイスが言う。

「賛成、賛成！」高い背もたれのついた椅子の傍らにひざまずいていたジョージ・プレスデイルがそう言うと立ち上がった。

すると、その椅子に座っている者が不意に声を上げ、場を驚かせた。女が発した声は一同をぎょっとさせた。ヒステリックな響きは消えているものの、恐怖のせいで上擦って、金切り声のように耳にきんきんと響いた。

「皆、馬鹿よ、大馬鹿よ！　やらなきゃいけないのは警察を呼ぶことでしょ！　警察を呼びなさいよ！　呼びなさいよ！」

ノーフォークが食い殺さんばかりの目つきで女を睨んだ。

「口を閉じんか！」言葉数が少なかったために語調も静かではあったが、その声には周りの者が驚いて思わず振り向いてしまうほどの迫力があった。

女は喉で小さな音を立てた。得体の知れないその音は、むせび泣く声が途中で止まったせいか、怒りの叫び声が喉で詰まったせいか。女は静かになった。

ジョージ・プレスデイルが庇うように女の前に立ち、ノーフォークを睨みつけた。だが、すでに相手の顔からは奇妙な凶暴さは消えており、半笑いで、感情を窺(うかが)わせない穏やかな顔つきに戻っていた。ジョージ・プレスデイルはなおも食ってかかろうとしたが、ついと伸びてきた手に――ヴェリティの手だった――腕を押さえられて口を噤み、振り返ってヴェリティを見るとその言葉を飲みこんだ。

「ウィルコックスは三十分前にはこの家にいた。ということは、僕らの一回目の捜索に不手際があったか、出入り口となる箇所を全て封鎖したと思っていたのは間違いだったということだ。捜索のやり直しから始めるべきだな」

「それがいいですね」ベラミーの言葉に、ヒューゴ・フォーサイスが同意する。

ベラミーは他の男たちを見た。皆がおのおの賛成の意を表明した。ノーフォークは微笑んで頷いた。クロージャーの頷きは怠惰なもので、顎をわずかに沈めただけである。スキナーはともすると訓練された兵士のような動きで、さっと気をつけの姿勢を取った。

「よし！　行き当たりばったりに調べても無駄だ。三手に別れよう。女性たちは護衛を一人つけて大部屋にいてくれ。鍵は掛けたければ掛けるといい。第一隊は二階、第二隊は一階を……」

ここでまたスキナーが控えめに咳払いをして注意を引いた。ベラミーに目で促され、彼は喋り出した。

「私からひとつよろしいでしょうか。巡回役として一名をここに残し、この階段と使用人階段の間を見張るべきかと存じます。もしかしますと、そこから……」

ベラミーは素早く訊き返した。「使用人階段？　なんだい、それは？」

スキナーがじっと見つめる。「使用人が使う階段でございます。廊下の奥にありまして、使用人部屋の脇から屋敷の二階の端にある私の部屋の脇に通じております」

ベラミーも見返すと、「なんてこった！」と、のろのろと呟いた。「そんなものがあったとは！」彼は周りに視線をめぐらせ、訊ねた。「誰かその階段を調べた者は？」

「ひとこと失礼いたします。一回目の捜索が行われていました時、私は頭に食らった一撃を癒やすために使用人部屋の長椅子で横になっておりました」スキナーの指が無意識に額に伸びると、血で汚れた大きな打撲痕をそっと撫でる。「私は眠りもせず、意識を失いもしませんでしたし、扉も開いておりました。使用人階段を使う者がいましたら、目に入っているはずです。同様に、階段を下りてきて厨房に入った者や、厨房から出て階段を上っていった者がいましたら、その音を聞いているはずです」

ベラミーは首元に手をやると、指を入れて襟を緩めた。「またいいところを突いたぞ。それじゃあ！」彼はヴェリティの方を向いた。「大部屋の護衛役は誰にしよう？」

ヴェリティは白い肩をすくめた。「男手を無駄にするだけだわ」

「そんなわけがあるか！　いいかい……」

その台詞をベラミーが最後まで言い終えることはできなかった。ヴェリティが笑ったのだ——可笑しさがこみ上げてきたところに他の感情が入り交じった、妙な笑い声だった。

フォーサイスはベラミーを見た。「あなたが采配してくれれば早いですよ」

ベラミーは頷いた。「確かに！　プレスデイル、君が女性陣と残ってくれ。スキナー、フォーサイス君と二階を頼む。僕がホールから使用人階段までを受け持とう。クロージャー君とノーフォークさんは一階をくまなく調べてくれ」彼はヴェリティを見てこう訊ねた。「なにか銃のようなものはないかな？」

ヴェリティは微笑んだ。背筋をまっすぐに伸ばして立つ彼女はひどく青ざめており、とても美しかった。浮かべているのは作り笑いではない、本当の笑みだ。彼女の微笑にベラミーは思わず息を飲み、ヒューゴ・フォーサイスは目を奪われ、ノーフォークはぽかんと口を開け、クロージャーは切れこみのような目を一瞬見開いた。スキナーからは賛嘆の眼差しが向けられた。

ヴェリティは咎めるような声を出した。「私、スポーツはしないのよ、ノーマン。あなたが知らないなんて。狩猟も、釣りも、射撃も、乗馬もしないの！　スキナーがなにか持っていないかぎり、この家には十号の編み針より危険なものはないわよ！」

プレスデイルがまるで独り言のような呟きをゆったりと漏らした。

「ああ、そうか！　奴は銃を持っているんだ！」突然声量を上げ、彼は訊ねた。「ねえ！　どうして銃声が聞こえなかったんでしょうか？」

クロージャーが唇から煙草を離した。相変わらず表情の読めない顔で質問者を見て、答えた。

「マキシムだよ。それか、ハグストロム」

ジョージ・プレスデイルはクロージャーを見た。「ハグ……？　ああ、消音器か。そうか、なるほど、思いつかなかった」

「じゃあ、なにもないんだね？」と、ベラミー。

「スキナー、なにか武器になるものはある？」ヴェリティが訊ねる。

スキナーは首を振った。「いいえ、奥様、ございません。軍隊から支給された古いリボルバーは持っておりますが、弾がございません。それに、荷解きをしないと出てこないのです、奥様。見つかるまでに三十分近くはかかりましょう」

ベラミーは周りを見回した。口元には笑みのようなものが浮かび、唇の片端が釣り上がっている。彼は言った——すっかり様変わりした声音の耳障りな響きは、ここに来て強くなっていた。

「ではそれまでだ！　いいかな、諸君。藪に逃げこんだこの鳥を狩り出したとしても、武装している相手に対し、我々は丸腰で立ち向かわなければならない。それでも手を貸してくれるだろうか？」

返事はなかった。聞こえてきたのは人声ではなく、天井の高い正方形のホールに不気味な反響を木霊させる、オーク材の巨大な玄関扉を雷鳴のように打ち叩くノックだった。その音はどんどん大きくなっていく。

完全に歯止めの利かなくなった耳をつんざく金切り声が、ソニア・ケップルの唇から止めどなくほとばしった。ジョージ・プレスデイルがまたも女に駆け寄り、ゆらゆらと体をゆする彼女を抱きかかえる。クロージャーも飛びついた。左手で女の首筋を摑むと、右の掌を叩きつけるようにして口をふさぐ。悲鳴が押し殺された。

ノックが止んだ。静寂を挟んで、今度は玄関ベルが連続的に鳴らされる。

先ほどに比べると少し長く、再びホールは映画のフィルムを停止したように凍りついた。

フォーサイスとベラミーが同時に動いた。扉に先に辿り着いたのはフォーサイスだ。錠を外そうとするフォーサイスの後ろから、ベラミーが声を掛けた。

「不用意に開けるな！」

その言葉はフォーサイスの耳に入らなかったか、届いたとしても聞き流された。彼は扉を引き開けた。

頭を垂れ、雨が全身から流れ落ちるほどびしょ濡れになった人影がよろよろと入ってきた。立ち止まると寄せ木張りのロビーの床に雨水が滴り、鈍く光を弾く水たまりができた。

ばたんと大きな音を立て、ヒューゴ・フォーサイスが大扉を閉めた。

ベラミーの手が照明のスイッチを探し当てて押し、何者かの頭上でランプがぱっと輝いた。

ベラミーとヒューゴ・フォーサイスは目を見張った。

「な、なんだ！」ベラミーが声を上げた。

ヒューゴ・フォーサイスの口が開いた。その顔は異様に歪んでいる。彼はひどく苦労をして閉まろうとしない口を閉じた。

「ああ、な、なんだ！」ベラミーはもう一度繰り返した。

ヒューゴ・フォーサイスはほとんど駆け出すようになり、ロビーから部屋の境界線を越えてホールに戻った。他の者たちも境界線上に集まった。椅子に腰を落としたヒューゴ・フォーサイスが片手を頭に当て、体を震わす感情を静寂の中にほとばしらせた。

第七章　午前十二時十分～午前十二時四十分

一

やって来たのは女だった。背が低く太った女で、革紐で腰の辺りを括り、体に合わない男物のオイルスキンのコートをむりやり着ている。丈は足首に届くほど長く、泥が跳ねた裾の隙間から、泥がついた紫色の肌がちらちらと見えている。汚れた白いスニーカーを履いているのだが、特大のガロッシュ（ゴム製のオーバーシューズ）を着けているので、見えるのは甲の部分だけである。そして、どういうわけか左右を間違えているせいでガロッシュの爪先は外を向き、普通ではありえない馬鹿げた弧を描いていた。後頭部にのっているのはびっしょり濡れたタモシャンター（スコットランドで着用されるベレーに似た帽子）らしきもの。帽子からはみ出た髪はアヒルの尻尾のように突き出、ぽたぽたと滴を垂らしている。獅子鼻にのせた金メッキの鼻眼鏡（パンス・ネ）は傾き、曇ったガラスを通して拡大された色のよくわからない瞳がぱちぱちと瞬きを繰り返す。メドゥーサのようにもつれた髪房から覗く丸顔は、子供が空気袋に落書きして作るガイ・フォークスのカカシ人形にそっくりである。口をしきりに動かし、意味のわからない音をとりとめもなく送り出している。女は照明の下で顔をうつむけ、忙しなく口を動かしながら、鼻眼鏡の位置を直そうと無駄な努力をしていた。

ロビーの入り口に固まって呆気に取られている集団の真ん中で、ヴェリティが声を上げた。

「うちのコックだわ！　あなた、いったいなにをしているの？」

肩を震わせながら、アン・ラヴェナムは集団に背を向けた。椅子に座る恋人の元に行くと、彼女は肘掛けに腰を下ろした。彼の震えている肩に手をのせ、頭に自分の頭を重ねる。彼女は言った。

「あなたの頭がどうかなっちゃったのかと思ったけど、大丈夫なのね。大丈夫」続く言葉はこみ上げてくる笑いと一緒に押し殺されて消えた。

二人が腰掛けている椅子はロビーの入り口のすぐ脇に置かれているので、いましがた入ってきた者がとりとめもなく垂れ流す言葉が、まるで目の前で発せられているようにはっきりと聞こえてくる。そのうちに、意味不明だった音の羅列が、突然、言葉として意味を持ち出した。

二人は笑うのをやめ、耳をそばだてた。甲高い声で捲し立てられる言葉の端々は、聞けばすぐに怒りだとわかる感情で震えていた。

「同じ屋根の下にいられるもんですかって言ったんですよ！」そんな声が聞こえてきた。「同じ屋根の下にいられるもんですか！　あんたが出て行くか、あたしが出て行くかだって言ったんですよ！奥様がなんと仰るか、あたしは知らないけど、言ったんですよ！　それで、大佐があたしんとこのホールに立っていて、あたしが必死になって悪党を探してた間、そいつはずっとあたしらの鼻先にいたわけでしょう。それで、あたしが実の母より母親らしく面倒見てやってた娘だったわけじゃないですか。あの子らを見つけた時、たまげたなんてもんじゃありませんよ。あれは偶然でしたけど、あたしには神様が導いてくだすったように思えますね。でなきゃ、大佐がいなくなってずいぶん経ったあとで、あんなことがあたしの頭に浮かぶわけありませんもの。悪党がいるのは離れじゃないって、もうとっくに外に出て嵐の中をさまよっているはずだって、あたしらにはしっかりわかっていたんですよ――なのに、どうしてあの尻軽娘のとこに行って話をしようなんて思いついたんでしょう？　これが神様のお導き以外のなんだって言うんです？　大佐にあいつを呼べと言われてあいつの部屋を見にいった時も、女部屋の戸を叩いてあの男を知らないかって訊いてた時も、恥知らずなふしだら娘があいつを自分の部屋に引き入れていたわけでしょう、その間ずっと。あの子ったら鍵を掛け忘れてたもんで、あたしが部屋の戸のノブを回して中に入った時のショックと来たら、死ぬまで忘れっこありませんよ。あたしの目が見たものは、神様にも人間にも獣にだって言えません！　勿体なくも大天使ガブリエル様が直々にやって来て、あたしになにを見たか話せとお命じになったって、一言だって漏らしませんとも！　神様を畏れる真っ当な女が絶対に口にできないようなことが世の中にはあるもんですよ！　拷問されたって言いやしません！　自分が見たのはどうしたって真実も真実。掛け値なしの真実だってわかったら、誓って言いますけど、本当の本当にひっくり返るほど驚いたもんです。だけどね、あの子になにを言ったかはきちんと覚えてますよ。あたしはあの子にこう言ってやったんですよ、『全能なる神様が罪深きおまえを炎の槍で撃って罰しないのが不思議でならないよ！』って。それでどうなったと思います？　しおらしくなってあたしに懺悔してきたとでも？　いいえ！　罪にまみれた恥知らずの女らしく、真っ当な女にはあるまじき態度で立ちましてね、厚顔無恥なことをぬけぬけと言い放ったんですよ。言ったんですよ、あたしに……。でも、あたしが言われたことを人様の耳にそっくりお聞かせするわけにはいきませんから、こうとだけ言っときます。犯行現場を押さえたと思ってるんでしょうけど、見られたからって別に減るもんじゃないし、ですって！　あのあばずれが言ったことですよ。こんなこと、口にするだけで殴り殺されてもおかしくない言葉ですよ。見られたからって別に減るもんじゃないしですって！　減るもんじゃなし！　盗人猛々しいとはこのことですよ！　あの子、笑ってたんです！　神を畏れる善良なキリスト教徒らしく、あたしらが早い時間に寝床に引き取るから、自分はその直後に破廉恥な悪党を連れこんだんだって、笑って言うんですよ。どんなふうに笑ってたかお教えしましょうか？　まあ、人のものとは思えぬ邪悪な笑い声でしたよ。こんなふうに……」

声が途切れたかと思うと、さらに正気を疑わせる異様な声がその口から飛び出した……。

「なにか来たぞ！」ヒューゴ・フォーサイスが言った。彼はぱっと立ち上がると、瞬く間にホールを抜けてロビーに入っていった。

そのあとをアンがゆっくりと追った。並ぶヴェリティとベラミーの間から、体を震わせて金切り声を上げる女をスキナーとヒューゴが押さえているのが見えた。二人は女を揺すっていた。ふにゃふにゃと座りの悪い布製の体に頭を取りつけた人形のように、女の頭ががくがくと揺れる。金切り声がさらに大きくなる。ヒューゴ・フォーサイスが肩を摑んでいた手を突然離し、左手を持ち上げると、涎を垂らしている女の頰目掛けてきつい平手を食らわせた。まるで鞭のような音が響いた。

「やめないか！」ヒューゴ・フォーサイスは驚くほどの大声で怒鳴った。

いくら揺すっても駄目だったものが、その一撃と怒号でぴたりと止まった。金切り声がやんだ。だらんとした体をスキナーに抱きかかえられたミニー・ウォルターズという女は、しゃくり上げながらさめざめと泣き出した。

「二階に連れて行ったほうがいい」ベラミーが言った。

ヴェリティは頷いた。

ゆっくりと行列が——体に力の入らない女をヒューゴ・フォーサイスとスキナーが支えてやり——階段を上っていった。あとからヴェリティ・デストリアとノーマン・ベラミーがついていった。

少ししてから、ホールで待つ者たちの元にノーマン・ベラミーが下りてきた。

「他の皆もすぐに下りてくる。レディ・デストリアが話をしている。すぐにも落ち着きを取り戻すよ」ベラミーは言った。

二

護衛を従え、ゆっくりと階段を下りてくるヴェリティを、ノーマン・ベラミーが迎えに行った。

「なにか訊き出せたかい？」

ヴェリティは頷いた。話し始める前に一、二度、唾を飲みこむ。それから、ようやく彼女は口を開いた。

「たくさんね。ノーマン、ウィルコックスには無理だわ。彼には無理なの！」

ヴェリティの声は、階段の途中で立ち止まっている背後の男たちには聞こえないほど密やかだった。無言でベラミーを見つめる彼女の瞳が、陰鬱な色を湛えた彼の目と合う。不意に胸の痛みを覚え、ベラミーは唇をきゅっと結んだ。体が微かに震えているのに、健気にも背筋を伸ばして姿勢を保っている彼女の姿が痛ましくてならなかった。青白い顔色が目につき、黒い瞳の下には青黒いくまも浮かんでいる。彼は囁くような声で言った。

「心配しないで」

ヴェリティはなおもベラミーを見つめてくる。その唇が離れて大きく笑みを作るのを見て、彼はまたはっとさせられた。

「よくそんなことが言えるわね！」ヴェリティ・デストリアは言った。

ベラミーは振り返り、まだ階段上にいる二人にも、暖炉の傍に固まる者たちにも聞こえるような声を出した。

「レディ・デストリアが僕ら全員にそこの大部屋に行くようご希望だ。少しの間、お付き合い願いたい」

視線と囁きが交わされた。全員が大部屋に足を向ける。その場を動かないベラミーの横にヴェリティが並んだ。彼はスキナーとヒューゴ・フォーサイスに移動するよう手で指示した。

「私もですか、奥様？」スキナーが訊ねた。

ヴェリティは微笑んだ。「もちろんよ、スキナー。あなたがいないと」

フォーサイスに続き、スキナーが通り過ぎた。二人がゆっくりとホールを横切っていく後ろで、ヴェリティはベラミーの腕を摑んだ。彼女は囁き声でこう訊いた。

「なにをするつもりなの？」

ベラミーは言った。「ひとつだけね。僕に任せてくれ」

二人が最後に部屋に入ると、他の者たちは部屋の真ん中に固まって立っていた。ベラミーは後ろ手に扉を閉めると、振り返って鍵を掛けた。抜き取った鍵を軽く空中に放り上げて摑み取り、ディナージャケットの右ポケットに滑りこませる。何事かと驚いている八対の瞳が自分に視線を集中させているのがわかる。その場を動かず、わずかに足を開いて立つ。両手は親指だけ外に出して上着のポケットの中だ。声を少し張り上げ、彼は言った。

「いいや、正気だよ！　スキナー、全ての窓に鍵を掛け、カーテンを引いてくれ」

「かしこまりました」スキナーは答え、すぐ仕事にかかった。

ランナーがカーテンレールを軽快に走るシャッという音と、分厚いシルクが立てるさらさらという衣擦れと共にカーテンが次々に閉められていく間、誰一人として口を開く者はなく、最後のカーテンが閉められたところで再びベラミーが喋り出した。

「捜査は振り出しに戻った。ウィルコックスは犯人ではなかった。そして、ウィルコックスが犯人でないとなると……」ベラミーはそこで言葉を切ると、聞き手をゆっくりと見回した。

「ウィルコックスが犯人でないとなると」洗練されているとは言いかねる声音がノーフォークから発せられた。

「我々がすべきことはだ、大佐、ウィルコックス以外の犯人を外で探し回ることだな」

「いや！」と、ベラミーが言い。「おや！」と、ノーフォークが続いた。

「違います！　我々は『外で探し回る』前にですね、ノーフォークさん、まずは中を見て回るべきです」

「つまり？」と、ノーフォーク。

「つまり、我々が探している人物がこの部屋にいないことをはっきりさせる時が来たということです」

一同には実際の数十倍も長く感じられる重苦しい沈黙が流れた。ジョージ・プレスデイルが唇をすぼめ、長々と口笛を吹いてその沈黙を破った。

「奴があなたたちの中にいるってことだ」ヒューゴ・フォーサイスが発言した。

ソニア・ケップルが立ち上がった。彼女は怒りで上擦った声で言った。

「どうかしてるわ！　ここにはただ……」

クロージャーが怒鳴りつけた。「黙ってろ！」

集団の端にいたノーフォークがその場を離れ、ゆっくりとベラミーのほうに歩いていった。笑顔は消えている。口を開くと、鼻にかかった発音がより色濃くなっていた。

「では、君の言う狂人とやらがこの部屋にいるかもしれないと？　それが君の考えかね、大佐？　それをどうやって見つけ出すつもりかな？」

「ウィルコックスは犯人ではない。従って、犯人はこの部屋にいるということになるか、あるいはこの家との――一時的にも――雇用関係にない人間ということになる。とすると犯人はこの部屋にいるか……」ベラミーは言った。

「殺人犯に――バスティオン、ですか？――共犯者がいる可能性は考えないんですね」と、ヒューゴ・フォーサイス。

「それはどう考えてもありそうにないからね」ベラミーが答える。

「ああもう、今夜はありえないことばっかりじゃないですか」

「ヒューゴ、お願いだからノーマンに話をさせて！」口を挟んだのはヴェリティである。

フォーサイスはヴェリティを見、「すみません」と謝って口を閉じた。

「ここはレディ・デストリアに従おうか。最後まで僕に言わせてくれ。君の考えはそのあとで伺うよ。話を戻すが、殺人犯がこの部屋にいるか、それともジョージ・クレシーの死によって終わったこの卑劣な事件は、完全に外部の人間によるものかのどちらかだ。投函されることなく届けられた手紙から始まりジョージ・クレシー殺害まで、とにかく今夜あったこと全てに目を向ければ、犯人が内部に入りこんで凶行に及んだ可能性の方がずっと高いという僕の意見に同意せざるをえないだろう」

「確かに」ベラミーの意見にノーフォークが同意する。

ベラミーはクロージャーを見て訊ねた。「君はどう思います？」

クロージャーは唇の片端を引き下げた。肩が微かにすくめられる。言葉はない。ベラミーは目を細めて男を見た。屋敷に来た当初のポール・クロージャーはラテン系の顔立ちがぼんやりと印象に残るだけで、存在感はまったくなかった。それがいまは、断固たる冷徹さと力強さが一秒ごとに目に見えてくるようだった。

ベラミーはノーフォークに視線を移した。変化と呼ぶにはあまりにもわかりにくく、どこがどう変わったとわざわざ言い立てることもないほどの微妙な変化だが、こちらも確かに雰囲気が違っていた。

ベラミーはヒューゴ・フォーサイスを見て言った。

「君はどう思う――いまさっき言ったこと以外についてだが？」

「可能性の高い線を追うことには同意しますよ」

「プレスデイル、君の意見は？」ベラミーが訊ねた。

ソニア・ケップルが再び自制心を取り戻し、ジョージ・プレスデイルはソファの肘掛けに腰を下ろしてふくよかな美女のすぐ傍に寄り添っていた。伏せた瞳は綺麗にセットされた黒髪に吸い寄せられている。こちらの言うことなど、なにも聞こえていないようだ。

ベラミーは鋭い声を出した。「プレスデイル、君の意見は？」

若者ははっとして顔を上げた。手の甲で額を拭うと、彼は疲れ切った声で答えた。

「意見は別にありません。とんでもなく恐ろしいことが起きているということぐらいしか、僕にはわかりませんので」

「スキナー、君はどう思う?」

スキナーは踵を打ち鳴らした。「私の意見を申しますと、ベラミー様のお考えは完全に正しいかと存じます」

「いまは二十世紀よ、ノーマン。自由と平等と博愛の世紀! 女性の意見を聞かないと!」と、ヴェリティ。

「君はどう思う?」ベラミーは訊ねた。

「あなたが正しいと思うわ」ヴェリティはそう答え、呼吸を整えると、うわついた声を落ち着かせた。

「でも、ヒューゴの考えはひどいわ。共犯者のことだけど」

「可能性で言えばもっとひどいのが……」

ヴェリティは手を上げて制した。「言わなくても皆わかってるわよ!」

ベラミーはアン・ラヴェナムに視線を移した。

「ミス・ラヴェナム、なにかご意見は?」

アン・ラヴェナムはかぶりを振った。

ベラミーはソニア・ケップルに視線を移した。「あなたは?」

彼女は端然と姿勢を正して言った。

「私には言いたいことが山ほどありますわ。なんて残虐なこと! なんて非道なこと! やるべきことはひとつしかありませんわ。前にも言おうとしましたけど、その時は止められましたの。だけど、今回は言わせてもらいますわ。警察を呼ぶのです!」

「どうやって? 電話線は切れている。車は動かない。最寄りの警察まで十マイルの荒野を越えていっても、扱えるのはせいぜい馬の盗難事件くらいで、それ以上の異常な事態はお手上げの太った田舎警官しかいないでしょうに」ベラミーは言った。

女は口を開いてなにかを言おうとしたが、言葉を発する前に連れの男二人を見た。二人の視線は彼女に注がれている。勇ましい反抗心は萎んでいった。彼女はソファの片隅に深く座り直し、押し黙った。

「君たちに思い出してほしいのは——忘れそうだと言っているわけではないよ！——二階にある死体は、一時間前までは生きていた人のものだということだ。彼は自分の指示の下、皆で手分けして屋敷を捜索している間に殺された。つまり、殺されたのは十一時半から十二時の間ということになる。そこで、我々はまず、捜索に当たった者全員がその間、どこでなにをしていたかを詳細に報告すべきではないかと思う」そう言って、ベラミーはノーフォークを見た。「あなたからお願いできますか？」

ノーフォークは皮肉気に小さく頭を下げた。その顔には相変わらず笑みがうかんでいる。

「ここに残って、ご婦人たちの護衛をしていた。実に愉快な任務だよ。快適だし、こう言っていいかわからんが、非常に楽しいという意味で昂揚したね」

ベラミーは訊ねた。「部屋は出なかったのですね？」

ノーフォークは答えた。「出たに決まっているとも、大佐。時折部屋を出てホールと周囲の様子を目に入れないことには、立派に務めは果たせなかったからね」

「部屋を出たのは何回ですか？」

ノーフォークは肩をすくめた。「ご婦人の誰かが教えてくれるんじゃないかね」

ベラミーはヴェリティを見た。少し考えてから彼女は答えた。

「三回だと思うわ」アン・ラヴェナムを振り返る。「合ってるかしら？」

「だと思うわ」アンが答える。

ベラミーはソニア・ケップルを見た。「答え合わせにご協力願えますか？」

「いいえ」女は言い、じっくり考えこんでからもう一度答えた。「私は全然思い出せませんもの」

「では、三回が正解ということにしよう」ベラミーはノーフォークに視線を戻した。「部屋を出ていた時間は最長でどれくらいですか？」

ノーフォークは肩をすくめた。「自分で時間など計りゃせんよ、大佐。ご婦人方に訊いてくれ」

「せいぜい一分ほどで戻ってきたのが二度。一度はそれよりかなり長くかかっていたわ」と、ヴェリティ。

「どれぐらい？」

「難しいわ。時間を計るのは苦手だし、今夜はいつもより時間の流れが速くなったり遅くなったりしているように感じるもの。アン、あなたが言ってみて」

「覚えてるわ。すごく長く感じられたの。心配になったからでしょうね。五分と言いたいところだけど、そんなに長いわけないわね。三分だと思うわ」アン・ラヴェナムは答えた。

「ノーフォークさん、部屋を出る時は扉を開けていきましたか？」ベラミーが訊ねる。

ノーフォークは首を振った。微笑みながら声を荒げることもなく、彼は答えた。

「まさか、開けていくわけがない。私が扉を開け放してご婦人方を無防備にさせ、不安な思いをさせるとでも？」

「そのつど、閉めたのですね？」

ノーフォークは頷いた。

「私が頼んだの」と、ヴェリティ。

「以上だ。もう証言台を降りてもいいかな、大尉、失礼、大佐？」

「次は誰が？　君はどうだ、フォーサイス？」ベラミーは言った。

ヒューゴ・フォーサイスはヴェリティの右手にあるピアノにもたれていた。彼はくわえていた煙草を口から外した。

「どうぞ」

「君はなにを？」

「電話線です。外に出て。断線箇所を探しに」

「そして？」

「お話しした通りです。主電話の線は車寄せの終端から百ヤード先で二十フィート以上を、離れにつながる線はあずまやのすぐ脇でごっそり切られていました」

「僕の記憶に間違いがなければ、君は一回目の捜索では外を受け持っていたね？」

「そうです」

「外にいる間、他の者を見たかい？」

「誰かまではわかりませんが。ああ、そうだ——あなたとクロージャー君がガレージのほうに行くのは見ましたよ。そのあとで一人、いや、二人ですね、別々に見かけはしましたが、それが誰かはわかりません」

「戻ったのはいつ？」

「それほど時間はかかりませんでしたよ」

「いや、戻ったのは最初のほうか、それとも最後のほう?」

「間くらいです」

ベラミーは他の男たちを見回した。ソファの肘掛けに座ったプレスデイル。ノーフォークとクロージャーは南側の中央の窓の傍に並んで立っている。スキナーはピアノの後ろに一人引っこんでいる。

「外回りの最中にフォーサイス君の姿を見た者は?」

「見てないな」ノーフォークが言った。

クロージャーはかぶりを振った。

「お見かけしませんでした」スキナーが言った。

「君はどうだ、プレスデイル?」

「いいえ」

「そうか、わかった! ありがとう、フォーサイス。さて次は? 君はどうだ、クロージャー?」

「いいでしょう」口から煙草を離さずにクロージャーが答えた。唇の動きに合わせて、煙草も上下に動いた。

「ガレージまで一緒だったから、君が見回りに出た時間と行き先はわかっている。君がガレージに入っていくのを見た。僕はそれから離れに行ったんだ」

「あなたには誰が質問するんですか?」クロージャーが訊ねた。変化はこの男の声音にまで現れていた。声は硬く、奇妙な外国訛りを帯びている。

「誰でも訊けばいい。僕の質問が終わったあとで」

クロージャーが立ち上がった。少しの間、十フィートの距離を挟んで二人の男が睨み合う。口を開いたのはクロージャーだった。「続けて」

「ガレージでなにを？」ベラミーは質問した。

「車を見てました」

「何台？」

「知ってるでしょうに。まあ、答えますよ――四台です」

「全部調べたのか？」

「お手柔らかに！　ええ、全部調べましたよ。そして、全部が同じ手口で動かなくされているのを見つけました。プラグコードが切り取られていたんです」

「最後まで車を調べたあとはなにを？」

「煙草を探しました」

「その後は？」

「一服を」

「屋敷に戻る前に？」

「ガレージを出る前にです。雨が降っているから外では吸えなかった」

「一服するのにどれぐらいの時間が？」

クロージャーは肩をすくめた。「知るかよ（キン・サベ）」

「一服した後はなにを？」

「ガレージの戸を閉め、ポケットに鍵を入れ、戻りました」

「屋敷に戻ったのは君が最初か？」

クロージャーは首を振った。ソファにいるプレスデイルに向かって親指を突き立てる。「いいや。彼が先にいました。自分を中に入れてくれたんです。終わりですか?」

「ああ」ベラミーは言った。「次は君だ、プレスデイル」

「はい?」ジョージ・プレスデイルはうんざりした声を出した。

「君はなにを?」

「外をざっと調べていました。まず大きな円を描くようにめぐり、それから屋敷に向かって捜索の円を縮めていきました」プレスデイルは答えた。

「それが君の仕事?」

「はい」

「他に誰かを見た?」

「はい」

「誰だ?」

「あなたとクロージャーともう一人です。少し距離がありましたので。スキナーなのかフォーサイスさんなのかはわかりません」

「他になにも見つからず、なにも見なかった?」

「はい」

「屋敷に戻ったのは君が最初?」

「はい」

「どうやって中に?」

「合図を——三回ノックして呼び鈴を一度鳴らすんです」

「扉を開けたのは?」

「レディ・デストリアです」

「一人で?」

「いいえ」彼は頭をノーフォークのほうに振り向けた。「彼が一緒でした」

「ありがとう。これで充分だ。さあ、スキナーだ」

スキナーはピアノの背後から出てくると、ベラミーから数歩離れたところに立ち、気をつけの姿勢を取った。

「君はなにを、スキナー?」ベラミーは訊ねた。

「プレスデイル様と同じでございます。ただ、私は逆方向から回りました」

「それが君の仕事?」

「左様でございます」

「他に誰かを見た?」

「プレスデイル様をお見かけいたしました。最初の方で一度」

「ずっとぐるぐる回っていたのかい?」

「いいえ」

ベラミーは目を見開いた。「うん? どうして?」

「ええ、ひととおり捜索いたしましたところで、どなたも海岸に降りていないことに突然思い当たりまして、私がそちらに向かったのです」スキナーは顔を曇らせ、粘土と砂がこびりついた靴とズボンと見下ろした。「海岸に降りていく道を知っておりますし……」と、肩をすくめる。「……危険はないと思いまして……」

「ああ、危険はなかった。屋敷に戻ったのはいつだい？　順番を訊いているんだが」

「三番目であったかと存じます。いずれにせよ、私はプレスデイル様に扉を開けていただきました。フォーサイス様はお見かけしておりません」

「以上だ、ありがとう」

ノーフォークは笑った。「では、君の番だな、大佐？」

「そうですね」ベラミーは堅苦しく答えた。

ノーフォークは笑いの収まらぬまま、周りを見回した。「さて、誰が大佐殿を料理する？」

フォーサイスがこっそり呟いた。「判事も陪審も俺がやる（『不思議の国のアリス』中のナンセンス詩の一節）」

ノーフォークがそちらを見た。「なんだね？」

「いいえ、なんでも」フォーサイスは言った。「なんでもありません」

ノーフォークはベラミーに視線を戻した。「誰もやりたくないようだな、大佐。だが、やらんことには体裁が整わんだろう？」

「ご自分でやられるといい」

「君はなにをしていたのかね、大佐？」ノーフォークが質問した。

「ガレージまでクロージャー君と一緒に行きました。彼がガレージの戸を開け、中に入るのを見届け、僕は離れに向かいました」ベラミーが答える。

「離れまでどれくらいだね？」

ベラミーは考えて答えた。「二百から三百ヤードでしょう」

「捜索に出ていた他の者を見たかね？」

「いいえ」

「離れに着いて、君はなにをしたのかね、大佐？」

「人が出てくるまでノックをしていました」

「誰が出てきた？」

「コックです」

「ここに来て、ついさきほど二階に連れて行かれ、いまはベッドで寝ているあのコックかね？」

「はい」

「さきほどの話から考えるに、君は彼女に君の運転手のウィルコックスと話したいと頼んだのだね？」

「はい」

「どうしてウィルコックスと話を？」

「ウィルコックスが離れにいるかを知りたかったのです。いるのなら、力を貸してもらう気でした。いなければ、その場合……」

「待ってくれ、大佐！　離れに行った時にはもうウィルコックスを疑っていたのか？」

「いいえ。しかし、レディ・デストリアに注意してはどうかと言われていましたので」

「なるほど。コックにウィルコックスを呼んでこいと頼んだあと、なにがあったのかね？」

「なにがあったかは全てご存じでしょう！」ベラミーはとうとう声を怒らせた。

ノーフォークは笑みを崩さない。「すまんな！　気を悪くするな！　それはそうと、大佐、あらためてお話願おうか？」

「コックがウィルコックスにあてがわれた部屋に行きました。ノックをしたものの返事がない。彼女は下に降りてくると、ウィルコックスが起きないと僕に言いました。かわりに僕が二階のその部屋に向かいました。部屋は空っぽでした。ベッドに寝た形跡もありません」

「制服は部屋に？」

「ええ。しかし、私服を持ってきていたかは知りませんからね。コックが他の使用人を、ハウスメイドとパーラーメイドの二人を起こしました。部屋を出てきた二人に、僕はウィルコックスの動向について訊ねました。コックとハウスメイドによると……ああ、馬鹿らしい！　コックの話をもう聞いたでしょう。なにがあったかは全部ご存じなのに」

ノーフォークは相変わらず微笑んでいる。「屋敷にはだね、大佐、君は何番目に戻ってきたのかね？」

「僕が最後だったのはよくご存じでしょうに」

「そうだな、大佐。質問は以上というところかな？」

「収穫はなかったのでしょう？」

「君にはあったのかね？」

「ええ。これでわかったことがありますよ。この部屋には僕を含め、自分の言葉以外で殺人犯ではないことを証明できる人間がいないことがわかりました」ベラミーは言った。

第九章　午前一時～午前一時十五分

この夜に垂れこめた最も重苦しい沈黙を破ったのはノーフォークだった。

「そりゃあいいね、大佐。実にいい」彼はそれまでとはうってかわった声で言った。ひやかすような調子は鳴りを潜め、愉快そうでもなくなっている。低く、穏やかな声音には奇妙にも威嚇するような響きがあった。

「僕も含め、ですよ」ベラミーはノーフォークの言葉そのものより、声音に対してそう答えた。

「ああ。確かにそう言っていた。だが、そんなことを付け加えたところで、ゼロに毛が生えた程度しか変わらんよ！」ノーフォークは言い、クロージャーを振り返った。「なあ、ポール？」

クロージャーは頷いた。

「ゼロに毛が生えた程度さ！　どうしてか？　君が言ったことだぞ、このイカレた殺人犯が付け狙っている三人のうちの一人が君だと……」

ベラミーが口を挟んだ。冷ややかな視線に負けず劣らず冷え切った口調である。

「自分を容疑者に入れているとは言いませんでしたよ。今夜、この家で殺人を犯した人間がいて、殺人者ではないと証明できる者が、ここにいる六人の中には一人もいないと言っただけです」

「それはもう聞いた。実際にどう言ったかはさておき、詰まるところ君は私かここにいるポール・

クロージャーが犯人だと言っているのだろう」と、ノーフォークはまたもクロージャーを振り返る。「なあ、ポール？」

クロージャーは頷いた。

「どうしてそんなに僕が……ええ……容疑をあなたとご友人に絞っていると、信じて疑っていないのですか？」ベラミーは訊ねた。

クロージャーがピアノから離れた。ぶらぶら歩いてくると、数歩でノーフォークの傍に到着し、横に並ぶ。

「それだけの理由がある。六人の男がいる。君を除けば五人だ。そのうちの三人は君がよく知っている人間だ。一人」――ノーフォークの視線がプレスデイルに移る――「は、殺された男の親戚だな。いま一人はレディ・デストリアの信頼厚き従者。そして残る一人はレディ・デストリアの家族の一員として永久的な地位を占めていると思しき人物だ――どういう地位かはよくわからんがね。ともかく、この三人に君の言う狂人である可能性がないことは火を見るより明らかだ。それだから、ナントカ大佐殿、君のいまの言葉は私かポール・クロージャーがその男だと言っ、て、いるのだよ。我々のどちらかがその狂人で、もう一人が共犯者だとか、あるいは狂人であるどちらかが自分の仕事をしたが、バジルドンだかなんだかいう正体を生涯の親友に隠しているとか、君がそんなことまで考えているかいないかは、この際、毛筋ほども問題じゃない。私か、ここにいる友人のどちらかが殺人犯だと君の目には映っている、その事実だけで充分だよ」彼はクロージャーを見た。「そうだな、ポール？」

クロージャーは頷いた。

「余程、濡れ衣をかぶせられていることにしたいんですね、ノーフォークさん」ベラミーは言った。

直立不動で立ちつくすヴェリティ・デストリアの顔は真っ白で、瞳だけが生きていることを明かすように炯々（けいけい）と燃えている。すると彼女の剝き出しの右腕をふたつの冷たい手がぐっと握った。声が聞こえる、アン・ラヴェナムの声だった。囁き声にまでひそめられ、ヒステリーを起こさないよう気を張っているが、言葉の端々の震えは抑えようがなかった。

「かぶりたいのは黒頭巾（英国法で、死刑宣告をする裁判官がかぶる）よね！」

ヴェリティは振り向いた。腕をそっと戒めから外すと、娘の肩に回す。

アン・ラヴェナムは身を引いて彼女の腕から逃れた。ヴェリティのように背筋を伸ばして立ち、ひそめたままの声でこう言った。

「ごめんなさい。大丈夫よ」

ノーフォークはベラミーを見て言った。

「まるで誂えたような濡れ衣だったからね。なあ、ポール？」

クロージャーは頷いた。

「そこまで仰るのなら、ノーフォークさん、少しの間、あなたかクロージャー君のどちらかがバスティオンだと僕が考えているということにして話を進めましょう。そして、お二人のいずれか、もしくはお二人がクレシー将軍を殺したとします。あなたのお答えをお聞かせ願えますか？」

ノーフォークはポケットに両手を突っこむと、片方に頭を傾げ、唇を歪めて奇妙な笑みを作りながらベラミーを見た。口調こそ変わっていたが、威嚇するような調子は薄れていた。

「それでいい。お答えしよう、大佐。ポール・クロージャーも私も君の言う殺人犯たりえない、なぜならば、二人とも君の言うバスティオンたりえないからだ。理由かね？　我々はお互いの素性を、それは確かなものだが、十二分に把握しているからだよ。必要ならば、その素性がどこに出しても恥ずかしくないものであることをだね、大佐、二人とも喜んで証明するとも。端的に言うと、我々はどちらもバスティオンではないし、バスティオンの名を聞いたこともない。従って、我々のどちらもバスティオンたりえないし、バスティオンの復讐の協力者にもなりえない。我々は平和的な市民だ、なあ、ポール？」

クロージャーは頷いた。だが今回、彼は驚いたことに言葉を発した。

「その通り、まったくその通り！」その声はこの屋敷にやって来た時と比べると、別人としか言いようのないものだった。少し間を置いてから、彼はこう付け加えた。

「もうこの騒ぎにはうんざりしてきたところだぜ！」

ノーフォークの笑みが大きくなった。「その通りだ、ポール。さて、どうする？」

「ずらかろう」クロージャーは言った。

「おうとも。よく言った。だが、どうやって？」

「電線をいくらか調達して、車のプラグコードを継ぐんだ」

「できるのか？」

クロージャーは頷いた。

「というわけだ、大佐。我々は失礼するよ」ノーフォークは言った。

「駄目です！」と、ベラミー。

「聞いたか、ポール？」

クロージャーは頷いた。クロージャーの黒い目とノーフォークの青い目が、彼らと扉とを隔てて立つ優美な長身をじっと見据える。

「鍵は君が持っているぞ、大佐」ノーフォークが言う。

「知っています」ベラミーは答えた。

クロージャーがベラミーに近づき、一歩手前で足を止めた。クロージャーは掌を上にして片手を差し出した。

「よこせ！」彼は言った。

もはや不快感を隠そうともせず、ベラミーは男を見下ろした。

「よこせ！」クロージャーは繰り返した。

ノーフォークが動き、友人の横に立った。

「駄目です！」ベラミーは言った。

彼は目前に迫る男二人の頭越しに視線を移し、他の三人の男たちと視線を合わせようとした。スキナーとフォーサイスと目が合った。頭で軽く合図を送る。スキナーが素早く、さりげない足取りでやって来ると、近くではあるが近すぎない位置で足を止めた。フォーサイスはゆっくりやって来た。彼はベラミーとスキナーに挟まれるように立った。

「何事だ、大佐？　暴力に訴えようというのかね？」ノーフォークは言った。

出し抜けにクロージャーが吠えるような不愉快な声を立てて笑い出した。黒く細い口髭の下で上唇がめくれ、口の片端から白い歯がこぼれた。

「プレスデイル！」ベラミーが鋭く呼んだ。

ジョージ・プレスデイルはまだソファにいた。彼が寄り添っているソニア・ケップルは、化粧ポーチと熱しやすく冷めやすい気性のおかげですっかり落ち着きを取り戻し、予定通りにパーティが行われているような顔でソファに座っている。二人の頭は触れんばかりの距離にあり、背もたれにのせたプレスデイルの右腕はオリーヴ色のむちむちとして愛らしい肩の真後ろにあった。

「プレスデイル！」ベラミーはもう一度呼んだ。

ジョージ・プレスデイルは顔を上げた。相変わらずぼんやりとした目で何事かと問い返すが、集まっている男たちを見てどういう事態かを悟ると、眉をひそめて驚きに目を見張った。彼はぱっと立ち上がった。

「あら！」ソニア・ケップルが声を上げた。「どうかして？」

ジョージ・プレスデイルは振り返って女を見下ろし、ひどく優しい声で言った。

「そのままここにいて。大丈夫だから」

プレスデイルは男たちのほうに歩いていくと、少し距離を取ってはいるがクロージャーとノーフォークと並ぶ場所で足を止めた。彼はどろどろになった灰色の洒落たスーツの上着のポケットに両手を差し入れた。すっと立った肉の削げた騎手らしい体つきは、いつに増してきちんとした姿勢を保っている。痩せて日に焼けた顔は老けこみ、厳めしい皺を刻んでいる。いつもどこかぼんやりとしている顔は引き締まり、彼はこの驚くべき夜を過ごしてきたとは思えないほど冷静でしっかりとした声を出した。

アン・ラヴェナムがヴェリティにこっそりと耳打ちをした。

「彼、馬に乗る時はああいう顔つきになるの」

「なにか問題でも？」ジョージ・プレスデイルが訊いた。

「おいおい！　君はなにも聞いていなかったのか？」と、ベラミー。

「はい」

「おいおい！」ベラミーは繰り返した。

「なにか問題ですか？」ジョージ・プレスデイルも繰り返した。

ベラミーは青年を凝視した。「クロージャー君とノーフォークさんが、自分たちのどちらか、あるいは両方がクレシーの命を奪ったと私が疑っているとお考えでね……」

プレスデイルは最後まで待たずに口を挟んだ。「そうなのですか？」

「それはたいした問題じゃないがね。いまのやり取りを君がちゃんと聞いていたならの話だが、この部屋にいる六人の男の中に、ジョージ・クレシーの殺害者ではないことを証明できる者が一人もいないと言っただけだからね」

「なるほど」ジョージ・プレスデイルはゆっくりと答えた。「それで、なにが問題なのですか？」

「クロージャー君とノーフォークさんが出て行きたがっている。それは駄目だと僕は言ったんだ」

「なるほど」

「邪魔立てしようと無駄だよ、大佐。鍵はどうした？」ノーフォークは言った。

クロージャーは左手をズボンのポケットに突っこみ、右手はぶらりと垂らして立っていた。ふとその頭をめぐらせると、彼は鷹揚な無意識の仕草でくわえていた煙草をぷっと吐き捨てた。火の点いた煙草が絨毯の上に落ちた。クロージャーは物思いに耽っている様子で吸差しを足の爪先で押し潰すと、そのまま踏みにじって火を消した。

その行動は周りの者を驚かせ、八対の瞳がいっせいにクロージャーに集中した。それでも、当の本人はまったく気づいていないようだった。

アン・ラヴェナムの声は冷徹で、張り上げているわけでもないのに、金切り声よりも遥かに周りの者をぎくりとさせた。

「あなたのお友達はどういう方なの、プレスデイル大尉？」

「お黙りなさい、お馬鹿さん！」ヴェリティが叱咤したが、彼女の顔は笑っていた。

「そうとも、プレスデイル、この人たちは何者なんだ？」ベラミーが訊ねる。

「ミスター・ジェレミー・ノーフォークはケープタウンとクリーヴランドの方です。ミスター・ポール・クロージャーはモントリオールだったかと」プレスデイルは答えた。

「あちらのご婦人は？」ベラミーは言った。

「ミセス・ソニア・ケップルです。ミセス・ケップルはミスター・ノーフォークのご令嬢です。ご主人とは二年前に死別されています」彼はベラミーの顔を見つめ、そう言った。クロージャーが女主人の絨毯に働いた狼藉に驚いてからは、自分が後ろ盾になっている二人の男たちには一瞥もくれていない。

ベラミーはゆっくりと言った。「モントリオールのミスター・ポール・クロージャーね。カナダ人か」

クロージャーの頭が唐突に妙な動きをし、唐突に動きを止めた。一秒にも満たないほんの一瞬に見せたその仕草は、唾を吐こうとしたようだ。クロージャーは言い捨てた。

「くたばれ！」

ベラミーはジョージ・プレスデイルを見た。

「二人とは知り合ってどれくらい?」

「長いです」それがジョージ・プレスデイルの答えだった。

「ふざけるんじゃない、青二才が!」ベラミーは上官口調で叱責した。

「失礼しました! つい口が」青年の冷ややかな青い瞳が怒れる黒い瞳をじっと見つめ返す。

屋敷の女主人がいつの間にかジョージ・プレスデイルの横に立っており、彼女の存在に気づいた青年をぎょっとさせた。そして彼女は静かに言った。

「プレスデイル大尉、どうか私のためにベラミー大佐の質問に答えていただけないかしら」

ジョージ・プレスデイルは彼女を見た。口を開くまで、かなり長い沈黙があった。

「わかりました。初めて会ったのは三週間前です」

「どこで?」ベラミーが鋭く訊ねる。

プレスデイルは彼を無視した。

「お願い、プレスデイル大尉! 結局、どうにも……」

ジョージ・プレスデイルはヴェリティの言葉を遮り、「わかりました」と答えたが、ベラミーに向けて言ったものではなかった。「いや。ちょっと待ってください!」そう言うと青年は振り返り、足早にソファへと戻っていった。

ソファの片隅には浅黒い肌に黒衣をまとった小柄な女性が端然と座っている。その顔は青ざめているせいで、見ていて心配になるような灰色をしていた。

ジョージ・プレスデイルは腰を屈めて彼女を覗きこんだ。

「聞いていた?」

女は頷いた。

「質問に答えてもいい？　それとも、くたばれって言ってやる？」

彼女は顔を上げて男を見た。小さな卵形の顔が瞳を大きく見開いている。なにか言うように唇が動くが、言葉は出てこない。小さな舌先が顔を出し、唇を湿した。

ジョージ・プレスデイルは女の隣に腰を下ろした。黒衣に包まれた膝の上で交差した彼女の小さな手を大きな手の片方で両方とも包みこむと、冷たい指先の震えがじかに伝わってきた。彼は言った。

「大丈夫だから」

「一番いいと思うことをして」彼女は言った。

ジョージ・プレスデイルは立ち上がった。固唾を呑んで見守る一同の元に戻ると、彼はベラミーに向かって言った。

「ミセス・ケップルと父君のクロージャー氏にはバティストックの〈司教の冠(ザ・マイター)〉亭というホテルで会いました。母が数日滞在していまして、その時に知り合ったんです」

「では、君はこの三人のことは、本人たちが話したことしか知らないのだね？」

ジョージ・プレスデイルは言った。「よくは知らないかもしれませんけど、普通の知り合いが知るようなことは知っていますよ」

「彼らはここでなにを？」

ジョージ・プレスデイルはその質問に答えようとしたがノーフォークの声に遮られ、沈黙した。

「なあ、大佐。プレスデイル大尉は自分が知ってることをもう全部話してしまったよ。質問があるなら私と友人に直接訊いてはどうだい？　なあ、ポール？」

クロージャーは賛成とも反対とも取れる、どっちつかずの唸り声を立てた。

「さらに好都合なことにだね、大佐、質問する手間も省いてあげよう。私の名前はジェレミー・ノーフォーク。生業(なりわい)はなにをしていたかというと——引退したから過去形になるが——石油だよ。いまもそうだが、南アフリカの大きな石油利権で稼いでいた。二十五年前から、かなりの時間を南アフリカで過ごしてきた。プレスデイル大尉が私の出身をケープタウンとクリーヴランドと紹介したのはそういうわけだよ。妻とは死別している。ミセス・ケップルは私の一人娘だ。娘が結婚していた時は別々に暮らしていた。夫を亡くしたので私のところに戻ってきたのだよ。昨年引退し、いまは世界中を旅して回っている身分だ。英国にいるのは、君のお国が腰を落ち着けるのに良い場所か見てみようと思ったからだが……。こんな夜のあとではね、大佐、とてもそんな気にはなれんね。思うに……」

予想外に彼の連れから邪魔が入り、ノーフォークの言葉は中断された。クロージャーがいきなり怒鳴り散らしたのだ。

「やめろ！　あんたの声は電ノコよりうるせえ！」

ノーフォークはびくりとし、首をめぐらせて友人のポールをまじまじと見ると黙りこんだ。ベラミーに話していた時に浮かべていた半笑いは跡形もなく消えている。すっかり落ち着きを失った目が部屋の至る所に向けられる。両手がなにか言いたげに小さく動いたが、彼は拳を背中で握りしめて隠してしまった。まるで、後ろに壁があると思っていたら、虚空しかなかったことに突然気づいた人のような素振りである。

ベラミーはクロージャーを見て言った。「君の話を伺っても？」

「聞かせてやるよ！」クロージャーは言った。「話してやるさ。だが、それはあくまでも俺の気が向いた時だけだ。さあ、鍵をよこせ！」左手をポケットから出し、もう一度掌を上にして突き出す。ぶら下げられた右腕は不思議なくらい動こうとしなかった。

「待ちたまえ！　状況が状況だけに、いまは誰もこの家を出ず、朝になって当局の到着を待つのが正しい判断だと僕は思っている。だが、ここはあえて多数決を取ろう」ベラミーはノーフォークを見据えると、クロージャーにもその眼差しを向けた。「いいかい、結果がどうあれ僕の意見は変わらないが、ひとつ面白い実験をやろうじゃないか。君たち二人の主張は――ミセス・ケップルも入れておこう――ここを出て行くことだ」

「ふん！」クロージャーは鼻を鳴らした。

ノーフォークはなにも言わなかった。

「この部屋には僕を除けば他に五人の人間がいる。いずれにせよ、票が割れることはありえない。では」そう言って、ベラミーはヴェリティを見て訊ねた。「出て行くほうと残るほう、どちらに？」

「残るほうに」ヴェリティは言った。

「ミス・ラヴェナムは？」

「残るほうよ」

「フォーサイス？」

「残るほうに」

「プレスデイル？」

「僕は投票しません」ジョージ・プレスデイルは言った。

ベラミーは青年を睨みつけた。「出て行くほうと残るほう、どちらに？」

「僕は投票しません」ジョージ・プレスデイルは言った。

ベラミーは下唇を噛んだ。しばらくの間黙りこみ、それからスキナーのほうを向いた。

「私の意見を申しますと、皆様はここに残られるべきかと存じます」

ベラミーはノーフォークとクロージャーに視線を戻した。彼は言った。

「おわかりかな?」そして、片手で小さく円を描いてみせた。

いったいどうしたわけか、先ほどまでの態度が嘘のように、ノーフォークはすっかり自信の失せた声を出した。

「なあ、大佐、英国的なフェアプレイ精神に則(のっと)っているとは思えないんだが」

「この、クソ野郎が!」クロージャーが唸った。「そのお喋りな口をふさぎやがれ!」彼はベラミーに詰め寄った。顔がさっと紅潮し、浅黒い肌がさらに黒みを増す。糸のように細められた目が動物のような輝きを帯びている。喋りながら頭を前方に突き出したが、同時に肩を持ち上げたので、それは首をすくめたような動きになった。他の部分はいっさい動いていないというのに、その体はきりきりと巻かれたバネのようだ。いままでなかった奇妙な歯擦音が目立つ声で彼は言った。

「おい、鍵をよこせってんだよ! さっさとしやがれ! 偉ぶりやがってこの野郎。イエス様気取りか? 俺たちがこんなボロ屋になにしに来たと思ってんだ? パーティをしに来たんだよ。あんたらみてえなオツムの弱い奴らのケツを拭いて、駆けずり回ってやるためじゃねえよ。それに、共学の女子生徒でもあるまいに、なんで部屋の中に閉じこめられなきゃいけねえんだ。客らしくちゃんと扱ってくれりゃあ、俺たちだって喜んで協力するさ。あんたが俺たちを高飛車に踏みにじったりしなけりゃ、こうはなってなかったんだよ! いいか、よく聞けよ。その鍵をよこせ、さっさとだ! よこさねえなら……」

ノーフォークが割って入った。彼は連れに近づくと、その腕に手を置いた。そして、震える声でこう言った。

「落ち着け、ポール！　落ち着け！」

クロージャーは荒々しく腕を捻ってノーフォークの手を振り払った。手の持ち主のほうは一顧だにせず、彼は糸のように細められた瞼の隙間からぎらつく目でベラミーを睨んでいた。

「よこさねえなら、どうなったってあんたの責任だぜ。さあ、鍵をよこしやがれ！」

「駄目だ！」ベラミーはことさらゆっくりと言った。「絶対に駄目だ。多数決で決まったことだ」

「そうか！」クロージャーは吐き捨てた。

その後の展開は、怯えた目で成り行きを見つめる二人の女たちには――ソニア・ケップルはソファの片隅で縮こまり、片腕を持ち上げて顔を隠していたので――まるで静止した世界が突然堰を切って動き出したように感じられた。豹変したクロージャーが一声吠えたのを皮切りに、場が一気に狂乱の巷と化す。たくさんのことが畳みかけるように起きたので、あまりの目まぐるしさに全ての出来事はぼやけた映像となって彼女たちの頭に連なっていった。怒号を放つと同時に、クロージャーは脇に垂れたまま不思議なほど微動だにしなかった右手を動かした。さっと動かされたその手の行き先は、上着に隠れた左の胸元のように見えた。手が動いた瞬間、男の短い叫びに続きがあったのかと錯覚するほどに切れ目なく、また別の怒号が上がった。声を上げたのはスキナーだ。彼は同時に男の行動を阻止すべく飛びかかり、クロージャーの両腕にしがみつくと、束の間、動きを封じた。ベラミーと、そしてヒューゴ・フォーサイスも動いていた。ジョージ・プレスデイルとノーフォークは立ちつくしたままである。クロージャーがまたひとつ、今度は動物の喉が立てるような言葉の体を成さない咆哮を上げ、拘束を振り解く。スキナーが倒れた。床に投げ出されたスキナーの体が駆け寄ってきたベラミーの足にぶつかり、ベラミーも倒れた。一塊になって縺れたベラミーとスキナーが両手足を使って立ち上がろうともがく。ジョージ・プレスデイルとノーフォークはまだ動かない。ヒューゴ・フォーサイスがうずくまった体勢のクロージャーと睨み合う。クロージャーの手が再び左胸のほうへと奇妙な動きを見せた。その手は柔らかな黄色い光の下で鈍い青色に輝くなにかを握って上着から出て来た。スキナーが立ち上がる。クロージャーの物言わぬ唇がめくれ、異様に白い歯が露わになった。その左肩が沈み、上半身だけが前のめりになる。ベラミーも立ち上がった。クロージャーが右手を持ち上げる。その手に握られた青鈍色の——それとも、黒いのだろうか?——物体がきらりと光を反射する。ヒューゴ・フォーサイスが動いた。クロージャーの足下に頭から突っこんでいくような体勢で飛びかかった彼は、クロージャーの左の太腿に肩を激しく打ちつけながら、男の膝のすぐ上を両腕で抱えこんだ。クロージャーは倒れた。スキナーがすかさず飛びかかり、クロージャーと交差する形で胸にのって押さえこむ。青い物体が——それとも、黒いのだろうか?——拙い弧を描きながら空中を飛んでいき、分厚い絨毯の上に音を立てて落ちた。ベラミーが膝を落とし、床の上で塊になってもがいている者たちの中に腕を突っこもうとする。ここでようやくノーフォークに動きがあった。口を引っ張っていた手をだらんと落としたのだ。強張った顔で揉み合いの場所に足を進めたが、動いていたのはプレスデイルも同様である。青年はノーフォークと揉み合う男たちの間に立った。「いけません」そう言われ、ノーフォークはその場に立ちつくした。人山が段々とほどけていく。ベラミーが立ち上がった。ヒューゴ・フォーサイスも立ち上がった。スキナーも立ち上がった。クロージャーは寝そべったままだった。

ままだった。男は足首を縛られており、黒いズボンの上に施された真っ白の戒めが、女たちの大きく見開かれた目に鮮やかに映った。ハンカチだった。同じように両手も縛られているのだが、こちらは糊の利いたリネンの白さと一体化してしまっていた。スキナーは静かに立っている。わずかに上下する胸に気づかなければ、煙草を取ってこいと命じられるのを待っているのかと見誤ってしまいそうだ。ベラミーが片手の掌で膝の埃を念入りに払うのをやめ、体を伸ばした。ヒューゴ・フォーサイスは曲がったカラーをいじりながら縛られた男を跨ぐと、腰を屈めて床に落ちているものを拾い上げた。ようやく情報の整理ができるようになった女たちは拳銃に間違いないと思った。だが、拳銃にしては長すぎるし、銃身の先端が普通のものとは違っている。フォーサイスが振り返る。彼が掌にのせて差し出したものを、ベラミーは前屈みになって覗きこんだ。フォーサイスは言った。「これはなんでしょう?」ベラミーの唇が低く口笛を漏らした。

ベラミーは屈めていた腰を伸ばすとこう言った。

「消音器だ。ハグストロムの消音器だよ」

第十章　午前一時十五分

ヴェリティ・デストリアは考えていた。

終わったんだわ！　おかしなものね、とてもそんな人には見えなかったのに。でも、現実は往々にして考えた通りにいくものじゃないわね。ああ、疲れた！　もう寝ましょうってここで言うのは品がないかしら。私は眠くはないんだけど。眠くなるような疲れ方じゃないのよね。いまは言わないでおきましょう。ノーマンの目尻に見たことのない皺ができてるわ。スキナーが素早くてよかった。なんて人でしょう！　ここにいる中で最高の男性。あら、でもヒューゴも頑張ったわ。私ったら肩入れしすぎね。不公平だわ。全部やってくれたのはノーマンだけど、でも……。まあ、そんなことは全部どうでもいいことね。本当、どうなるのかと思った！　あんな思いを味わったのは生まれて初めて。リヨンで会ったフランス人の恐ろしいおばあさんの時だって、ここまでじゃなかった。まあ、もうずいぶん昔の話になるのね！　私ももう若くないということだわ。でも、そんな年には見えないわよね、有り難いことに！　四十歳？　どうだったかしら。あのプレスデイルの坊やは魅力的ね。おかしな感じ。ああ、疲れた！　不安がなくなった途端、なぜだかどっと疲れるのよね。スキナーはあの時不安に駆られたりしなかったのかしら。ヒューゴもよ。ノーマンは内心びくびくしてたわね。こんなこと言ったら怒るでしょうけど。他の人は怒るかしら。なんて夜かしら！　今日あったことを小説や舞台にしたら、やり過ぎだって言われてしまうわ。ハリウッドでも無理。アンは頼もしい子ね！ ヒューゴはツイてる、だけどおかしな人。摑み所がなくて。お母様が言ってたような大器ではないわね。でも、そこが彼のいいところなんだわ。ノーフォークもおかしいわ。こうなったらノーマンだっておかしな人よ。そういうあなたはどうなのかしら、ヴェリティ・デストリア？ あなたが一番おかしな人間よ。終わってしまえばこの事件だっておかしいわ。でも、まさかこんなことになるとはね。おかげさまで片づいたわ！ あら、こんな言い方変かしら。まあいいわ、誰かのおかげではあるでしょうから！ ジョージは気の毒だけど、私にはあんな目に会う謂れはないもの。気の毒なジョージ！ 私はどうしてあの人にあんなことをさせたのか……。ううん、そんなことを考えてもしょうがないわ。頭が固いあの人なりの親切だったのよ。だったのよね、いまは違う。いいえ、〝いまは違う〟じゃないわ、彼が生きていた今夜とは違うということ。可哀相なジョージ！ 考えてみれば、いい人だったわね。周りに思われているほど、馬鹿というわけでもなかったし。どんな最期だったのかしら。苦しまなければよかったんだけど。嫌だわ、きっと騒ぎになるわね！ 新聞とか。ああ、心の狭いことを考えてるわ。下品な三流紙になにを書かれたっていいじゃない！ 死体発見現場はX邸と書かれるでしょう。さて、事件が片づいて、これからどうなるのかしら？ ノーマンはどうするつもりなの？

ノーマン・ベラミーは考えていた。

危なかった！ おかしなものだ、いけ好かない奴だが、バスティオンとは思わなかった。ジョージは気の毒だ！ まあいいさ、新聞の一面に名前がのれば、草葉の陰で喜ぶだろう。捕まえたはいいが、こいつをどうしよう？ どうするか自分で決めないと。他の者の意見を聞くより、そのほうがいいだろう。フォーサイスを呼んで。いや、それはまずい。自分で決めなければ。ヴェリティに相談する振りでもしようか。それにしても綺麗だ！　以前にも増して美しくなった。あれは……前もこんなふうに思ったが……あれは……興奮やら安堵やらが彼女をいっそう美しくするということだろうか。ああ、こいつを隔離し、皆にはもう寝ようと言えば、彼女に近づくチャンスができるな！　いけるだろうか。失敗は許されないぞ。素晴らしい女性だ！　ちっとも変わっていないように見える。変わったとすれば、さらに美しくなったということか。それはともかく、彼女は感謝してくれているはず。僕があれだけ鮮やかにやってのけたのだから。この卑劣漢をどうしてやれば？　どこかに押しこんで見張りを付けようか。そして、明日の朝になったら警察を呼ぶ。まったく、煩わせてくれる！　その癖、さして旨みはなし……。だが、終わったぞ！　とにかく、ヴェリティと話そう。口裏を合わせるんだ。皆に話したことと齟齬（そご）がないようにしないといけない、忌々しい連中め！　ああ、でもこれはいいな。二人きりで話ができる。早速取りかかろう。終わらせないと。まずは仕事をさっさと片づけること。それから、僕ほど自覚がないにしても、これだけのことがあったあとだから彼女も望んでいるはずだ。そこに話を持っていけないようならそこまでだ。行動は早いほうがいい。なんて夜だ！　さて、見張りは誰を付けよう？　ああ、彼女の美しさと来たら！　顔はちっとも変わっていない。体はますます魅力的になった。まさかありえないなんて、どの口が言ったものか。さあ、仕事に戻ろう。このままこいつを縛り上げておくか、それとも別の方法を？　また彼女を見たいがどうしよう。彼女の視線を感じるから、それはできない。なんの話をしていたっけ？　胡散臭いノーフォークの奴もどうしようか。プレスデイル君はどうしてるんだ。若い女にうつつを抜かしているんだろう。あのお嬢さんのなにがいいのかわからんな。チャラチャラした若者だよ、プレスデイルは。あいつもツイていたな……。ああクソ、いい加減にしないと。仕事にかかろう。

ポール・クロージャーは考えていた。

上手く俺をふん縛ったもんだ。まさか、こんな腰抜けどもに銃を強奪されるとはな。サツがすぐにここに来るんだろう。となると、困ったことになったぞ。あれだけご機嫌に喋っておきながら、ジェリー・ノーフォークがあれほどの腰抜けになるとはな。しかし、どうやってこのゴミ溜めから抜けだしゃいい？　イギリスの警官の扱いは公正で、ぶん殴ったりはしないと聞いているが、その戯言（たわごと）は本当かね。どうして俺は不愉快なのに気取ったふりをしてまで、こんなクソつまらん場所に来ようと思ったのか。しかし、この間抜けどもは暴力に訴えやがって！　朝までどんな目に会うのやら。チャンスはあるだろう。あのくたばったじじいと一緒にはしないだろうが。おっと、チャンスはあるぞ！　あいつら、得意満面でいるが……。まあ、奴らはそういう連中か……。

アン・ラヴェナムは考えていた。

経験だわ。なんだっけ……経験は最（エクスペリエンティア・ドー）……最（ドー）……最良の教師（ドケト）。人食い人種の国に百年住んでたって、こんな経験（エクスペリエンティア）は絶対にできっこないわ。ヴェリティはすごい人ね。知ってたけど。あのベラミーって人はやな感じ。ヒューゴがいなかったら、どうなってた？　彼が堪らなく愛しい！　素敵すぎて食べちゃいたい。食べさせてくれないかな。今夜なら許してくれるかも。こんなに興奮することがあったあとだもの、私に独り寝なんてさせないわ。許してもらえなかったら、怖いのって言うの。黙りなさいよ、アン・ラヴェナム！　なんておかしな騒ぎかしら！　ジョージ・プレスデイルみたい。

すっごくいい騎手よね。それだけの人だと思ってたわ。彼、あの小柄な褐色のお姉さんのこと、本当はどう思ってるんだろう。私はすごく素敵な人だと思うけど。でも、そんなのは上辺（うわべ）だけかもね。あの人、このおかしな男と一緒になにやってたんだろう。あの裕福でにこやかな人は本当に父親かしら。三人とも何者なの？　ヴェリティと話さなきゃ。いったいどういうことか、突き止めてやる。あらやだ、忘れてた！　あの真っ赤な顔でヤカンみたいにふうふう言ってた将軍様が死んだなんて信じられない。でも、そうなのよね。だって、ヒューゴが言ってたもの。他の人が言ったなら信じない。自分の目で見るんでなきゃ。いま、どんなふうになってるんだろう。前は真っ赤だったけど。まだ赤いのかな？　アン・ラヴェナムったら、黙らないとそのうちに吐くわよ！　ああ、本当にヒューゴが愛しい！　明日、彼に言おう。お金が入るまではなんて話はもう聞きたくない、黙って行動を起こさないと――私と結婚するとか――警官を連れてくるわって。私たち、これからなにをするの？　あらやだ、明日になったらここに警察が来るじゃない！　記者も来るわね。あ、そうだ！　世間の注目を集める大事件（コーズ・セレブレ）に私が関わってるって知ったら、お母様は大騒ぎするでしょうね！　絶対、絶対、絶対に、事件の真相を教えてもらわなきゃ！　これは現実よね。ひょっとしたら違うかも。私、寝てるのかも。ううん、でもそうじゃない。皆、これからどうするの？　ねえ、お願い、なにかやってよ。行動がどんどんおそくなってゆく。ベラミー大佐を待ってるみたい。ヒューゴがなにか行動を起こせばいいのに。あの人、やること全部しくじってるじゃない。ヒューゴ、動いてよ。動くのよ、なにかやるの！　一晩中彫像ごっこをしてるわけにはいかないでしょ。床に転がってるあの気の毒な人はいまどんな気持ちかしら。ヒューゴに倒されなかったら、あの人、なにをしていたのかしら。あの銃、弾はこめられているのかしら。ヒューゴが三十分ぐらい一人にならないかな――ううん、それじゃ足りない、一時間半ぐらい、一人になれればいいのに。ほら、ベラミー大佐、行動してよ！

スキナーは考えていた。

あの男はどうも変だな。さっきの俺の一撃、あれはなかなかのものだった……。じきに飲み物を所望されるだろう。クソッ、コルク抜きはどこに置いたっけか？　やれやれ、この仕事での物忘れがひどくなってるな！　二本目のデカンタに酒はそそいだんだったか、どうだったろう。あの男をどうするつもりなんだろうな……。クソ、コルク抜きはどこだ？

ジョージ・プレスデイルは考えていた。

気の毒に。彼女のことだからきっとそう思っている。そういうところが素晴らしい人だから。青ざめていても変わらず素敵だ。綺麗な目。すごく大きい。黒い星みたいだ。ヒステリーの発作を堪えきれないのは仕方ない。ぐったりしてる。どうか心穏やかに！　これが終わったら、また起こすことになるけど。これが終わったら、そうだ。全てがさっさと片づけば、それだけ早く彼女の面倒を見てあげられる。安らかに！　いま、彼女のところに行って隣に座り、体に両腕を回してぎゅっと抱きしめてもいいだろうか。可哀相に。これが俺のことなら――絶対の絶対に――もう二度とあんな顔はさせないのに。旦那が死んでいて神に感謝だ。どんな男だったんだろう。故人でなかったら、俺が殺してるところだ。今夜はいろいろなことがあったけど、俺のチャンスは五対四ぐらいでまずまずのオッズということがわかったのが最大の収穫かな。落ち着いていこうぜ！　あせってもどうにもならない。水に飛びこむのとはわけが違うんだ。オッズは半々だとしよう。いや、脈がないほうに七対二だ。七対二の賭けに俺は自分を賭けてやる。どうしても彼女を見てしまう。俺が彼女に恋してるって、誰かにバレてたりするのかな。いや、絶対にそれはない。完璧に隠してるから大丈夫だ。彼女の熱い眼差しで後頭部が焼けそうだ。このままだとどうにかなっちまいそうだよ。またソファに戻ろう。ソファに行ったら、皆にバレるだろうな。ああ、安らかに！　安らかに！　安らかに！　七対二と言ったか？　よし、半々で勝負に出てやる！

ヒューゴ・フォーサイスは考えていた。

ひどい有様だ。あの子羊の皮をかぶった狼は、銃を抜いてどうしたかったのかね。ギャングのメロドラマかよ。似合わねえな。ああ、ぐちゃぐちゃだ！　ベラミーはこれからどうするつもりなんだろう？　ノーフォークのパパさんを子供と一緒に放り出してくれれば一番なんだけどな。そうすりゃこの空気も和やかになるんじゃないかね。本当にいい迷惑だぜ。アンはどこかな？　ああ、あそこにいた。少し顔色が悪い。奥サンは僧侶みたいだけど。おかしな人だよ。なんにせよ、アン以外全員くたばればいい。あの子に飲み物をあげたほうがいいな。ベラミー大将軍閣下はなにをするか早いとこ決めてくれないもんかね。気を抜いてぐずぐずしてると、俺がかわりにさっさと決めちまうぞ。こんなゲーム、やってられるか！　クロージャーがかなりつらそうな顔をしてるぞ。俺のタックルのせいではないだろうけど。誰かに殴られたみたいだ。しかし、彼がはじけてくれて助かったな。この質疑応答ゲームは段々きわどくなってきてたから。名前は？　NまたはM。出身は？　AまたはBってね。まあ、これでしばらくは大丈夫だ。どうなんだろう……。いや、あれこれ考えても無駄だ。さあ、ベラミー大将軍閣下、なんとか言ってくれよ。

ソニア・ケップルは考えていた。

彼に言わなきゃ！　ああ、彼に言わなきゃ！　ああ、彼に言わなきゃ！

ジェレミー・ノーフォークは考えていた。

あの阿呆と来たら！　ゲームを壊滅状態にしなかったのは助かったが。それでも、仲間に引き入れる前にもっといろいろ話を聞いておくべきだった。いい勉強だな！　しかし、尋問が始まったらなんと言おう？　いろいろとすぐに訊かれるだろうな。プレスデイルは役に立たん。お嬢ちゃんも使えん。なにか考えなければ。なにか上手い話を。考えなければ。上手いこと納得してもらえなければ、下手をうってお終いだ。身の破滅だよ。さあ、どうするか。さて、ノーフォークさん、ご友人のことをどうお考えに？　クロージャー氏とはいつからのお付き合いだと言っていましたか、ノーフォークさん？　彼の出身は、ノーフォークさん？　彼の仕事は、ノーフォークさん？　消音器のついた銃で彼はなにをしていたんですかね、ノーフォークさん？　古い友人だから、どちらもバスティオンではないとお互いわかっていると仰っていましたよね、ノーフォークさん？　クロージャー氏とはグルだったんですか、ノーフォークさん？　畜生！　どうするか。矢継ぎ早に質問を浴びせられるに決まってる。あのイカレ野郎は私のことをなんと言うだろう？　古い友人のふりなどしなきゃよかった。とんでもないヘマをしたな。落ち着け、馬鹿者が、落ち着け！　ここで足を掬われるわけにはいかん。ベラミーに見られているな。視線を感じる。奴はどういう行動に出るつもりだ？　考えろ、考えろ……。

ミニー・ウォルターズは考えていた。

眠れない、眠れない。自分のベッドに戻ったほうがいいのかね。駄目、駄目、あんなふしだら娘と同じ屋根の下でなんて眠れない。二十二歳を一日も過ぎてないような小娘だけど。あの子の知ってる倍以上をあたしは知ってるし、あの子の知ってる半分もあたしは知らないんだ。眠れない、眠れない。このお屋敷にもなにかある――同じ屋根の下でふしだら娘がふしだら男と扉たった二枚先で寝てるってのとはちょっと違うけど……。あたしがあの子の母親だったら、背中の皮がずる剝けになるまで鞭打ってやるのに……。あっちに戻ろうか、眠れない……。このお屋敷にもなにかあるよ……。あの人たちがあたしを見る目と来たら……。ああ、神様、眠りたいです。


ルドルフ・バスティオンは考えていた。

一人が死んだ。残りは二人。手筈は決まってる。難しいのはわかりきっているが、俺にはできる。やらねばならん。やらねばば。信じれば叶うのだ。〝彼ら〟はどう思ってるだろう。〝彼ら〟には見えているのか？　俺が敵討ちをしていることを〝彼ら〟は知っているのか？　もちろん、知っているさ。当然だ。いい死にっぷりだったな、一人目の奴は。二人目はどうかな。女も見事に死んでくれるだろう。俺にはわかる。こんなこと、始めなきゃよかったと思う時もあるが……。やめんか！　頭を働かせておけ。そして、おまえは顔を出すな、隠れろ、隠れているんだ。

第十一章　午前一時二十五分～午前二時

一

囚われの身となった男は拘束を解かれることなく、使用人部屋の長椅子に寝かされた。扉のすぐ脇、囚人と戸口とを同時に睨む場所に置かれた椅子にスキナーが腰を下ろした。テーブルに置かれた消音器つきの自動拳銃は、右手を伸ばせば楽に届く位置にある。横たわる囚人はおとなしいものだ。男がこの部屋に連れてこられたのはたった十分前のことである。初めの五分間こそ口数が多かったものの、なにを言ったところで見張りの男はまったく注意を向けようとせず、壁に話しかけたほうがましという有様だった。男が静かになったのはそういうわけだった。

廊下に出てホールのほうに少し行くと小応接室があり、そこのソファにジョージ・プレスデイルとソニア・ケップルが並んで腰を下ろしていた。

ホールではジェレミー・ノーフォークがヴェリティ・デストリアとノーマン・ベラミーと向き合っていた。

大部屋ではアン・ラヴェナムとヒューゴ・フォーサイスが南西の隅に立ち、過ぎ去った嵐の置き土産のように猛然と降る銀色の雨を眺めていた。フォーサイスの右腕は白い肩を抱き、白い肩が戴く黒髪の頭部は男の肩に寄せられていた。

屋敷の東端から二番目の部屋に当たる二階の第二客室では、ミニー・ウォルターズが慣れないベッドでしきりに寝返りを打っていた。

二

ベラミーとノーフォークが話している。時折、言葉を挟むものの、ヴェリティは終始無言である。おそらく十回目になる台詞をノーフォークは繰り返した。

「だが、君はわかっていないよ、大佐！」

「そうですね」ベラミーは言い、ヴェリティを見た。「君はどう？」

ヴェリティは肩をすくめただけで答えなかった。

「なあ、大佐、私はあの男のことを、なにひとつ知らないと言ってるんだがわからないか？」ノーフォークは言った。

「今晩のあなたはクロージャーが古い友人だという態度をずっと取り続けていたじゃありませんか。少なくとも一回はそういう発言をしていましたよ」

「わかってる、わかってる！」ただちに冷静さを取り戻さなければ真面目に取り合ってもらえないとばかりに、ノーフォークは痛ましいほどの必死さが滲む声を出した。「こんなことを言うのは性に合わんが、このさい仕方がない。私があの男と、自称ポール・クロージャー、化けの皮が剝がれてみればルドルフ・バスティオンだったあの男と知り合ってから、まだ四週間を一日も過ぎていないんだ。イギリスには休暇で来たと言っていた。プロの建築家だとも。立居振舞は申し分なかった。旅の連れとしては楽しい相手で、コントラクト・ブリッジにかけては私が手合わせした中で一番の名手だ」

「だからといって」と、ベラミー。「彼が古い友人だと我々に嘘をついた理由にはなりませんよ。旧友ではないことをプレスデイルは知っているんですか？」

ノーフォークは背筋を伸ばした。「私のこの社交上のつまらん嘘は、余人のあずかり知らぬところだ」威厳を出そうという彼の試みは十二分に成功した。「プレスデイルは君たちとまったく同じことしか知らん。それどころか、いまなら君たちのほうが知ってると言ってもいい。無論、クロージャーという男との付き合いについてだが」

「わかりました。クロージャーを知っているという点であなたは嘘をつかれた。クロージャーと知り合ったのは四週間前――定期船で出会ったのでしょうね。なぜそんな嘘を？――この屋敷が非常に深刻な状況にあるとわかっていて、なぜ？」

「そのことはまったく頭になかったんだよ、大佐――一瞬たりとも思い浮かびもしなかった――あの男が君たちの探している相手かもしれないなんて。その可能性に思い至らなかったのはまったくもって私の落ち度だが、あの状況では百人中九十九人が私と同じことをするとあえて言わせてもらうよ。結局のところ、私は一カ月に亘ってあの男と終始親密な付き合いをしていたわけだからね。私は相当な眼力の持ち主なんだが、その私が不審に思わなかったのだから、あの男はかなりの役者だよ。いましがた、あの男が仮面をかなぐり捨てて本性をあらわした時、世界中の誰より驚いていたのはここにいるつまらぬ男なのだからね」

「本性をあらわした？　何者なの？」ヴェリティが訊ねる。

「ならず者ですよ、レディ・デストリア、銃を持ったならず者です。四六時中、銃を握っているような人間。そう思わんかね、大佐？」

「ならず者を知らないので。あなたはご存じなのですか？」

ノーフォークは顔に信心家ぶった失望感を浮かべた。「私はアメリカ市民だからね、大佐。ならず者も知らずにアメリカに住んでいるアメリカ市民はいやせんよ。レディ・デストリアや君のようなイギリスの特権階級は、ならず者という言葉を聞くとパリをごろついているやくざ者のような輩を連想するんだ。だが、そうではなくてね。最近のならず者はわりに、そして結構……」

ヴェリティが遮った。「わかります、もういいです。この国でもアメリカ映画はそれなりに上映されていましてよ、ノーフォークさん」

ベラミーはヴェリティに視線を移した。「彼をどうする？」

「誰のこと？」ヴェリティが訊き返す。

「もちろん、ここにいる彼だよ。個人的に、彼はバスティオンの犯行には関わっていないと考えている」

「私もよ」

ベラミーはノーフォークを見て言った。

「我々は納得しましたよ。レディ・デストリアがあなたとあなたのふるまいについてどう考えられているか、僕は知りません。その点に関する僕の意見は、少なくとも彼女がいる前では胸に留めておきます。もちろん、あなたには証言してもらうことになりますよ。証人席に立つなんて、羨ましいとは思いませんけどね」

三

ジョージ・プレスデイルとソニア・ケップルが話している。

「なにか言ってくれ、ソニア！　お願いだから、僕に話して！」

「私……私……できないわ」

「どうしたんだい？　さあ、元気を出して！　クソ、暗すぎる！　……なんてこった、泣いてるじゃないか！」

「泣いてないわ！　でも、どうし……どうしようもないんだもの」

「度し難い奴だな、僕は！　君への恋心が苦しすぎて、他のことがなにひとつ考えられないんだ。今夜だって、あれほど驚くようなことがあったのに。だけどね、馬鹿は馬鹿でも実際的な馬鹿者だから……。お願いだ、泣かないでくれ、ソニア！」

「私……私……泣いてないったら！」

「じゃあ、なんでもいいけど、それをやめて。耐えられないよ。全部僕のせいだね。こんなにつらい経験をした君を、とても一人にはしておけないんだ。明日とか、とにかくあとになるまで、お喋りな口を閉じておくこともできない。僕を許すと言ってくれ！」

「言えないわ。許さなくちゃいけないことなんてなにもないもの」

「嬉しい言葉だ！――君への愛の告白が迷惑ではないという意味ならね」

「迷惑ですって！」

「それってひょっとして……。まさか……。いいや、そんなわけがない！　でも、君がちゃんと理解していないかもしれないから、もう一度言うよ。君を愛している。君と結婚したい。僕みたいな間抜けを愛してくれなんて、いまはまだ望まない。ただ、考えてみてほしいんだ」

「ごめんなさい。それは無理よ」

沈黙。

「ジョージ、あなたって本当に馬鹿な人ね！」

「なにがだい？」

「いやだ！　力を緩めてくれないと肩が痛いわ。馬鹿な人ねって言ったのよ。あなたを愛することを考えてみるなんてできないって言ったのよ。もうそうなってしまったことをいまさら考えろだなんて……いやだ！」

沈黙。

「ねえ、どうしたの？……ソニア！　なにか問題があるのかい？」

「なにもかもよ」

「けど……けど……。馬鹿なことを言うね！　問題なんてどこにもあるわけがない。だって、君はいま、どんな驚く理由があるのかは僕には絶対に突き止められないけれど、僕を愛してるって言ったようなもんじゃないか……」

「待って！　待って！　話さなくちゃいけないことがたくさんあるの。たくさんよ」

「そうは聞こえなかった。苦しいな。なにが問題なんだい？」

「待って……私……無理……。お願い、ちょっと待って。一旦、気を落ち着けてから……。駄目、私に触らないで！」

沈黙。

「もう大丈夫。ジョージ、私の話に耳を傾けて、途中で邪魔をしないって約束して……。それと、そのままおとなしく座っていて、私に触らないとも約束して。いい？」

「いいと言わないと駄目なんだろ」

「約束してくれる？」

「するよ」

「じゃあ、聞いて！　ねえ、私は何者だと思う？」

「うん？」

「私は何者？」

「ちょっと話が飲みこめないんだけど。君が何者だと思うだって？　わかったよ、その話に付き合うよ！　ソニア・ケップル、父親はジェレミー・ノーフォーク殿で、いまは亡き夫はクィアリー・ケップル殿――君を自分のものにしたという歴史上最も裕福な男で、君を失ったという歴史上最も不幸な男」

「あら、素敵ね！　でも、それは全部嘘なの」

「なんだって？」

「全部、嘘。あの男は私の父親じゃない。夫を持ったこともない――ええと……その……正式にはね、とにかく……。約束を破ってるわよ！　触らないって約束したじゃない」

「君が悲しそうだから、その……」

「いいから、私に触らないで！　そんなことされたらやりにくいわ……そんなことって、その……。お願いだから約束を守って！」

「わかったよ！」

「話がわかった？　ノーフォークは私の父親じゃないの。ケップルも存在しない人。私の名前はソニア・マニング。女流作家が女山師と呼ぶ人間。警察は〝詐欺師〟と。あなたは娼婦と考えるかもしれないけど、私がそう呼ばれるにふさわしいかどうかは意見の別れる問題ね。私はそうだと思うけど」

沈黙。

「それで？」

「それで……それでって、どういう意味？　私の話を聞いていたの？」

「うん」

「それで、あなたの〝それで〟はどういう意味？」

「続けてという意味さ」

「だって……でも……だって……」

「続けて！　ちゃんと訊きたい」

「なにが訊きたいの？　私の半生？　貧しいけど正直者の両親の元に生まれたこと？」

「そういう言い方しないで！　それは君の声と違うよ。なにか僕に話そうとしていたんだから、そのまま話せばいい」

「これ以上はなにを話したって蛇足に過ぎないってことを考えるべきだったわ」

「いや、足りないよ」

「本当に聞きたいの？」

「無理には訊かないよ」

「話したいわけではないけど。もう、自分をメチャクチャにしてやりたいわ」

「どうしてだい」

「きゃあ！　……いいや！　ジョージ、離して！　あなた、怒ってる、怒ってるのね！」

「かもね。でも、怒ってるとしてもいいよ、いいことだよ」

「あなたが言おうとしてることって……それって……私の言ったことは……ちっとも……」

「ちっとも問題にならない？　それでなにかが変わるわけないさ。僕は君に愛を告白し、君が……なんて言えばいいんだ？　……寛恕（かんじょ）なる心を示し——今夜は堅苦しい言葉が出てくるな！——寛恕なる心を示して僕と結婚してくれないものかと思っていた。その言葉はいまのソニアに向けたもので、昨日のソニアではないよ」

「でも……だって……」

「その言葉ばかり繰り返すのはよしてくれないかな」

「だって……でも……」

「お願い、黙って！　ねえ、君の可愛い頭に僕がいま言ったことをきちんとわからせてやってくれないか。僕は素面（しらふ）だ。説き伏せてしまえるほど頭だってしっかりしてる。二人で快適な暮らしをしていけるだけのお金もあるよ。ソニア・ナントカさん、できるだけ早く僕と結婚してくれませんか？」

「駄目よ」

「なんだって？」

「駄目と言ったの。ねえ、やめてったら！　そんなことされたら、私……私……」

「君が幸せになるためならなんだってする。どうすればいいか言ってくれ、ソニア」

「そんなに優しくしないで！」

「それは無理だ。僕はとても優しい男だから！　……ねえ、僕にしてほしいことは？」

「私……私は……私はあなたにちゃんとわかってほしい……それは……それは、絶対に無理だって」

「絶対に無理ってなにが？」

「あなたと私よ」

「それは早合点というものだよ、ソニア。君も僕もいなければ、なにもかもが不可能になるからね。だからそこは、君が僕を求めるなら、だ。君が僕を求めないなら、僕はガラハド（アーサー王伝説に登場する聖杯探索を成し遂げた高潔なる騎士）のように純潔に生きよう……なんて言って……いや、無理だ。僕を受け入れなければならなくなるほど、鬱陶しい厄介者になってやる」

「道理を理解しようとしてくれない相手に、私はなにをすればいいの？　……もう、最悪！」

「そんなふうに泣かないで。頼むから、泣かないでくれ！　そんなふうに泣かれると耐えられない」

「だって……だって……あなたがわかってくれないから！　嫌な人ね、ジョージ、どうしてわかってくれないの？　そうしたら……どうしてか、あなたがわかってくれたら、話はもっと簡単なのに」

「いや、僕はちゃんとわかっているよ、お馬鹿さん！　わかっているけど、だからといってなにかが変わりはしないというだけだ。君を愛しているんだから、変わるわけがないだろう。僕が君に対して抱いているこの気持ちが、たいていの人が騙されているありきたりなものなら——僕自身、騙された経験があるからね——そりゃあ、変わりはするけれど。でも、この気持ちは本物なんだ。混じりっけなしの本物で、太鼓判押しでお墨付きの、完全無欠の純正品だ。こうなったからには君が何者でも、クラリベル伯母さんが編むタティング・レースの段数ほどだって変わりはしないよ。君は君で、もしも僕が関われるなら、君はこの先——例えば、ジョージ・プレスデイル夫人になるってことだ」

「無理だってば！　もうどうしようもないわね！　あなた、全然わかろうとしないのね！」

「まったく、女って奴は！　ねえ、いいかい。僕はちゃんとわかっているさ。聞いて！　僕は知らないし、知りたくもない経緯から、君はいわゆる真っ当ではない連中と関わりを持っている。奴らの理由と、多分、君自身の理由もあって、本当の君は君ではないことを君は世界と僕とに打ち明けた。自分は敬虔(けいけん)なお嬢さんではないとも言ったね。それに対する僕の答えはこうだ。やったぜ！　敬虔なお嬢さんなんてごめんだよ。いままでもこれからもそれは変わらないね……。ほら、僕はちゃんとわかっているだろ？」

「今度は私がわからなくなったわ！」

「それは単純に、不幸にも英国騎兵連隊の将校という身分である男は、どんな状況下でもお行儀よくするものだという固定観念に囚われているからだよ。そんなもの捨てちまえ！　兵士だって人間だ！　さあ、もう四の五の言うのはやめて。こっちに来てくださいますか……。よし、いいぞ。さて、僕がちゃんとわかっているってことをわかってくれる？」

「でも、ジョージ……」

「僕が……ちゃんと……わかっていて……ちっとも……気にならない……ってことを……わかって……くれる？」

「で……」

「僕が……ちゃ、ちゃんと……」

「わかったわ！　……わかったわよ！　……やだ、息ができない！　ジョージ、あなたを心の底から愛しているわ！」

沈黙。

さらに沈黙。

「教えてほしいことがあるんだ、ソニア。この屋敷で起きている妙な事態について」

「妙な事態！　ジョージ、あなたって優しすぎるわね！　なにを教えればいいの？」

「あのクロージャーって奴がバスティオンだかなんだかって奴だという件でわかることはある？」

「全然。わかるわけないじゃない。ジェリー・ノーフォークとは知り合って六カ月くらいよ。実を言うと、彼の秘書になった時、正真正銘の実業家だと思ってたの。ニューヨークでの話。でも、彼も私も、クロージャーとは海外から来る〈モルダヴィア〉号で会ったのが初対面よ。どうして知りたいの？」

「特に理由はないけど。幸せすぎて、素直に物事を見られなくなってるだけさ。胃をきりきりに締め上げるひどいパニックがなくなったから——この屋敷を出る時が来たら、君との関係が断ち切られるんじゃないかって思うと不安でならなくて——でも、その不安がなくなって、今夜あったことはえらく妙な事態だったんだなと、いまになって思えてきてね。なんなんだろうか、全然わからない。でも、現実に僕の又従兄弟が二階のどこかで死んでるんだ——惜しい人を亡くしたとかじゃなくて、変な事件が起きたってことだけど。屋敷に来た時にあんなに酔ってなければ、もっとしっかりした情報を手に入れてただろうになあ。酔っていたんだよ、僕は！　すまない！　今夜、君に告白すると決めていたし、どんな結果になるか不安でならなかったから、すっかり怖じ気づいちゃって」

「まあ！　私、クロージャーのことはなにも知らないの。というか、クロージャーのことはなにも知らなかったわ。私を騙してたけど、本当は乱暴者に違いないということはいまはわかるわ……」

「ああ、なんてこった！」

「ジョージ、どうしたの？」

「なにも」

「なにもってことはないでしょ！　なにがあったの？」

「なにも。ただ……ただ、なんでもないよ！」

「ジョージ、なにがあったか私に言いなさい」

「なんでもないって言ってるじゃないか！　忘れて！」

「なにもないわけないじゃない！　ジョージ、言いなさい！　あなたは私に言わせたのよ。あなたも言わないと。お願い！」

沈黙。

「ジョージ、話してくれる？　ねえ、どうか！」

「僕が馬鹿なんだ。ちょっと考えてしまって。あのノーフォークって奴が……」

「嫌だ！　違う、違うわよ、違うったら！　純粋に仕事だけの関係よ！」

「よかった！　……その、ノーフォークって何者なんだ？　つまり、仕事は？　なにをやってる奴なんだ？」

「言えないわ」

「わかったよ。ごめん！」

「馬鹿言わないで、ジョージ！　知ってたら教えるわよ。私は知らないの。あの人、大事なことは私にはなにも……。やだ！」

「ああ、ソニア、そんなふうに逃げないで。火傷したみたいに跳び上がるなんて。どうしたの？」

「ちょっと思いついたことがあって。考えるから、ちょっと待って」

沈黙。

「やだ！　ひどすぎる！　ジョージ、あなたもあいつの計画の一部なんだわ。いま、確信したの。とある英国人からお金を巻き上げようと考えていたに違いないわ。私も利用されてたんだと思う。あいつがなにをしようとしてるのかは誰にもわからないけど……。でも、確信が……。やだ、あっちに行って、行って！」

「あいつもあいつの企みもクソ食らえだ！　それがなんだよ。明日になれば、奴は自分が底なしの間抜けに思えてるさ」

「どうして？」

「だって、君という秘書を失ったんだから……」

四

ヒューゴ・フォーサイスとアン・ラヴェナムが話している。

「あなたが怪我してないってわかったから言うけど、すごく素敵だったわ。あの人でなしに撃たれていたら、あなたのこと救いようのない馬鹿だって思ってたとこだけど！」

「ミス・ラヴェナムは優しいな！　どうして馬鹿なの？」

「他人の問題に首を突っこむからよ。それも、普通とはいえないことに」

「それは正しい。妙な結果になったね、違う？」

「妙どころじゃないでしょ、ヒューゴ、大間違いよ」

「どうして困惑してるの？　まあ確かに大間違いだ。七面鳥おじさんが殺されたわけだから……」

「あの人、結構愛されてるのかと思ってたわ！」

「は！　僕に英国将校に熱を上げろなんて言わないでくれよ。とにかくね、ああいうタイプは無理だ。ついでに言えば、ベラミーさんもね」

「まあ、ヒューゴったら！」

「その『まあ、ヒューゴったら』はやめてくれよ。君が困っている時の言い方だからね」

「困ってはいないわ、悩んでるの。でも、そういう話をしたいわけじゃないわ。もうあなたが学んでもいいと思う話をしようとしてたの。小説やお芝居、大衆の頭、大勢の間抜けの中には、典型的な陸軍将校というものができ上がっているわ。実際は、典型的な陸軍将校なんて存在しない、典型的な……ええと……英国人がいないのと同じよ」

「その言葉をそのまま受け入れるよ、お嬢さん！　しかめっ面だね？　どうして〝大間違い〟だなんて言ったの？　君は正しいとは言わなかった、いまでも謎が残っているという口振りだった」

「ええ、そうじゃない？」

「君がどう考えているかによるね。クロージャーだかバスティオンだかがあの三人を亡き者にしたがっている理由もわからないままだし。でも、君を悩ませているのはそこじゃないだろう」

「ええ、違うわ。私が悩んでいるのは、しっくりこないからよ」

「しっくりこないってなにが？」

「そんな目で見ないで、ヒューゴ」

「どんな目？」

「その目よ」

「なんのことか、さっぱりわからないな」

「とにかく、もうしないで。さっきの顔……警戒してるように見えたわ」

「ありえるね。頭の中で飛び跳ねる豆を追いかけようとしたら、自然、用心深くもなるさ。続けて。なにがしっくりこないんだい？」

「なにもかもよ」

「なにもかもがしっくりこないってなんだい？　明快に頼むよ、お嬢ちゃん！」

「恐ろしいことを思いついたのよ、ヒューゴ。それを暗に言わんとしているのは知っての通り」

「君が言わんとしているのは、あれだけの証拠があっても正しい相手を捕まえたとは思っていない、ということなのかな」

「やだもう！　あなたにもわかってたの？」

「いいや。君の心を読んだんだ」

「そんなわけないわ。そんなの不作法だもの。浴室の鍵穴から覗き見するみたい！」

「僕はもう鍵穴から入浴中の君を覗けないのか？」

「あなたって紳士じゃないわね、ヒューゴ！　多分、私はあなたのそんなところが堪らないんだけど。そうなの？」

「そうってなにが？」

「いえ、いいの……。さて、正しい相手を捕まえたとは思えない理由を話して」

「僕はそんなこと言ってないよ。君の考えを読んだと言ったんだ。だから、君が話して」

「嫌な人！　でも、いいでしょう。間違った相手を捕まえたか、あるいはこの家に協力者が他にいるように思えるの。お若い方たちにもわかりやすいように簡単に言えば、クロージャーはバスティオンでもバスティオンの関係者でもないか、もしくは彼がバスティオンあるいはバスティオンの共犯者かのどちらかになるわ。お子様にもわかるようにもっと簡単に言うと、バスティオンが誰であれ、犯行が単独で行われたものならば、クロージャーはバスティオンではありえないわ」

「そのお子様はかなりの現代っ子だね、ラヴェナム嬢様。犯行が単独によるものならクロージャーがバスティオンたりえない理由を未成熟の大人向けに説明してくれ」

「からかってるんでしょうけど、気にしないわよ。答えはこう。今夜この家であったバスティオンの犯行に違いない全てのことをクロージャーが独力でやれたはずがないから、クロージャーは単独犯バスティオンではありえない、よ。例えば、気の毒なスキナーが二階で伸びていたのは、ジョージ・プレスデイルと愉快な仲間たちがやって来る前だった。ここまではいいかしら、スティーヴン？」

「いいとも。君は恐ろしいな！」

「恐ろしいですって！」

「論理的思考が身についた女性は皆、恐ろしいんだ。それは置いといて、面白い話だね。でも、君のその『はずがない』は間違ってるよ」

「どうして？」

「だって、クロージャーがプレスデイル一行の到着以前にここに来ていて、あとで合流したってことがあってもわからないだろ」

「ヒューゴ！　やだ、ヒューゴ！」

「そういうことがあったかもわからないんだから。誰かに訊いてみた？　彼らは車二台で来てるんだよ」

「そんなこと誰にも訊いてないし、揚げ足を取る人は大嫌い。揚げ足取りは……ええと……恐ろしいわ！」

「気にしないで、僕らの子供はスコットランド・ヤードの犯罪博物館（ブラック・ミュージアム）に入れるよ」

「本当に怒っているわけではないのよ、ヒューゴ、へそを曲げただけ」

「どうして？　まったく筋が通らない話だけど」

「あなたの言う通りだからへそを曲げたの。私にはわからない。こう言うべきだったわね、『バスティオンが単独犯なら、クロージャーがバスティオンではない可能性は大いにありえる』。賛同いただけるかしら、教授さん？」

「賛成、賛成」

「どうして？」

「バスティオンの関わりが見て取れるどの犯行も、彼が行うにはかなり難しかっただろうから。不可能と言ってもいいくらいの難度だ」

「ちゃんと見れば、どれも彼がやれたことばかりよ。スキナーをのしたこと以外は」

「そうかい？」

「考えてみたんじゃないの？」

「いいや」

「どうして？」

「ずっと他のことを考えていたし、僕には関係のないことだから」

「どっちもひどい答えね、ヒューゴ」

「失礼！」

「あなたは一晩中、ずっとなにかを必死で考えているように見えたわ」

「かもね」

「なにを考えていたの？」

「君のことを」

「とても不作法な言葉があるのよ、フォーサイスさん。五文字のね。それをお返しするわ！」

「単なる悪口じゃないか！」

「確かにね！　ヒューゴ、なにを心配しているの？　ねえ、私が大声で議論し出したら、相手しないでね。抑えられないの。興味を持ってるってだけで、なんの意味もないんだから」

「そうは思わなかったよ」

「でも、なにか心配事はあるでしょう、ヒューゴ。それはなに？」

「今夜は心配事の多い夜だろ?」

「そういう意味じゃなくて。なにかあるでしょ……なにか……。『あなたの心に』なんて馬鹿な言い回ししか思いつかないけど。それはなんなの?」

「なんでもないよ」

「ヒューゴ、お願い、私に話して……」

第十二章　午前二時十分～午前二時十五分

アン・ラヴェナムは大部屋に入ると扉を閉めた。そこで軽い驚きに襲われた彼女は思わず目を見張り、一瞬、その場に立ちつくした。

「男の人たちは？」

ヴェリティ・デストリアとソニア・ケップルは大きなソファの両端に別れて座っている。そんな二人を見て、芸術写真のようだとアンは思った。服装はさておいても、知らぬ者が二人を見れば全体的に醸し出される雰囲気から判断し、愛らしいがおどおどとしてどこか胡散臭い訪問者と、最近やって来て田舎に激震を走らせた貴婦人（グラン・ダーム）だと思ってしまうだろう。

ヴェリティは微笑んで言った。「可哀相に、殿方の間では手洗い病が流行っているみたいよ」

「私のヒューゴは違うわ。あの鉄の男は飲み物を用意しているの」アンが応じる。

「あら、素敵！」

「ダイニング・ルームで超特大のお盆にグラスとデカンタとサイフォンをのせてるわ。手伝わせてくれないの」

ヴェリティは目を閉じた。「時々」彼女は言った。「ウィスキーがひどく嫌になることがあるの。でも、今夜は大丈夫」彼女は表情をふっと緩めた。ヴェリティをそっと窺っていたソニア・ケップルと、隠すことなくじっと見ていたアン・ラヴェナムは、麗しい唇に浮かんでいた微笑が一瞬のうちに消え去るところを目撃した。瞳はまだ閉じられている。まるで目に見えないスポンジが彼女の顔を撫でて微笑みを吸い取ってしまったようで、かわりに現れた疲労が浮かぶ白い顔は苦しげに引きつり、老けこんで見えた。少なくとも友人であった男が死んで階上に横たわっていることを彼女が思い出し、二回目とはいえ和らぐことのないショックに突然襲われたのだということを、その表情がなによりも雄弁に語っているように二人には思えた。

アン・ラヴェナムは自分のために、そしてヴェリティのために、ヒューゴが早く戻ってきてくれないかと思った。ソニア・ケップルはジョージ・プレスデイルに早く戻ってきてほしいと思った。

「煙草はどこかしら？」アン・ラヴェナムは言った。

煙草を吸いたかったわけではない。静寂に耐えられなかったのだ。静寂が人ではない何物かがすぐそこにいるような存在感を持ち、滑らかな壁のうちにいるあらゆる生き物に耐えがたい圧力をじわじわと容赦なくかけていた。

誰も娘の質問には答えなかった。しかし、静寂は破られた。恐ろしい騒ぎが持ち上がったのだ。静寂を破ったその音は遠くで沸き起こり、厚い壁を隔てているので不明瞭だったが、それがかえって女たちの恐怖心を煽り、神経を限界寸前まで追いこんだ。そしてどういうわけか、その音は彼女たちを取り巻く静寂の外殻を打つだけで、静寂そのものを打ち破ってはくれないように思われたのだった。

三対の耳が聞き取ったのは狂騒だった。まず、耳が聞いたというよりも体に伝わってきた三つの音が――バシュッというくぐもった音が三度聞こえた。次に、確実に男のものとわかるしゃがれ声が、肺の限りをつくして喚き立てた――距離と壁とに隔てられているせいでおよそ意味がある言葉には受け取れず、動物が吠え猛っているようだ。それから、木になにかをがんがん叩きつける音がしたかと思うと、第一の叫び声を掻き消さんばかりにどんどん大きくなっていき、第二の男によるさらに言葉の体を成さない甲高い叫び声がずっと離れた場所から微かに聞こえてきた。

ソニア・ケップルが急いで両手で口を覆った。だが間に合わず、押し殺された悲鳴がその寸前にこぼれ落ちた。戻ってこようとするヒステリーを懸命に抑え、彼女は見事に堪(こら)えてみせた。彼女は静かに座っていたが、悪寒が走ったかのように全身を細かく震わせていた。

ヴェリティ・デストリアは身動きひとつせず、無言で座ったままだった。ただ静かに座っているだけなのに、どんな音を立てるよりも、どんな動きをするよりも、なによりもいまの姿が彼女の恐怖心を体現している。金色の髪を戴く頭が扉に振り返り、もう少しで顎が左肩にくっついてしまいそうだ。大きな目はこぼれ落ちそうなほどに見開かれ、不自然なくらいに瞬きを忘れていた。

アン・ラヴェナムは最初に音が聞こえてきた瞬間に扉のほうをぱっと振り向いていた。片手を脇にやり、右胸のすぐ下に押し当て、扉を見据えたまま視線をそらさない。体は軽く前傾し、なにかあったらすぐにも動けそうな姿勢を取っているが、魔法にかけられたように固まって動けなくなっていた。三人の中で最初に行動したのはアンだった。彼女は振り返りもせずに扉に歩を進めると、指の震えをごまかすために荒々しくハンドルを摑み、力任せに開け放った。

外の騒ぎが室内に一気に雪崩(なだ)れこんできた。いまもまだ怒鳴り続けている第一のしゃがれ声。どんどんという打撃音。遠くで叫ぶ第二の声。それから、どかどかと走る男たちの足音。それから、驚きと当惑が滲み、神経がストレスに曝されすぎたことを物語る怒りに満ちた、男たちの低い声が聞こえてきた。

アン・ラヴェナムは後ろを振り返った。

ヴェリティがあとに続いた。少し遅れ、ソニア・ケップルの小さな体が震えながらも決然と二人を追った。

「来て！」そう言って彼女は部屋を出て行った。

アン・ラヴェナムはホールを斜めに突っ切り、階段の先に延びる狭い廊下の入り口へと走っていった。この先にはダイニング・ルームと応接間があり、その奥は使用人のエリアになっている。

廊下の入り口で彼女の足は止まった。追いついたヴェリティが横に並ぶ。名状しがたい恐怖に追いかけられているようなソニア・ケップルもやって来て、勢い余って二人にぶつかりかけたが、寸前で止まり、ヴェリティとは逆の位置からアンの肩越しに覗きこんだ。

廊下には明かりが点いていた。右手の一番奥の扉の外に——使用人部屋の扉だ——三人の男が固まっている。

低くしゃがれた喚き声はやんでいたが、打撃音と甲高い叫び声はいまもなお聞こえてくる。

「スキナーだわ」ほとんど動きのないヴェリティの唇から生気のない呟きが漏れた。

固まっている男たちの正体は自然と判明した。なにかの上に屈みこんでいた彼らが背筋を伸ばすと、フォーサイスとプレスデイルとノーフォークが顔を見せた。

フォーサイスがそこから離れた。女たちが耳にしたフォーサイスの声は、絶え間ない打撃音と断続的な甲高い叫び声に掻き消されることなく、はっきりと聞こえてきた。

「スキナーだ！　ちょっと、道を空けて！」

ノーフォークを押しやると、フォーサイスは使用人部屋の先の角を右に折れ、厨房の扉に続く狭い廊下に姿を消した。

打撃音と叫び声が止んだ。女たちの耳にまたフォーサイスの声が聞こえてきたが、今度は言葉ではなかった。

廊下の先でノーフォークが壁際に移動し、扉が開け放たれている使用人部屋に入っていった。あとに残ったのはジョージ・プレスデイル一人だ。廊下の奥にいる青年は、床の上に崩れ落ちたなにかの傍らで膝を突いていた。

不意にヴェリティが動いた。ゆっくりと、いつもより狭い歩幅で歩む彼女は、まるで廊下を滑るように進んでいった。

足を止めたヴェリティは、身をよじって横たわるノーマン・ベラミーの凄惨な姿を見下ろした。

彼は廊下を横切るように倒れていた。引き上げられた両膝と、腹に押しつけられた両手。左肩を浮かせて仰向けになった、捻れた体勢。明かりを仰ぐ顔は歪んでいる。腹部にぐっと食いこんだ指の隙間からはぽたりぽたりと液体が滴り、おぞましい小川となって流れていた。

第十三章　午前二時十五分〜午前二時五十分

ヴェリティは鋭い音を立てて息を吸いこむと、呻き声のような小さな溜息を吐き出した。

ジョージ・プレスデイルはびくりとした。ヴェリティが立てた音を聞いたのだ。彼は立ち上がって彼女を見た。青年の顔は酷く青ざめ、鼻の両脇から口の両脇にかけて、いままでになかった深い皺が刻まれている。無意識の動作で手を伸ばし、彼は彼女を支えようとした。そして、気絶しかけている女性などいないことに気づき、伸ばした腕をだらんと垂らした。舌で唇を湿してから、彼は言った。

「僕らにできることはありません」強張った唇を無理に動かしているような、そんな話し方だった。その声は発した本人の耳にも奇妙に聞こえ、彼はもう一度繰り返した。

「僕らにできることはありません」言い直す前に出した声が不自然なほどの低音だったのに対し、今回は声が上擦り、さらに不自然になった。

ヴェリティは聞いていないようだ。背筋を真っ直ぐに伸ばしたまま顔だけをうつむかせ、瞬きもせずに大きく見開いた目で、かつてノーマン・ベラミーだった歪んだ顔に視線を注いでいる。

ジョージ・プレスデイルは再挑戦した。自分でもなにを言っているのかわからないまま、同じ台詞を口にする。

「僕らにできることはありません」

ヴェリティの背後から、廊下を渡ってアン・ラヴェナムとソニア・ケップルがやって来た。二人の足音が聞こえていたとしても、ヴェリティはなにも反応を示さなかった。二人はヴェリティのすぐ後ろまで来ると、彼女の両脇に寄り添うように立った。

アン・ラヴェナムはそこに見えるべきものを見た。彼女はなにも言わなかったが、右腕が意志を持ったように持ち上がり、肘と前腕の裏側で目を覆った。

ソニア・ケップルはそこに見えるべきものを見た。血の気が一気に引いたのか、その顔色は足下に転がっているものよりも死人めいている。くっくという奇妙な音が喉から小さく漏れた。両目が閉じ、頭がだらりと垂れ、関節の緩い人形のように両腕が前方に振り出される。膝が崩れた。彼女はゆっくりと前のめりに倒れていった。

ジョージ・プレスデイルが飛びついた。女の膝が床に着く寸前に、彼の長い腕が彼女の体を抱きとめた。

「なんてこった！」ジョージ・プレスデイルは普段の声音に戻ってそう言った。

女の背中と膝の裏に腕を回し、ぐったりとした体を胸の高さまで持ち上げる。倒れる彼女を支えるために片足を踏み出したせいで、床に転がった死体を跨ぐ格好になっている。彼はもう片方の足を踏み出して完全に死体を跨ぐと、その場にいないかのようにヴェリティを押しのけ、大事な重荷を抱えて廊下の向こうに歩き去った。

瞬きを忘れ大きく見開いた目で足元を見下ろしたまま、ヴェリティは直立不動で立ちつくしている。アン・ラヴェナムは視界を覆う腕を下ろした。顔は真っ白で、唇をきつく結んでいる。床の上のものには視線を向けない。彼女は頭をめぐらし、ジョージ・プレスデイルが食堂の扉に辿り着くまでそちらを見ていた。扉は完全に閉じていなかったようで、青年は扉を蹴り開けると、敷居の向こうに姿を消した。

アンは床の上のものには視線を向けず、ヴェリティを見た。ヴェリティの冷たい腕に、もっと冷たい指先で触れる。彼女はそっと声をかけた。

「行きましょう！」

返事をしたのは確かにヴェリティなのに、まったく聞いたことのない声がアンに答えた。ぞっとするほど生気のないその声は、若い娘に目に見えぬなにかに打たれたようなショックを与え、彼女をたじろがせた。

声は言った。「私に構わないで」

アン・ラヴェナムは再び静寂の圧力を感じた。ただ、今回感じたのは冷たい壁が迫ってくるような圧迫感だ。まるでこの屋敷が世界そのものになり、あらゆる命が屋敷から去ってしまったかのような、唯一の生きた存在である自分が死神と単身で対峙しているかのような錯覚に彼女は陥った。

アンは床の上に横たわる死体にようやく目をやった。しっかりと見つめてから視線を引き剝がし、すぐ傍にいる直立不動で立ちつくしている丈高き女性にその目を向ける。

このままでは正気を失ってしまいそうだと思った矢先に、衝撃的な考えが頭に浮かんだ。それは大衆演芸場（ミュージック・ホール）でよく歌われる曲の一節の形を借りて、降って湧いたように現れた。

「彼女ったら死んでるのに」アン・ラヴェナムの頭の中で物憂げな歌声が響く。「横になろうとしないの」

滑らかな鋼鉄の帯が頭の中で広がっていくような感覚が彼女を襲った。目に見えない手が帯のネジを回し、限界まで広げようとしている。彼女の頭蓋骨が悲鳴を上げるまで続けるつもりらしい。恐怖に駆られた一瞬の間に、黒い霧が彼女の視界を覆い始めた。乱暴に両手を目に押しつけると、霧は晴れた。頭の中では葬送歌のような旋律が鳴り止むことなく繰り返される。

「彼女ったら死んでるのに、横になろうとしないの」

霧は完全に晴れ、無力感も消え去り、頭の中の鉄帯も緩んだが、それ以上に厄介な相手と戦わなければいけなくなったようだ。「彼女ったら死んでるのに、横になろうとしないの」頭の中で声が聞こえ、喉の奥から笑いがこみあげようとしている感覚がある。しかし、このままではヒステリーの発作めいた笑いにしかならないことが、彼女にはよくわかっていた。

彫像のように固まったヴェリティの脇をどうにかすり抜けると、嫌悪感を堪えてその先に投げ出されている死体の足を跨ぎ越す。静寂の圧力がまた戻ってきた。喉の奥で生まれた笑いが外に出たがっている。必死に、死に物狂いになって出ようとしている。

どこかで音がして静寂を壊し、彼女を救った。立っている場所と廊下を挟んで向かい合う扉――使用人部屋だ――の向こうで、二人の男が話す声が聞こえる。話の内容に気を向けようとする間もなく、厨房通路の奥でさらに大きな音が上がった。実際はそれほどの大音量でもなかったのだが、ばりばりとなにかを引き裂くようなその音は、それまでの静寂のせいで何倍にも増幅されて辺りに轟いた。使用人部屋の話し声がやんだ。派手になにかを打ち破る音を最後に、厨房通路も静かになった。

「おいおい！　なんの騒ぎだ？」部屋の中でノーフォークの声がした。

はっと我に返ったアンは厨房通路のほうへと走っていき、三歩で通路の入り口に到着した。そこでヒューゴ・フォーサイスとスキナーと鉢合わせになった。彼女はフォーサイスにすがりついた。

「ヒューゴ！　ヒューゴ！」張りつめていた神経から力が抜けていく。ようやく顔見知りの大人に会うことができた、怯えきった子供みたいだとアンは思った。

彼はアンに微笑みかけると、腕にすがる彼女の両手を片手で包み、安心させるようにきゅっと握った。彼女は訊ねた。

「なにがあったの？　あの音はなに？」

フォーサイスは頭をぐいと振り立て、通路の奥のほうを示した。アンがそちらを覗くと、突き当りに使用人トイレの扉が見えた。扉は大きく開かれている上に鍵穴回りが滅茶苦茶に打ち破られ、ささくれだった木材を露出させている。

「誰かがスキナーを閉じこめて、鍵を掛けたんだ」

すがりついて放そうとしない手から腕を解放し、「行こう！」と言うと、フォーサイスは角を曲がって廊下に入っていった。

アンがスキナーと共にフォーサイスを追いかけていくと、使用人部屋の扉の前にノーフォークが立っていた。ヴェリティの姿はない。死者の顔も白いもので覆われ、見えなくなっている。ハンカチがかけられたのだ。

フォーサイスは死体を見るのも耐えられない様子で、ノーフォークの前まで行ってこう訊ねた。

「皆はどこです？」

「クロージャーはここにいる。レディ・デストリアはこの辺りで部屋に入っていくのを見た。ふたつ向こうだ」ノーフォークは答え、ホールに向かって親指を突き立てた。「他の者はわからない」

「ケップルさんが気を失ったの。ジョージ・プレスデイルが食堂に運んだわ」

「それで全員だな。スキナー！」フォーサイスは声を張った。

「なんでございましょう？」スキナーは相変わらず感情の混じらない声で応えたが、それでも以前に比べれば遥かに人間らしいものになっていた。額にできた打撲は皮下で血が凝固し、黒に近い色に変わっている。傷が黒ずみ、腫れ上がっているせいで、彼の顔は不思議なくらいバランスが崩れて見えた。

「レディ・デストリアに来られるようならこの部屋に来てくれと声をかけてくれ。プレスデイル大尉にも、ナントカ夫人を連れてここに来るように言うんだ」

「かしこまりました」スキナーは立ち去った。

フォーサイスはアンを見た。「この部屋にいなさい」それから、ノーフォークに視線を移す。「あなたもです」

アンは部屋に入った。ノーフォークが彼女に続き、フォーサイスも最後尾をついていった。

そこは調度品が入れられた居心地のよい小部屋で、新品で備えられた英国のごく一般的な使用人部屋としては珍しくない廉価な家具の中に、上等なお下がり品が混じっているのが目を引いた。この部屋もやはり、溢れんばかりの調度が所狭しと置かれている。壁面の半分以上を占める座面の硬いソファにはクロージャーと呼ばれていた男がいまだに手足を縛られたまま横たえられ、近づきがたい雰囲気を醸し出していた。

フォーサイスは安楽椅子の背に両手を添えると向きを変え、アンを座らせてやった。自分は椅子に手を置いたまま立ち、まずノーフォークを（フォーサイスの視線を受け、彼はそわそわと身じろぎした）、それからソファの上の縛られた男に目を向けた。

クロージャーと呼ばれていた男が口を開いた。

「こいつを取ってもらえないもんかね?」そう言いながら両手を持ち上げて手首を縛るハンカチを見せると、両足も持ち上げ、ソファの上にどすんと落とす。その口調には屋敷にやって来た時の穏やかさ、感じの良さはない。仮面をかなぐり捨てたときのような、耳障りな荒々しさもなくなっている。

「待つんだ」フォーサイスは言った。

「なあ、できるわけがないよ、フォーサイス君、ポールにあんなこと……あんな……」と、ノーフォーク。

「待つんだ」フォーサイスは繰り返した。

物音ひとつ立てずにヴェリティが部屋に入ってきた。ソファの男からは扉は見えない。ノーフォークは扉を見ていない。アンとフォーサイスは二人とも扉に背を向けている。それなのに、部屋に入ってきた者の存在には、四人全員が即座に気づいたのだった。

アンが立ち上がった。「この椅子にどうぞ」

「君も座っていて」フォーサイスは安楽椅子をもうひとつ持ってくると、ヴェリティのほうに向け、彼女を見た。

ヴェリティは微笑んだが、目は笑っていなかった。

「ありがとう」礼を言って、彼女は腰を下ろした。

ヴェリティが来たことで、静かだった部屋があの恐ろしい静寂と同じ静かさを帯びたようだと、少なくともアン・ラヴェナムは思った。

戻ってきたスキナーに、フォーサイスが訊ねた。「プレスデイル大尉は?」

「食堂にいらっしゃいます。ミセス・ケップルとご一緒に」スキナーが答えた。

「二人は来るかい？」

プレスデイル大尉はこう言っていた。「いまは行けません。ミセス・ケップルが卒倒されたので」

ヒューゴ・フォーサイスは眉をひそめた。「目は覚ましたのか？」

「はい、気づかれました」スキナーは言い、咳払いをした。「私からプレスデイル大尉に、ただちにミセス・ケップルとこちらまでおいでくださるようご進言申し上げましたところ、大尉は……その……異議を唱えられまして」

「なに！」ヒューゴ・フォーサイスは声を上げ、ヴェリティを見ると、「ちょっと、失礼します」と言い置き、部屋を出て行った。

ソファの男が笑い声を上げ、一同をぎょっとさせた。ノーフォークは顔をしかめ、ヴェリティは目を閉じ、アンは睨みつけた。その中で、口を開いたのはスキナーだった。

「静かにしてろ！」その口調は使用人のものではなく、一人の男のものだった。スキナーは部屋を横切っていくとソファの前で足を止め、男を見下ろした。彼は同じ台詞をもう一度繰り返した。

「静かにしてろ！」そして、「静かにできないのなら、俺がかわりにその口を閉じてやる！」と続けて言った。

ヒューゴ・フォーサイスが部屋を出て行くと、食堂の扉が閉まっているのが目に入った。目の奥で不意に光が燃え上がり、無意識に胸を張る。ディナージャケットのボタンを留めると、彼は勢いよく扉を開き、中に入っていった。

食卓が部屋の真ん中の定位置に戻され、オーク材の椅子のひとつにソニア・ケップルが座っていた。

ひどい顔色で、両目の下にはそれまでなかったくまが黒々と浮かび上がり、小さな体がいっそう小さくなって見える。ジョージ・プレスデイルは彼女が腰を降ろした椅子の左の肘掛けに座っている。片手で彼女の肩を抱き寄せる青年に、黒髪の女が頭をもたれさせていた。

「あら！」ソニア・ケップルは声を上げてヒューゴ・フォーサイスを見ると、椅子の上で背筋を伸ばし、乱れた髪を両手で撫でつけた。

ジョージ・プレスデイルが立ち上がる。

「君が僕らと合流することを拒んでいることはスキナーから聞いた」フォーサイスのしゃがれ声はいつになくとげとげしい。きらきらと光る目は落ち窪み、まるで張り出した眉弓（びきゅう）の下に眼球が引っこんでしまったようである。

「偉そうな顔をするのはよしてくださいよ。あなたでは役者不足だ」ジョージ・プレスデイルは答えた。

「いま、来たほうがいい」

「だから言ってるじゃないですか、あんたがかわりに地獄に行きゃあいいんだよ！　わかったら失せろよ！」

ヒューゴ・フォーサイスはきびきびとした足取りでテーブルを回った。荒立つ感情を抑えこみ、彼は感情のこもらない声を出した。

「ベラミーさんが死んだのはわかっているだろう。この家で今夜、二人の人間が殺されたんだ。全員、使用人部屋に集まっている。なにを決めるにしろ、まずは全員が揃わないと。来るね？」

「その気になったら」

「それはいつの話だい？」フォーサイスの声色が変わった。甘く優しい、危険な響きをはらんでいる。

「その気になった時だよ」両手をポケットに入れると、プレスデイルは頭を傾げ、フォーサイスを上から下までじろじろと眺め回した。

「ミセス・ケップルは僕の客でもあるから。彼女は迷惑な他人事のせいで一晩のうちに恐ろしい思いを味わいすぎた。放ってはおけない。あんたは気づいてなさそうだが、彼女は気絶から目覚めたばかりなんだ……。わかったら、失せろ！　ミセス・ケップルを連れてそっちには行くさ、彼女が元気になったらな」

「いま、来るんだ」

ジョージ・プレスデイルは顔を伏せ、己の脚と、靴とズボンの裾の間の数インチから覗く足首を見た。そして彼は言った。

「ズボンの借りがあるから失礼な真似はしないだろうと思ってるんだろうけど、そんなことはないぜ。あんた一人で地獄に落ちやがれ！　まずひとつに、あんたはミセス・ケップルに迷惑をかけているからな」

「ジョージ！」ソニアが叫ぶ。

「くだらんことでがたがた騒ぐな！　ミセス・ケップルはどうでもいい。君に来いと言っているんだ。彼女は大丈夫だ。気絶なんて僕と同じでとてもしそうにない」フォーサイスの怒りは、声にはっきりと現れていた。

ジョージ・プレスデイルの口元に浮かんでいた半笑いが消えた。顔からゆっくりと血の気が引いていく。眉が寄り、口が長くなったように見えたのは、唇を引きこんで、一本の細い線になるまできつく結ばれたからだ。ボクサーのように巧みな足さばきで素早く足が踏み換えられる。右の拳がぱっと見えたかと思うと、全体重をのせた電光石火の一撃が長い軌跡を描いて繰り出された。ヒューゴ・フォーサイスが場数を踏んだ手練れでなかったら——あるいは、頭の回転が少しでも鈍かったら——パンチは狙い通り、彼の顎先を捉えていただろう。だが、ヒューゴは体を沈めて下に逃げたので、プレスデイルの拳は顎ではなく頬骨に当たってがつんという鈍い音を鳴り響かせたのだった。屈んで避けたことで拳の勢いはそがれている。フォーサイスはテーブルに体をぶつけてよろめいたが、倒れはしなかった。そして、ぴんと張ったロープの反動を利用するプロボクサーさながらにテーブルをぐいと押し、前に突っこんでいった。

「は！」ジョージ・プレスデイルは満足そうな声を出した。

「ヒューゴ！」戸口で声が上がった。冷ややかで凛としたその声に、フォーサイスが繰り出した拳は途中で止まった。彼はぱっと振り向いた。戸口にアン・ラヴェナムが立っていた。

「馬鹿な真似はよして、ヒューゴ！」

ヒューゴ・フォーサイスは頬の殴られた場所に片手を当てた。彼は拗ねた子供のような声を出した。

「こいつが殴ったんだ。だから……」

「馬鹿な真似はよして！　プレスデイル大尉も恥ずかしい真似をしたときっと後悔してるはずよ！さあ、二人とも、いい加減にして！」アン・ラヴェナムはそう叱りつけ、ソニアに視線を移すと、不意にその顔を綻ばせ、にっこりと笑いかけた。「ほんと、馬鹿よね？」

どうしてこのお嬢さんを嫌っていたのだろう。自分がそんなことを考えていることに気づき、ソニアは大きなショックを覚えた。

「本当にね」ソニアは答え、立ち上がると、大きな椅子を押しのけた。

「もう大丈夫かい？」ジョージ・プレスデイルは訊ねた。

ソニアは頷いた。彼女はアンと並んで部屋をあとにした。廊下に出て、開け放されている隣の戸口をくぐろうという時に床の上に転がっているものが目に入り、一瞬足が止まる。アンも足を止め、そんなソニアを不安そうに見つめた。

「大丈夫」ソニアの声はか細く、呼吸も速くなっていたが、彼女は臆することなく答えた。目の前に来ると死体から目をそらし、速度を緩めることなく跨ぎ、部屋に入っていく。

部屋の中はしんと静まり返っていた。ソニアはアンが座っていた肘掛け椅子に腰を下ろした。アンにはスキナーが背もたれの高い木の椅子を用意した。陰惨な状況にもかかわらず、女二人がはにかみから揃って笑うのを堪えきれずにいると、ヒューゴ・フォーサイスとジョージ・プレスデイルがやって来た。フォーサイスが扉を閉めた。ジョージ・プレスデイルはソニアの座る椅子に向かい、背もたれに両手を置いて後ろに立った。ヒューゴ・フォーサイスは部屋の中央に行った。額には相変わらず深い皺が刻まれ、左の頬骨の上にできた打撲痕が赤黒く変わり始めていた。彼はヴェリティを見て言った。

「全員揃いました。可能な限り究明しないと……」彼はそこで言葉を切った。

ヴェリティは彼を見た。「そうね」と答える声はいつもの調子に戻っており、まだ青ざめているとはいえ、蠟人形めいていた顔も死人のようではなくなっている。不自然なほど見開かれた目だけが、彼女の神経がひどく張りつめていることを知るよすがだった。

「まだここに残っているかどうかはともかく、この屋敷には第三の人物が存在していたか、ベラミーさんはこの部屋にいる誰かに殺されたか、そのどちらかということになります」ヒューゴ・フォーサイスは言った。

ソファから声が上がった。「それはどこで聞いた言葉だったかな?」穏やかな声音には隠しきれないアメリカ訛りが滲んでいる。

答えたのはスキナーだった。ヴェリティが座る椅子の後方に控えていた彼はつかつかと歩み寄ると、再びソファの前に立ち言った。

「それでお終いだ! またキーキー喚いたら、俺が……」

ヴェリティが静かに言った。「そこまでにして、スキナー」

スキナーはびくりとした。肩越しに雇い主を振り返る。一瞬、彼は瞠目し、一個の人間であることを隠さない正直な眼差しを向けてきた。だが、その表情はすぐに消え、彼の顔には年季が入った使用人の仮面が再び戻ってきた。

「かしこまりました、申し訳ございません、奥様」

スキナーは控えていた場所に静かに戻った。

フォーサイスはソファの男を見た。

「情勢は一緒さ。より明確になっているだけだ」

「一緒じゃない。一人目は俺にも殺すことができたかもしれん。今回は俺には無理だよ」と、クロージャー。

「まったくその通りだ。なあ、レディ・デストリアとフォーサイス君、ポールは正しいことを言っている。彼を犯人にしたのはやはり間違いだったんだ」ノーフォークが続ける。

ヴェリティは冷ややかな視線を向けた。「物忘れがひどいのね、ノーフォークさん。この男のことを本当はなにも知らないからと言って、彼に関わるご自分の責任を全部否定された時から一時間も経っていないと思いますけど。なのに、もう『ポール』呼ばわり。あなたの立場にあるとしたら、ノーフォークさん、私なら口を噤んでいるわね」

いま一度、ソファの男は笑い声を上げた。今度はノーフォークもたじろぎ、顔の赤みが一気に引くこととなった。

スキナーが咳払いをした。「失礼してよろしいでしょうか、奥様」

ヴェリティは座ったまま、体をスキナーのほうに百八十度捻った。

「考えますに、奥様、私はこの男の言葉をかなり裏付けられると思います」

「俺はフーディーニでもないしな」と、ソファの男が言った。

「本腰を入れてこの件を解明するなら、まずは話を整理してからにしないと」と言い、フォーサイスはヴェリティを見た。「いまこの場で、ベラミーさんの死について見たこと、聞いたことを全員が話していってはどうでしょう」

ヴェリティは頷いた。「そうして」頭を背もたれに預けると、彼女は目を閉じた。背筋はぴんと伸ばされ、両腕は肘掛けにのっている。目を閉じ、リラックスした姿勢を取っているのに、気を抜いているわけではないことを彼女の全身が物語っているようだった。

「そうするとなれば、僕から始めますよ。僕は食堂にいました。プレスデイルを二階に連れて行って、服を貸してやった直後でした。びしょ濡れでしたからね。ズボンと靴下と靴を貸してほしいと言われたんです。だから貸してやりました。いま、身につけているのがそうです。着替えを渡し、僕は僕で下に降り、食堂に向かいました。トレイにデカンタやグラスなんかをのせていたんです。大部屋に持っていこうと思って。用意が終わった時に、廊下の奥で騒ぎが起きたように聞こえました。扉は閉まっていたので、よくは聞き取れませんでしたね。誰かはわかりませんが、初めに聞こえてきたのは人の声だったと思います。なにか叫んでいました。その直後に三つの音が聞こえました。なにかはわかりませんでした。いまは、ほぼ確実に消音器付きの銃から三発の銃弾が発射された音だとわかりますけどね」彼はそこで言葉を切ると、部屋の中央にあるテーブルをちらりと見た。テーブルの上にはずんぐりとした暗青色の物体がのっている。銃身の歪さは不格好なハグストロム消音器が取りつけられているせいだ。縛られてソファに転がされている男から取り上げた拳銃である。他の者もフォーサイスの視線を追った。

「あの銃ではありません。調べたんです。綺麗なものでした」と、フォーサイス。

ソファの男は言った。「そりゃ綺麗さ。独立記念日だって忘れちまうくらい、もうずっと長いこと使われていないからな」

「最初の殺人で使っていたなら、掃除する時間は充分にありましたね」

「ほう?」嘲る声がソファの男から上がった。

「しかし、今回使用されたのがこの銃ではないことは確かです。銃声を聞いて、僕は食堂から廊下に飛び出しました。いまと同じ場所に、ベラミーさんが倒れていました。かろうじて息がある状態で、彼が動くのを見ました。周りはひどく騒がしかったです。この男が」と、フォーサイスがクロージャーのほうに顎をしゃくる――「注意を引こうと大声を出していました。角を曲がった先では、何者かによってトイレに閉じこめられたスキナーが、叫びながら扉をがんがん叩いています。僕はこの部屋を覗き、この男がいるのを確認しました。なにかできることはないかと思い、ベラミーさんの容態を調べていると、他の人たちもやって来ました。最初にノーフォークさん、次にプレスデイル君が。スキナーは扉を叩き続け、僕は食器室の戸棚から鑿(のみ)を取ってきて扉を壊し、彼を出してやりました。僕にわかるのは以上です」彼はノーフォークを見た。「次はあなたが」

「そこのホールの先にあるロビーの手洗いにいたんだ。大声が聞こえたから慌てて飛び出した。どこから聞こえてきたものかはさっぱりわからなかった。この奥だろうと当たりを付けて、廊下を渡っていった。そうしたら、フォーサイス君がベラミー大佐の傍らでひざまづいていたんだ。叫んでいるのは二人だと思っていたが、ここに来た時には声は一人分になっていた。閉じこめられていたスキナーだろう。扉をどんどん叩いていたよ」ノーフォークは答えた。

「なにか言葉は聞き取れましたか?」

「いや」

ヒューゴ・フォーサイスはジョージ・プレスデイルを見た。頬骨の打撲が怒りに疼く。彼は言った。

「君の話を聞こう」

「僕がどこにいたかはご存じだ。あなたに連れて行かれ、二階のあなたの部屋にいたんですよ。僕はズボンと靴下と靴を替えましたよ。おかげで助かりましたよ。下に行こうとして、正にちょうど僕が扉を開けた瞬間に騒ぎが起きました。急いで下りていくと、あなたとノーフォークさんがベラミーさんの横にいるのが見えました。以上です」

ヒューゴ・フォーサイスはかぶりを振った。「いや、まだだ」

「なにがあるって言うんですか?」

フォーサイスは青年を見据えた。「君が聞いた騒ぎというのはどんなものだ?」

プレスデイルは曖昧に答えた。「話し声。二人ほど叫んでました。誰かが扉を叩く音も」

「屋敷のどこから聞こえてきたかわかったか?」

「ええ。あなたの部屋の真下でした。聞くまでもないことですよね?」

「ふむ」

「見下す態度はやめてくださいよ」ジョージ・プレスデイルは言った。

「言葉は聞き取れなかったんだね?」ヒューゴ・フォーサイスは訊ねた。

「ええ」

「その話し声の中から聞き取れた声は何人?」

「なんだよもう、そんなことわかるわけないだろ。二人じゃないですかね。ここにいるあいつと、スキナー先生ですよ。断言はしませんけどね。僕はとんでもない騒ぎを聞きました、そして、そのとんでもない騒ぎを聞きながら、急いで駆けつけたんですよ」

「ふむ!」ヒューゴ・フォーサイスは顎を撫でた。

プレスデイルは彼を睨んだ。ソニアがそっと手を伸ばし、椅子の背もたれをきつく握りこんでいる指に重ね、きゅっと絞った。ジョージ・プレスデイルは身を屈め、彼女に囁いた。

「大丈夫だ。ごめん」

フォーサイスはスキナーを見た。

「さて、これでやっとなにかが摑めるだろう。スキナー、君の話を。ただ、僕らの話よりもう少し早い時点から始めてほしい。わかっているだろうけど」

スキナーは前に出てくると、ヴェリティが座る椅子の横に立ち、質問者と向き合った。

「承知しております。私はベラミー大佐の指示で、この男の監視についておりました。その時間はご存じかと存じます。ですので、私はこの部屋に残っておりました。お屋敷の中でいろいろな動きがありましたのをこの耳で聞いておりますが、特に怪しいと思われるものはございませんでした。フォーサイス様ご自身と他の紳士の皆様、ご婦人方の動きだけでございます。不適当と申しますか、そういう物音は耳にしておりません。二時十分過ぎのことでございます——たまたま時計を見たばかりでしたので、時間を覚えております——ベラミー大佐がこの部屋においでになりました。大佐は部屋に入ってきますと私に様子と、囚人が面倒を起こしていないかをお訊ねになりました。私は問題ない旨をお伝えいたしました。なにか手伝えることはあるかと仰いますので、少しの間、見張りをかわってくださるようお頼みしました。それで、私は……ええ……廊下を回った先に行ったのです。ベラミー大佐は戸口で見張りに立たれておりました。大佐の立ち位置は正確に記憶しております。扉は開いており、いまのフォーサイス様から見て左側の側柱に大佐は背を預けていらっしゃいました。いわゆる両睨みの姿勢を取られていたわけでございます。私が閉じこめられたことに気づいたのは、部屋に戻ろうとした時でした。初めは、トイレの戸が引っかかって動かないのかと思いました。しかし、押したり引いたり、いろいろ試してみたあとで、鍵が外側の普段通りの場所にあったことを思い出したのです。内側の鍵は閂ですから。入った時に鍵がそこにあったことは間違いございませんが、鍵穴を覗いてみますと、その鍵がございません。外から鍵を掛けられた音は耳にしておりませんが、錠には私がこの手で油を差したばかりですから、その点は納得がいきます。どうやって外の注意を引こうか考えておりましたちょうどその時に、声が聞こえてきたのでございます。まったく知らない男の声でしたので、私はたいそう驚きました。お屋敷にいらっしゃる皆様でも、使用人たちでもございません。言葉ははっきりと聞き取れました。少なくとも厨房通路の奥ほどの距離があることはわかりましたけれど、大声で叫んでいたのでございます。『ノーマン・ベラミー、俺の顔を見ろ』と」

　スキナーは言葉を切った。部屋にいる全員の目が彼の顔に向けられていた。驚きで麻痺状態に陥ってしまっているのは元より、誰も彼もがその目に不安と恐怖の色を浮かべている。ヴェリティ・デストリアは身動きすることなく、ただ目を開いた。

「どんな声だったの、スキナー？」彼女の声はいやに低く、抑揚がなかった。そして、かろうじてわかる程度だが、震えていた。

「奇妙な声でございました、奥様。とても深みのある男の声で……」彼は言い淀んだ。「荒い声と申しましょう、奥様。私がこの耳で聞いた声は紳士のものでしたので、無教養な輩という意味ではございません。声の響きが荒かったのでございます。しゃがれ声と言ってよいかもしれません、奥様」

　沈黙が降りた。ヴェリティは再び目を閉じた。フォーサイスはスキナーに向かって言った。

「ベラミー大佐が返事をするのを聞いたかい？」

「大佐の声は耳にいたしましたが、なにを仰っているかまでは聞き取れませんでした」

「大佐の口調からなにか推測できたことは？」

「叫んでおいででした。口調まではわかりかねます」

「それからなにが？」

「電光石火の出来事でございました。語るとなれば一言では終わりませんが。こういった次第でございます。注意を引く方法を考えておりました私の耳が何者かの声を聞きつけ、そこから間髪を容れずにベラミー大佐が大きく声を上げられた直後——言い終えるよりわずかに早く、というところでございましょうか——消音器を付けた銃声のような音が三度聞こえたのでございます。バシュッという感じの音でございました」

「うん。それから?」

「少しの間、辺りが静まり返りました。それからこの男が……」スキナーはソファで仰向けになっている男のほうを顎でしゃくった。「……叫び出し、私も大声を上げて扉を叩き始めました。皆様が近くにいらっしゃらなかった場合、私が助けを求めなければ、間に合わないのでは、と不安になりました」

「間に合わないとはなにに?」ヒューゴ・フォーサイスが訊ねた。

思いがけぬ質問に面食らったように、スキナーは軽く目を見開いた。

「間に合わず、ベラミー大佐を殺した男を逃してしまうという意味でございます」

「ふむ!」ヒューゴ・フォーサイスは顎を撫でた。「スキナー、聞いたことのない声だったというのは確かなんだね?」

「それはもう、絶対に」

「わかった。ありがとう」ヒューゴ・フォーサイスは踵を返すとソファまで行き、縛られた男を見下ろして言った。

「さて、あんたの出番だ」

フォーサイスを睨み上げる黒い瞳のどこかで、悪意あるユーモアがきらめいた。その目の下から、こんな言葉が吐き出された。

「俺のでバンか！」

「あんたが知っていることを話してもらおう」

「知るわけねえだろ！」クロージャーと名乗った男はそう吐き捨てた。

「なぜ？　なにか聞いたはずだ」

「ああ、聞いたか、ね？　聞いたとも。間違いなくいろいろな。だが、一見が百聞に敵うわけでなし、一を聞いて十が知れるわけでもなし。俺が知っていることとあんたは言ったか。あんたも俺みたいにここで寝そべってみりゃあ、テーブルのせいで扉なんて見えないことがわかるだろうに」

「なにを聞いた？」

「グスタヴが言った通りさ。ここにいて、俺と扉の両方を睨んでいたんだ。あいつとお喋りをしようと頑張ってみたが、付き合いが悪いんで、それはやめた。ここに押しこめられて三年も四年も経った頃にそのナントカ大佐が現れて、部屋に入ってきてグスタヴと話し、順調かと訊く。グスタヴは問題なく俺を押さえこめていると言うが、少し部屋を出て行きたいと頼む。その間、かわりに俺を見張っていてくださいい、オネガイイデス大佐、とね。大佐は承諾し、グスタヴが言ってたように戸口に立ち、その間にグスタヴは鉄砲玉のように飛び出して、雉を撃ちに行く」

　フォーサイスが口を挟んだ。「そこまで！　ベラミー大佐が戸口に立つのを見たと言ったね？」

「まあ、頭が見えたのさ、それだけだ。だが、頭が見つかれば、残りの体がどこにあるかも普通はわかるものだろう、教授。とにかく、奴はそこに立っている。俺のいる場所と反対方向にグスタヴが廊下を歩いていき、手洗いに入るのが聞こえる。そのあとは、グスタヴが言ってた通り、廊下のどこかで男が大声を上げるまでは静かなものさ。その声は『ノーマン・ベラミー、俺の顔を見ろ』とか言っている。いままでに聞いたことのない声だ――実に奇妙な声で――好奇心をそそられ、俺は精一杯に頭を持ち上げて耳を傾ける――こんなふうに――すると、大佐が扉を離れて廊下に出て行くところがちょうど目に飛びこんでくる」

「そこまで！　大佐がどちらを向いていたかわかるかい？」

「いつ？」

「廊下に出て行った時だ」

「いいや」

ヒューゴ・フォーサイスは瞠目した。「どうして？」

「廊下に出て行く奴の姿で俺に見えていたのは後頭部だけだからさ」

「ふむ！　わかった。続けてくれ！」

「グスタヴが言った通り、とにかく一瞬の出来事だ。まず、喚き声。次に大佐が廊下に出る。次に、大佐の『なんと！　貴様か！』という声。単なる叫び声ではないが、まあそれだけだ。それから、ハグストロムつきの銃からドンドンドンと三発撃ちこまれ、大佐が倒れる音。銃を持った奴がどっちに行ったか、ちょっと耳を澄ませてみるが、なにも聞こえない。それから、俺は喚き声を上げ、廊下の向こうでグスタヴが手洗いの扉を壊そうとし、あいつも大声で喚き出す。俺の話はこれでお終いだ。なにか質問は、判事殿？」

「ああ。その奇妙な声をいつ聞いたか教えてほしい」

「おい、頼むぜ！　正確な時計を持っていたとして、どうやって俺がそれを見られるって言うんだよ。この部屋には置時計もないしな――とにかく、俺に見える場所にはない」

ヒューゴ・フォーサイスは鋭い声を出した。「とぼけたことを言うな！　僕が言っているのは時計の時刻じゃない、あんたがいま話していた他の出来事と関連させた時間のことだ。わかったか？」

「仰せの通りに！　話した通り、そこのグスタヴが廊下の先の手洗いに行ったほぼ直後、大佐が見張りに立ち始めた時だよ。グスタフが出て行ってここの看守が交代するまで、その間はせいぜい一分か一分半じゃないかね……。さあ！　俺の話は終わったぞ！　拘束を解いてくれないのか？　体は強張るし、擦れて痛いし、むずむずするんだよ。もう俺をこんなふうに縛りつけておく理由がないぜ。俺にふたつ目の殺しができたはずがないし、やったのがあんたじゃないってことも誰にもわからんしな？　なあほら、外してくれよ！」

「待って！」フォーサイスはヴェリティに目を向けた。すぐに彼女は目を開いた。フォーサイスは彼女に訊ねた。「ご婦人方は皆一緒にいたのですか？」

「ええ。皆を集めようとして、ミセス・ケップルと大部屋に行ったの。一分か二分でアンも来たわ。私たちは大部屋にいて、扉は閉めていて、その時……聞こえて……」

「ええ」と、フォーサイス。「わかりました。これで一応（プリマ・ファシー）はどんな状況だったかを全員が知りましたね」

アン・ラヴェナムは非難をこめた目を彼に向けた。彼女は独り言のように囁いた。

「知った？　まあ、ヒューゴ！」

フォーサイスは笑わなかった。彼は言った。

「第一印象（プリマ・ファシー）にもとづいた全員の話を聞いたと言うべきでした。ここにいるこの男が身動きの取れない状況にあったということは納得もできる一方で、第三者によって裏付けられるまでは、彼の言う聞いたことのない声の存在は、僕らにはちょっと信じがたい話でした。そして、第三者による裏付けはなされました。この聞いたことのない声について語る二者を信じるなら、屋敷の隅から隅まで探し回り、あらゆる出入り口を封鎖したにもかかわらず、この部屋にいる者ではない第三の男が屋敷に入りこみ、いまはもう出て行ったか、あるいはまだここにいるという事態を受け入れることになります」

アンが小声（ソット・ヴォーチェ）で呟いた。「ワトソン、君には圧倒されるな！」

フォーサイスは彼女を見た。「いまのはなんだい？」

彼女はかぶりを振った。「なんでもないわ」

フォーサイスは一同を見回した。「多数決を取りたいと思います。屋敷に何者かがいると考える人は？　僕に教えてください。よければ、挙手をお願いします」

ヴェリティが肘掛けにのっている右手を上げた。ソニア・ケップルが肘掛けにのっている左手を挙げた。アン・ラヴェナムの両手は膝の上だ。ノーフォークは右手を頭上高くにかかげた。彼を見る度に、『大逆転（ヴァイス・ヴァーサ）』（一九一六年に映画化された、父親と息子の中身が入れ替わるファンタジー小説）に登場する不運な父親のことがアンには思い出されてならなかった。ソファの男は縛られた両手を頭の上に持ち上げた。両腕のアーチの向こうから、嘲り（あざけり）の笑みが一同に向けられた。

フォーサイスは一同を見回した。「決定票は僕にあるようですね。その場合、過半数の主張は殺人犯はこの部屋にいないということになりますが」

「ヒューゴ！　あなたは肯定派なの？」アン・ラヴェナムは訊ねた。

「そうだよ」フォーサイスは言った。

「へえ、そうなの！」

フォーサイスは彼女を見ないで言った。「そうなると、少数派に否定する理由を聞くべきだと思います」その視線がヴェリティに向けられる。「賛同いただけますか？」

ヴェリティは頷いた。

フォーサイスはアンを見た。「殺人犯がこの部屋にいる我々の誰かだと考える理由を教えてくれる？」

「外部の者の犯行という説には絶対に無理があるとわかっているし、皆はいつまで経っても気づかないけど、十中八九の可能性があるからよ。もし……」

彼女がその言葉を最後まで言い終えることはなかった。口を噤んで慎重に言葉を選んでいると、その間が水のように溜まっていき、期待を煽る静寂を湛える小さな池を形成した。すると、そこに出し抜けに音が落ちてきて、静寂の池を溢れ返らせたのである……。

突然、どすんという鈍い衝突音が頭上で鳴り響いた。次に聞こえてきたのは、もっと高い音でなにかがぶつかり、ガラスが砕け散る澄んだ音だ。それから、二階の床を物が転々と落ちていく、嵐の到来を告げる大きな雨粒がぼたぼたと地面を叩いているような、それよりは軽く小さな音。それから、ばたばたと走る音がし、扉が開く音。それから、屋敷の静寂を切り裂いて響き渡る、耳をつんざく金切り声。

一瞬、誰もが凍りついて動かなかった。その一瞬が過ぎると、スキナーとプレスデイルとヒューゴ・フォーサイスがいっせいに扉に向かった。フォーサイスが扉の前で足を止めると、戸口に背を向けて立ちはだかり、片手を上げた。

プレスデイルが叫んだ。「どけよ！」

フォーサイスはプレスデイルに手を伸ばすと、上着の下襟(ラペル)を下のシャツごと摑み、乱暴に押しやった。

フォーサイスが大声を出した。「全員は駄目だ。全員で行ってどうする、馬鹿野郎。全員は駄目だ。ノーフォークさん、あなたはここに残ってくれ。プレスデイル、君もだ。スキナー、僕と一緒に来てくれ」

プレスデイルは睨みつけた。いまにも飛びかかりそうな様子を見せたが、彼の名を優しく呼ぶ声が背後から聞こえると、いままでとは違ってまったく自由の利かない馬銜(はみ)を嚙まされたことに気づいた若馬のように、突然動きをとめた。

フォーサイスは扉を開け放った。金切り声はどんどん大きくなっていく。近づいているのだ。使用人階段を下りて、こちらにやって来ているのはほぼ間違いなさそうだ。フォーサイスは階段の戸に飛びついた——壁紙が貼られていて目立たないので、ノーマン・ベラミーが存在に気づかなかった扉だ。その戸を引き開けると、七十五キロを優に超えるミニー・ウォルターズの全体重がフォーサイスの胸にぶつかってきた。よろめきはしたものの、奇跡的にバランスを失わず、倒れずにすんだ。スキナーが手助けに来た。二人は両側から女を支えると、片方ずつ肩を摑んで揺さぶった。ぐったりとした頭が短い首の上でがくがくと揺れる。低い鼻梁(びりょう)の上にきちんとのった鼻眼鏡を通し、赤く縁取られた近視眼がぼやけた世界を覗いている。金切り声が小さくなった。しきりと鼻を啜り、むせび泣いているせいだ。

ヒューゴ・フォーサイスは腕に力をこめ、かなり乱暴に女を揺すった。

「何事だ?　なにがあったんだ?」

ぐったりとした頭から浅い呼吸音が発せられる。

「急いてはいけません！　話しますよ」と、スキナー。

揺さぶる手が止まった。灰色の締まりのない唇から取り留めのない言葉が漏れた。

「男！　男が部屋に！　あとをついてきた！　男が部屋に。ああ、神様どうかお救いください、男がいたんです……」

第十四章　午前三時～午前三時三十分

女たちは大部屋に戻った。ソニア・ケップルとアン・ラヴェナムは並んでソファに座り、不思議と親しげな沈黙の中で煙草を吸っている。北西の隅ではミニー・ウォルターズが静かに、座っているような伏しているような姿勢で大きな椅子に震えの止まらない体を預けていた。くるまっている黒い上着と、履いている靴下はヒューゴ・フォーサイスのものである。鼻の上にはあいかわらず鼻眼鏡がのっている。まん丸い顔はどういうわけか斑に染まり、幾筋もの細い房にわかれて垂れたざんばら髪がみすぼらしいかぎりだ。丸々と太った体は落ち着かない呼吸を繰り返している。ヴェリティ・デストリアはブランデーがなかばまで注がれたグラスを右手に持ち、女を見下ろす位置に佇んでいた。

扉の近くには二人の男が立っている。女たち、特にヴェリティの護衛役を任されたジョージ・プレスデイルと、自由の身となったクロージャーである。二人は部屋の反対側にいる女たちには聞こえない声で喋っていた。屋敷中を駆けずり回って身を隠せる場所も隠せない場所も徹底的に探り、全ての窓に鍵が掛かっていることを確認し、扉に鍵を掛けて回るのはフォーサイスとノーフォークとスキナーの仕事だった。

ジョージ・プレスデイルがシガレット・ケースを差し出した。「吸いますか？」

「こりゃどうも」

クロージャーは煙草を一本取って火を点けると、マッチを投げ捨てた。「おまえの考えを変えさせたのはなんだ?」

ジョージ・プレスデイルは目を見開いた。「なんのことですか?」

「どうしておまえは考えを変えたのかって訊いてるのさ」

「なんの話かわかりません」

「あっちの部屋で決を採った時、あそこにいた誰かが犯人だと思うほうにおまえはついていた。それがいまはずいぶんと親しげな調子で俺と話している」

プレスデイルはにこりとした。「俺がなにを考えていたにしろ、あんたがそうだとは思ってませんでしたよ。ふたつの殺しは明らかに同じ人間の犯行だし、あんたがベラミーを撃てたはずがないから……。まあ、そういうわけですよ」

クロージャーは黒々とした細い口髭の下の大きな口をねじ曲げ、薄笑いを浮かべた。

「お花をどうも……。なあ、あの面倒屋を信じるか?」

「なんですか、それ?」

「コックだよ──あそこで椅子に座ってブランデーを啜っている……。まったく、一杯やりたいぜ!

……あの女が大袈裟に話していた男の話を信じるか?」

ジョージ・プレスデイルは肩をすくめた。「さあね! なにを考えりゃいいかもわからない」

クロージャーは言った。「やったのがこの家の者なら、相当賢い奴だぞ。なあ、連中の探している相手が俺じゃないということで納得してるとレディ・デストリアが言っていなかったら、俺は放免されていたかね?」

ジョージ・プレスデイルは再び肩をすくめた。「どうでしょう。フォーサイスが指揮官みたいだし――いや、わかりませんよ！」

「そうだな。奴はなかなかたいした馬の骨だ。馬というか、むしろ生き馬の目を抜きかねん奴だが。この家でどういう立場なんだ？」

「ミス・ラヴェナムと結婚するんですよ」

クロージャーは唇をすぼめた。「ほう？　ふん、運のいい奴だ！　なあ、五セントに対して五ポンド賭けてもいいが、連中が屋敷中探し回ったって絶対なにも見つからないぜ」

ジョージ・プレスデイルは首を傾げた。耳を澄ませているのだ。少ししてから彼は言った。

「すぐにわかりますよ。ほら、おでましだ」

彼は扉の前からどいた。部屋の外で足音が聞こえ、扉が開く。ノーフォークとスキナーが入り、あとから入ったフォーサイスが扉を閉めた。フォーサイスは扉に背を向けて立つと、部屋中に聞こえる声で言った。

「なにもない！　痕跡はなにも見つからなかった。だが、そこの馬鹿女が窓を一枚開け放していた。そこから侵入した者がいるとすれば、そこから出て行っただろう。現段階では痕跡はなにひとつ見つかっていない。しかし、壁をよじ登ってくるのは極めて簡単で跡も残らないから、だとすれば痕跡は残っていなくても構わないことになる」

部屋の片隅でヴェリティが背筋を伸ばした。彼女は椅子に座っている女の震えが治まってきた指に、ほとんど空になったグラスを押しつけた。振り返り、普段の歩き方で部屋の中央に戻っていく。フォーサイスも彼女のほうに歩を進める。スキナー以外の全員がフォーサイスのあとに従った。二人の女もソファを離れ、ヴェリティの右に立つ。スキナーはそのまま動かず、扉のすぐ脇に控えていた。

「では、あまり状況はよくないのね。この部屋にいない誰かの仕業かもしれないし、ひょっとすると……」ヴェリティは言葉を切ると、かろうじて聞こえる程度の音を立てて鋭く息を吸った。「この部屋にいる誰かの仕業かもしれないのね」

「そうです」フォーサイスが答える。

ヴェリティは彼を見つめた。「あなたはどう考えているの、ヒューゴ?」

彼は肩をすくめた。「考えてはいません。考えられないんです」

ヴェリティは沈黙した。一瞬、彼女の肩がだらしなく下がり、丈高く優雅な美しさが損なわれたように見えた。だが、それは一秒にも満たない刹那の出来事で、彼女は再び背筋を伸ばし、金色の髪を戴いた頭をそびやかし、彼女は言った。

「私たちはなにをすれば?」

「非常に重要なふたつの点を明確にしましょう」と、ヒューゴ・フォーサイス。

「どの点かしら?」

「まずひとつは、朝までここにいて、警察への連絡手段を講じるか。それとも、固まってここを出て行くか。あなたが決めてください」

驚いたことに、ヴェリティは笑った。抑えられてはいたが、純粋に可笑しさを覚え、こみあげてきた笑いに変わりはない。その笑い声は部屋にいる全員の視線を集めた。隅に置いてある椅子で見苦しく縮こまっている者さえ、一瞬上体を起こしてまじまじと見つめたほどだった。

「それは、ヒューゴ、私の番が来るという意味?」

フォーサイスは彼女をまじまじと見た。二人の目が合い、ふたつの視線がしばらくの間絡み合う。やがて、口にはしなかった称賛が言葉の底流にはっきりとこめられた口調で彼はこう言った。

「そういう意味にも取れますね。とにかく、その点を明確にしないといけません」

「出て行くことはできないわ。行く当てもないし、手段もないもの」

「車を一台動かせるかもしれませんよ」

「私たちは二手に別れ、屋敷に残る人たち全員をまったく必要のない危険に曝せということ?」

「その危険は僕も考えました。しかし、車を動かすことができたなら、全員でガウバラ・ヘッドに、あるいはタクスフォードにだって行けますし、そうしたらすぐに警察を呼べます。一方、危険を承知で屋敷に残った場合、僕らの手であなたが決して無防備にならないよう計らえます。夜が明けたら、状況は変わりますよ」

ヴェリティは頷いた。「私もそう考えていたわ」

「ですが、他の者の意見も聞くべきです」フォーサイスはノーフォークを見た。

「君とレディ・デストリアに賛成だ。屋敷に残って全員で固まっていよう」

フォーサイスはジョージ・プレスデイルを見た。

「僕の意見は別に……。ああ、でもどうかな、残ったほうがいいような気もします。一箇所に固まってレディ・デストリアを囲めば、そいつが知らない人間か、それともここにいる誰かかはわかりませんけど、大丈夫でしょう」

フォーサイスはクロージャーを見た。

「俺は出て行くほうに一票だ。それこそ大急ぎで!」

フォーサイスは彼をじっと見た。口を開くと、なかば独り言のような調子でこう呟いた。

「ああ。そうだと思った」

クロージャーは睨みつけた。「なにが言いたい？」

「黙ってろ！」フォーサイスは一喝した。

クロージャーの口の片端が笑みを作ろうとするように下向きにねじれたが、黙っていた。

フォーサイスは振り返り、「スキナー！」と呼びかけた。

扉の横に立っていたスキナーが前に出てきた。一同から数歩離れたところで足を止め、フォーサイスに怪訝そうな視線を送る。

「いま、僕らが話していたことを聞いていたね？」と、ヒューゴ・フォーサイス。

「はい、フォーサイス様。私の意見をお求めでございましょうか？」

フォーサイスは頷いた。

「私の見解を申しますと、我々はお屋敷を出ようとすべきではないと存じます」

「なんだか、やけに強調しているように聞こえるわね、スキナー」と、ヴェリティ。

「仰る通りでございます、奥様。そうすべきだと思われて仕方ないのです」

「どうして？」

「この……ええ……悲劇的な事件を考慮しますに、今夜、奥様がお屋敷を離れることを許すのはまさに犯罪的な行為に他ならないと考えているからでございます」

一同の周りを回っていたアン・ラヴェナムはスキナーのすぐ近くに来ていた。彼女は不思議そうにこう訊ねた。

「あなたの言う通りだと思うわ、スキナー。でも、どうしてそんなに強調するのか、あなたの考えを聞かせて」

スキナーは彼女を見た。それから、フォーサイスを見、最後にヴェリティに視線を戻した。

「続けて、スキナー」

「第一の理由として、奥様、私はこの悲劇的事件の犯人は我々に混じってこの部屋にいると信じて疑っておりませんので、お屋敷を出るというさらなる危険に奥様が身を曝すことはあまりにも無防備すぎると考えているからでございます。我々がどれほど頑張って奥様をお守りしましても、人殺しの悪漢はその護衛の中に混じることになるでしょう。そして、暗がりに入ってしまったら、その者にいくらでも好機を与えることになってしまいます。二手に別れた場合の可能性については言うまでもありません。いけません、奥様、それは狂気の沙汰です！　完全なる狂気の沙汰です！」

不意に七人分の好奇に満ちた視線を一身に集めることになり、スキナーは赤面した。異様な出来事でみちみちた夜をさらに長くしているいまこの時だけ、スキナーはいつもの使用人の顔ではなく、一人の男の顔を見せていた。堅苦しい一本調子だった口調には生気が漲り、力強い声を響かせる。声音から取り繕っていた使用人のうわべを取り払ったのと同様に、彼は顔を覆っていた仮面をも剝ぎ取った。いまやその顔は感情と、自ら行動する人間が求めるものとを、生き生きと力強く映し出す鏡だった。

ヴェリティはやけに優しい声で言った。「ここに残るべきもうひとつの理由を教えて、スキナー？」

スキナーは背筋をぴんと伸ばすと、彼女の瞳を真正面から見つめた。使用人らしい慇懃な態度をかなぐり捨てたまま、彼は答えた。

「もうひとつの理由は、奥様、殺人犯がいまこの瞬間にも我々に紛れてこの部屋にいるのですから、屋敷に残ることで、賊めが奥様に指一本触れることも、逃げることもできないとわからせてやるためです」

沈黙が降りた。破ったのはヴェリティだった。彼女の使用人を見つめ、優しい声音を崩さず、彼女は言った。

「あなたはごまかしのない人だわ」

「必然的にそうなるのです、奥様。二人の人間が今夜、この屋敷で殺されました。手を下した狂人は、奥様のお命を奪う機会を虎視眈々と狙っているのです。これは、真実を有り体に申し上げただけでありましょう、奥様?」

ヴェリティは見つめ続ける。「そうね」彼女は言った。

「ですから、奥様、我々がどれほど奥様の安全に気を配っているつもりでいても、あの狂人を捕らえるまでは、奥様がこのお屋敷を離れることを許すということは、奥様の安全を軽視するという犯罪にも等しい行為を働くことになると、私は考えているのです。今夜、二人の命を奪ったその狂人は、三人目の命も——奥様のお命も狙っているのですから。もしも、この部屋にいる潔白な男たちに犯人捜しを手伝う気がなく、いまも捜さないようであれば、彼らは責任を帰して然るべき者と同罪といえます」

スキナーの声はそこで唐突に途切れた。

「ちょっと待って、スキナー! あなた、殺人犯が……ここ……ここにいる確信があると言うけど、男が部屋にいたというコックの話はまったく無視しているのね」

「考慮するつもりもありません、奥様。私はその話をヒステリーの発作以上でも以下でもないと考えています。女が大袈裟に言っているだけですし、そもそも思慮深いことなどあったためしのない女です。今晩、離れで味わったショックに始まり、寝慣れぬベッド、こちらでありました諸々のことが、女の頭にあんな世迷い言を吹きこんだのでしょう。あの女の言うことに注意を払う必要はありません。夢を見ていたか、頭が少々イカレていたのですよ。いいですか、奥様、我々はお屋敷の全てを調べ上げたことをお忘れなきよう」

「そうね、そして窓が一枚開いているのを見つけたのよね。コックの部屋の窓が」

「確かに仰る通りです、奥様。しかし、そのことは考慮すべき点ではありません。女の話を私はまったく信じていませんし、見知らぬ男が部屋にいたという点も齟齬を引き起こすだけです」

スキナーは眼差しをヴェリティの瞳からそらすことなく直立不動の体勢を取った。彼の傍らでアン・ラヴェナムが口を開いた。

「よかったわね、スキナー！　その調子よ！」

彼女は輪から離れると、扉近くのテーブルに置いてある箱から煙草を取った。そのテーブルの端に腰を下ろし、煙草に火を点ける。そして、漂う煙ごしに、部屋の面々を順に眺め回した。

「ありがとう」ヴェリティは低い声で礼を言った。

「大いに結構だ」ヒューゴ・フォーサイスはそう言うとヴェリティを見、次にスキナーを見た。「しかし、正体を隠している者を我々の中からどうやって探し出せばいいかな。本人に訊ねるのはあまりいい手ではないだろう？　『あなたはいい人ですか？　それとも殺人犯ですか？』それでどんな答えを期待すれば？　多分、君は神明裁判を提案するのだろうね？　それとも決闘かな？」

アン・ラヴェナムがぱっと立ち上がり、またゆっくりとテーブルに座った。

「ヒューゴ！　どうして話を混ぜ返すの？」ヴェリティが声を上げる。

フォーサイスはくるりと背を向け、呟いた。「そりゃどうも失礼！」

「スキナー、あなたはどうやって探し出せばいいと？」

スキナーはすぐには答えなかった。その間の静寂が広い部屋に重く垂れこめた。スキナーはヴェリティだけを見つめ続け、ようやくこう言った。

「殺人犯はベラミー大佐が殺される直前に私を閉じこめた男です。鍵はどこにあるのでしょうか、奥様？」

「それは……あなた……つまり、それはどういう意味？」

「つまり、奥様、鍵を取った男に鍵を手放せたわけがないのです。できたことといえばせいぜい――どうしてか、私にはそうしたとは思えませんが――どこかの窓から投げ捨て、窓を閉めることです。しかし、それだけの時間があったとは私には思えませんので。きっと、お屋敷のどこか片隅に隠したことでしょう。そのまま持ち歩いているかもしれません。その者が誰であれ、奥様、銃を撃ち、三人の男が死体を囲むまでに、それだけのことができる時間などありませんでした。ですので……」

スキナーの言葉は遮られた。ヒューゴ・フォーサイスが輪に戻ってきたのだ。彼は言った。

「話をそれ以上進める前に、君が犯人だとほのめかしている者が誰か知りたいな」

スキナーはフォーサイスには目もくれない。彼はヴェリティだけを見つめ続けていた。

「是非教えてくれ」ヒューゴ・フォーサイスが言った。

「スキナー、あなたがいまここで誰を疑っているか教えてくれると助かるわ。あなたが間違っていたとしても大丈夫よ。こういう場合ですもの、あなたを責める人は誰もいないわ。もし責めたとしても……。とにかく、私は気にしないし、あなただって気にすることではないと思うわ」

「ありがとうございます、奥様」スキナーの口調は再び使用人のものに戻りかけていた。

「じゃあ、言ったらどう?」

「申し上げられません。わからないので。言えるのであれば、奥様、否やはないのですが」

「逆にしてみよう。君がまったく疑っていない者を教えてくれ」と、ヒューゴ・フォーサイス。

「名案ですね。あの男のことはまったく疑っていません」そう言って、スキナーはしばらくクロージャーを見ていた。「あの男にベラミー大佐を殺せたはずがありません——拘束を解いた時に、両手がきつく縛られていたことは、我々全員が知っています——それに、私を閉じこめることもできないでしょう」

「殺しとまったく関係ないのなら、どうしてここで銃を振り回したりしたんだ?」

「それはわかりません。私には関係のない問題ですし。私がいま取り組んでいるのは、この部屋にいる男たちの誰がクレシー将軍とベラミー大佐を殺し、我々がなにもしなければ奥様のお命を奪おうとする輩なのかという問題ですので」

「君はこのクロージャーとかいう本名不詳の男のことを疑っていないんだね。他に無罪の証明書をもらえるのは誰だい?」

「いません」揺るがぬ口調でスキナーは答えた。

ヒューゴ・フォーサイスは耳障りで陰気な笑い声を立てた。「すると、あとは僕とプレスデイルと……」

「私だ」とノーフォーク。

スキナーはフォーサイスを見た。「そうなります」

ヒューゴ・フォーサイスはまた笑った。「どうもありがとう」

「鍵が見つかれば、進展があるでしょう。隠されていたなら、その隠し場所からなにかがわかるかもしれません。本人がそのまま持っているなら、もっといいです」スキナーが言う。

「で、この話はどこに向かっているのかね、スキナー？」と、ノーフォーク。

「あなたはどう思います？　調べられても平気ですか？」ジョージ・プレスデイルが訊ねる。

「構わんとも」ノーフォークは重々しい態度できっぱりと首を縦に振った。

「それが君のしたいことかい、スキナー？　調べたいのか？」プレスデイルは言った。

「はい」

ヒューゴ・フォーサイスは腹立たしげな声を出した。「馬鹿らしいにも程がある！　僕らはなんだ？　演習中のボーイスカウトか？」

少しの間、ヴェリティはスキナーから視線を外した。彼女はフォーサイスを見て言った。

「よくわからないわね、ヒューゴ！　手伝いたくないの？」

「手伝う！」いま一度、ヒューゴ・フォーサイスは笑い声を立てた。「わかりましたよ！　どうぞ続けてください！　『ワーク・シリーズ』、『名探偵』編の始まりだ。第一章、スキナー警視が道筋を示す」両手をディナージャケットのポケットに深く突っこむと、フォーサイスは踵でくるりと回った。その動作は途中で止まり、またくるりと戻って話の続きをするのかと思われた。しかし、背を向けたまま、彼が振り向くことはなかった。なにも言わずに一同から離れていったのだ。ピアノと大きなソファの間にあるテーブルのところに行き、彼は箱から煙草を取って火を点けた。

部屋の片隅にいるミニー・ウォルターズがガラスを歯でカチカチと打ち鳴らしながら、タンブラーのブランデーを飲み干した。グラスを握りしめたまま大きな椅子の上で縮こまると、時折ひくひくと痙攣し、彼女は眠りに落ちた。ヴェリティの横で、ソニア・ケップルがはっとして息を飲んだ。ヴェリティが優しい眼差しをソニアに向ける。なにも言わずに振り向くと小柄な女の腕を取り、ソファに連れていって彼女を座らせ、自分も隣に腰を下ろした。ノーフォークが口をすぼめ、口笛を吹くような動きをしたが、音は出さなかった。軍人の金髪より数インチ低い位置に黒髪を並べたまま、クロージャーとプレスデイルはその場にじっとしていた。スキナーもそのままだった。彼はジョージ・プレスデイルに向かって言った。

「あなた様から調べさせていただいてもよろしゅうございますか？」

「悪いわけがない」

スキナーは両手を挙げておとなしく立つプレスデイルの全身をぽんぽんと軽く叩いて調べたあと、全てのポケットに手を入れて中身を改めた。両手を高く上げたまま、プレスデイルは訊ねた。

「無罪証明はもらえる？」

スキナーは頷いた。「はい、プレスデイル様。ご協力に感謝申し上げます」彼はノーフォークに目を向けた。「お次でよろしゅうございますか？」

「遠慮なくやりたまえ」

ノーフォークは前に進み出ると、スキナーに身を任せて同じ手順で検査を受けた。

検査を終えると、スキナーは言った。「ありがとうございます。なにもございませんでした」

クロージャーが「俺の番だ」と言い、前に出た。その一挙手一投足が妙になれており、調べられるのは慣れていることをなによりも雄弁に語る証左のようである。彼は掌を下にして伸ばした両手を肩の高さで水平に保った。身動きせずに立つ彼のポケットをスキナーが探った。

検査を終えると、スキナーは言った。「なにもございません。ありがとうございます」

部屋の奥からフォーサイスが発言した。それなりの距離があるため、彼は声を張り上げていた。

「僕の番かな？」

「はい、フォーサイス様」スキナーも声を張り上げた。

「よかろう！」と言うと、ヒューゴ・フォーサイスは一同の元へと戻っていった。

部屋中の目がスキナーの餌食に集まる中、スカートの縫い目の部分を引っ張る力を感じ、ヴェリティは目に見えるほど驚いた。叫び声は上げず、びくりとするところを見ていた者もいない。そっとそちらを見ると、目を覚ましたミニー・ウォルターズがすぐ横にいた。少し棘を感じる口調で彼女はミニー・ウォルターズに言った。

「いったいいなんなの、コックさん？　いまは困らせないで！」

「皆さん、なにをされてるんです？」ミニー・ウォルターズは荒い息の下で震える声を出した。

ヴェリティは答えた――どうしてわざわざ答えてやったのか、自分でも説明はできなかった。

「ベラミー大佐が殺される直前に、スキナーを閉じこめた人間がいるの。スキナーは誰かが鍵を持っているかもしれないと考えているのよ」

ミニー・ウォルターズは震え出した。微かな悲鳴が女の喉で消えた。ヴェリティは女の向きを変えると、皆の元から連れ出した。指が震え、ヒステリーの兆しが出ていることを痛いほど意識しながら彼女は言った。

「今度はなにがあったの？」

「あの人です！　あの人です！」ミニー・ウォルターズが必死に訴える。

「なんの話なの？」

「皆さんが鍵をお探しなら……鍵をお探しなら……か、鍵をお探しなら、フォーサイス様が持ってます」

ヴェリティは鋭い声を出した。「説明しなさい！」彼女は女と向き合って立つと、いつでも揺さぶれるようにその両肩を摑んだ。

「フォーサイス様です……フォーサイス様です！　いまさっき、部屋の奥であたしが座っていたところにフォーサイス様がいらっしゃって……。なにか仰ってましたけど、あたしには聞こえなくて……でも、フォーサイス様がいなくなった時に見てたんです……。あたしが眠ってるかどうかしてると思ったんでしょう。様子を窺うような目であたしを見ると、ポケットからなにかを取り出してあそこの植木鉢に落としたんです。あの妙なシダが植わっている植木鉢です、あたしがいたあっちの隅っこにある大きな奴です」

スキナーの声が聞こえてきた。

「なにもございません。感謝申し上げます」

出し抜けにミニー・ウォルターズが身の毛のよだつ悲鳴を上げた。ヴェリティは身震いした。クロージャーとジョージ・プレスデイルがやって来た。がたがたと震えながら延々と悲鳴を垂れ流すみっともない姿がヴェリティの手から引き離された。男の強い力で摑まれると、女は悲鳴をとめ、かわりにほぼ支離滅裂なことを喚き出した。

「フォーサイス様です、フォーサイス様です、あの人がやったんです、あの人が殺したんです、あの人がやって、隠したんです、あたしが見てないと思って、でもあたしはさきほどあそこで見たんです、まだ三分も経ってない、あの妙なシダが植わっている植木鉢を見てたんです、あの人がやって、隠したんです……。あたしを外に出してください。出してください……」

女は再び金切り声で叫び出した。

クロージャーが女の肩を摑んでいた両手に力をこめ、乱暴に揺さぶると、だらりとした頭がもげそうなほど揺れたが、悲鳴はやんだ。

身動きひとつしないヒューゴ・フォーサイスを見据えたまま、スキナーはノーフォークに顎で合図を送った。

「大きな植木鉢を見てきてください、隅にあるやつです」それから、スキナーは声を大きくしてこう言った。「奥様、ノーフォーク様と一緒に行っていただけますか?」

ヴェリティは行った。ノーフォークは早足だったがヴェリティはゆっくりと歩き、ノーフォークが彼女を待って、植木鉢のところに二人で到着した。黒土から生えているのは、ほっそりと優美な姿をした、非常に珍しい種類の銀色のシダである。ノーフォークとヴェリティはその上に屈みこんだ。ヴェリティがびくりとした。ノーフォークは彼女を見た。彼は植木鉢に片手を伸ばすと、明かりの下できらきらと光る華奢な鍵を取り上げた。差し出されたそれを、ヴェリティは取った。彼女は広い部屋の真ん中にのろのろと戻っていった。歩を進める彼女の手の中で鍵がきらきらと光っている。彼女はまっすぐにヒューゴ・フォーサイスの元に行くと、こう言った。

「あなたがあそこに置いたの？」

彼は彼女を見た。「はい」彼は言った。

彼が喋るまで、室内はしんと静まり返っていた。彼が喋ったあとも、少しの間静寂が続いた。そして、その静寂は、プレスデイルとクロージャーの手で取り押さえられた見苦しい姿の女の喉からほとばしる、気の触れた動物が上げるような、狂気じみた笑い声によって破られたのだった。

第十五章　午前三時三十五分～午前三時五十五分

ミニー・ウォルターズはソファに横になった。ソニア・ケップルが傍に座った。見苦しく太った体は一人静かにがたがた震え続け、数分経ったところで不意に上体を起こすと、おいおいと泣きながらヒステリックに笑い出した。

ヒューゴ・フォーサイスはヴェリティを中心に扇形に並ぶ男たちと対峙していた。

「本当に、僕はなにも知らないんです。ポケットに手を入れたら、知らないうちに鍵がそこに入っていたんですから。スキナーが鍵の話をしたばかりです。鍵を取り出して、どういうわけかこんなところに入りこんでいたぞって言おうかと初めは思いましたが、鍵を捨てれば時間を無駄にせず、誤解も招かずにすむのではと考えたんです。バアさんは寝てると思っていました。僕があそこで鍵を隠すところを見られていたんですね」

扇形に並んだ男たちの目の前で、フォーサイスは両手を上着のポケットに戻すと、背筋をぴんと伸ばした。顔から血の気が引いているせいで、ジョージ・プレスデイルに殴られた痕が白い肌の上に青黒く浮き上がっている。

スキナーはヴェリティを見て言った。

「我々はどういたしましょうか、奥様？」

疲れた様子で小さく肩をすくめるヴェリティは痛ましく、少しぐったりとして見えた。

「さあね！　なにも思いつかないわ！」

「そんなはずはないとお思いでございましょう、奥様、しかし、今夜はそのようなことばかり起きているのではありませんか？」

いま一度、ヴェリティは疲れた様子で肩をすくめた。「それもわからないわ！　この世のなにもかもが本当とは思えなくなったみたい！」

「フォーサイス様をいかがいたしましょう？」

「わからないわ」生気の失われた声でヴェリティは答えた。

「他の方にも意見を伺いましょう、奥様」

「好きにして」

ヒューゴ・フォーサイスがヴェリティを見た。二人は無言で見つめ合い、しばらくしてから男が口を開いた。

「あなたは悪くない。知らないんですから」

ヴェリティは片手をあげた。その手が小さく、詫びると同時に責めているような、矛盾に満ちた不思議な仕草をした。

「紳士方はどのようなお考えでいらっしゃいますか？」スキナーの視線の先にいるのはプレスデイルとクロージャーとノーフォークである。

「またハンカチを活躍させろよ」クロージャーの口元に浮かんだ薄笑いが大きくなったかと思うと、悪意のこもった笑みに変わった。

「どうしてフォーサイス君がバスティオンたりえるんだ？　言ってみれば、彼は間違いなく家族の一員なのだろう？」そう言ったのはノーフォークだ。

「そうですよ」と言って、プレスデイルはヴェリティに目を向けた。「レディ・デストリア、この人が犯人であるはずがないことはあなたがよくご存じですよね？」

「助け船のつもりか？　この人はなにもご存じないんだ」と、ヒューゴ・フォーサイス。

ヴェリティはフォーサイスを見た。「私……私は……」

「いいんです。可能性について考えてしまうのは当然です。どのみち、あなたは知らないんですから」ヒューゴ・フォーサイスは言った。

ヴェリティは不意に声を上げた。「でも、アンなら！　アンならわかるわ……」そして、やはり唐突に黙りこんだ。

ヒューゴ・フォーサイスは素早く振り返ると、室内にくまなく視線を走らせた。その目に一瞬戸惑いが浮かぶと、恐ろしいものを見たように大きく見開かれ、彼は言った。

「彼女はどこです？」独特のしゃがれ声がますますしゃがれ、普段よりもほぼ一オクターヴ高くなった。

「心配するな。ミス・ラヴェナムが部屋を出るのを見たぞ」ノーフォークが言った。

「いつ？　それはいつの話？」とヴェリティ。

「五分くらい前に。もう少し前かもしれんが」

フォーサイスはノーフォークを睨みつけた。「どうして黙っていたんですか？」

「言う必要があるか？」

フォーサイスはノーフォークに詰めよると、一歩の距離を置いて足を止めた。血の気を失った顔は灰色で、ジョージ・プレスデイルに殴りつけられてできた醜い打撲がずきずきと痛み、熱を帯びている。口を開けてなにか言おうとしたが、ヴェリティ・デストリアの発言のほうが早かった。

「ちゃんと考えて、ヒューゴ！　この人は間違ってないわ。なにが心配なの？」

笑おうとしたと思しき音がフォーサイスの喉から発せられた。

「なにが心配！　よくそんなことを訊けますね！」フォーサイスはぱっと振り向くと、扉に向かってつかつかと歩いていった。

スキナーがクロージャーを見た。クロージャーは頷いた。二人は駆け出した。フォーサイスに先んじて扉に達すると、二人は戸口に背を向け、フォーサイスの目の前に立ちはだかった。

「お待ちください」スキナーは言った。

ヒューゴ・フォーサイスの唇がめくれ、歯が剝き出された。張り出した眉の下ですっと細められた目がぎらぎらと光る。彼は軽く腰を落とすと、両手を拳に握った。

突然、ジョージ・プレスデイルがフォーサイスの横に現れた。ジョージ・プレスデイルはスキナーとクロージャーをまっすぐに見てこう言った。

「なにを考えてるんですか？」

「彼女を探しに行く」フォーサイスは答えた。

「じっとしてろよ、兄さん！」クロージャーが声をかける。

「プレスデイル大尉、奥様がいま仰ったことをお聞きになったでしょう。それが回答でございます、この者には許されて……」

フォーサイスは遮った。「僕は彼女を探しに行きたいんだ」

スキナーが口を開けてなにか言いかけたが、ヴェリティが一同に加わったので、また口を閉じた。

ヴェリティは言った。

「ミス・ラヴェナムの無事を誰かが確認するべきね」

「仰る通りでございます、奥様。私はこの者がお屋敷を一人で自由に歩き回れる立場にはないことをはっきりさせたかっただけでございます」

「この馬鹿野郎！　僕が外にいたら、どうやってレディ・デストリアに危害を加えられるんだよ」ヒューゴ・フォーサイスが吠える。

「隠した銃を取り戻せます」

「別の銃を持ち出す必要が？　彼のは？」プレスデイルが疑問を口にし、クロージャーに目をやった。

クロージャーはにやりと笑い、右手で意味ありげに左胸を叩いてみせた。

「あっ！」ジョージ・プレスデイルは声を上げた。

「奥様のご提案は？」と、スキナー。

「フォーサイスさんが屋敷を歩き回っても構わないと思うけれど」

「一人ではいけません、奥様。フォーサイス様が気にされているのはミス・ラヴェナムのご無事かもしれません。私が気にしていますのは奥様のご無事でございます」

「ちょっと待って」ヴェリティは男たちの横を通り抜けると、扉のハンドルに手をかけ、開けた。

一瞬のうちにスキナーがヴェリティの横に移動した。彼女は敷居の上で立ち止まると、スキナーを振り返って微笑み、優しい声で彼に言った。

「大丈夫よ、危ない真似はしないわ。ちゃんと躾けられているから」

ヴェリティは敷居を跨ぐと部屋のすぐ外に立ち、声を張り上げて呼びかけた。

「アン！　アン！　アン、どこにいるの？」高く、力強く、はっきりと響くその声が、正方形のホールに反響する。

屋敷は沈黙で応える。

戸口に突進するヒューゴ・フォーサイスに力任せに押しのけられ、クロージャーはよろめきながら道を譲った。

「あんたたちは自分の好きにすればいい。僕は彼女を探しに行く」彼は大声で呼びかけた。

「アン！　アン！　アン、どこだい？」

屋敷は再び沈黙で応える。

「少々お待ちを！」スキナーはフォーサイスに向かって言った。「あなたはプレスデイル大尉と二階を回ってください。私は一階を回ります。残るノーフォーク様とクロージャー様はレディ・デストリアをお守りください」

「私はプレスデイル大尉とクロージャーさんに残ってほしいわ。ノーフォークさんが探しに行って」と、ヴェリティ。

ノーフォークはぎくりとした。彼はなにか言いたげにしたが、言葉は口を閉じて隠されてしまった。

ヒューゴ・フォーサイスは部屋を出て行った。彼が階段のところまで行ったところで、スキナーがノーフォークに親指で合図を送った。ノーフォークは躊躇している。スキナーが睨みつける。ノーフォークは出て行った。ノーフォークが階段に到着するのと同時に、ヒューゴ・フォーサイスは階段を上りきった。

ヴェリティが大部屋に戻り、クロージャーとジョージ・プレスデイルもあとに続いた。スキナーは扉を閉めると、すぐにロビーに向かった。二階からヒューゴ・フォーサイスの声が聞こえてきた。

「アン！　アン！」

スキナーはロビーを見て、離れた場所にあるトイレを覗いた。誰もいなかった。彼はそこを出るとホールを横切って階段の前を通り過ぎ、廊下に入った。二階ではヒューゴ・フォーサイスとノーフォークが一部屋ずつ虱潰し（しらみつぶ）しに回っている。時折足を止めては大声で呼ぶのだが、何度呼びかけても、屋敷は沈黙しか返さなかった。

スキナーは無人の食堂を出ると扉を閉めた。廊下の真ん中で足を止め、彼は大声で呼びかけた。

「ミス・ラヴェナム！　ミス・ラヴェナム！」

屋敷は沈黙で応える。

大部屋も同じように沈黙していた。ソファにじっと座っているソニア・ケップルの横では、ウォルターズが見苦しい体を小刻みに震わせている。

ヴェリティはピアノに片手をのせて立っていた。もう一方の手を生気なくだらんと脇に垂らし、金色の頭をうつむけ、身じろぎひとつせずに立ちつくしている。扉の傍ではクロージャーとプレスデイルが無言で視線を交わし合っていた。

とうとうクロージャーが口を開いた。「ズドンと一発ぶちこみたいぜ」

プレスデイルが目を見張った。「ええ？」

「酒だよ」クロージャーは言った。

「ああ！」と、プレスデイル。室内を見回すと、ソファの傍の低いテーブルに大きなトレイがのっているのを見つけた。「ぶちこみゃいいじゃないですか」彼は言った。

二人はテーブルに行くと、黙々と好き勝手に酒を飲んだ。ジョージ・プレスデイルが声をかけた。

「レディ・デストリア、よかったらなにか……？」

ヴェリティは振り返らずに首を振った。

ジョージ・プレスデイルは愛しいソニアのほうを見て言った。「飲むといいよ」

彼女はにこりとし、首を振った。

クロージャーが半分になったグラスを唇から離してこう言った。

「畜生！　こりゃ美味いな！」自然と口からこぼれ落ちたその声は耳にきんきん響く大声で、沈黙する室内に爆音のように轟いた。

「うるさい！」ジョージ・プレスデイルが言った。

「すまんな！」また一口と唇に運んだタンブラー越しに、クロージャーはにやりと笑ってよこした。

静寂が再び部屋を支配した。知らぬ間に時間が過ぎていく。クロージャーは三本、ジョージ・プレスデイルは一本、煙草を吸っていた。ソファに横たわる女は見苦しい体をひくつかせながら、落ち着かない眠りに落ちていったようだ。

ジョージ・プレスデイルはソファの肘掛けに腰を下ろすと、ソニア・ケップルの小さな右手を取って自分の大きな手で包みこんだ。

ヴェリティは動かない。空恐ろしさを感じさせるほど、彼女は凍りついたように身じろぎひとつしなかった。

クロージャーが四本目の煙草に火を点け、辺りをうろつき始めた。

とうとう、ホールから足音が聞こえ、部屋の扉が開いた。クロージャーは上着の左身頃に差し入れた右手を下ろした。ヒューゴ・フォーサイスを先頭に、スキナーとノーフォークが部屋に入ってきた。

ヴェリティが動いた。長い足を淀みなく運び、きびきびと部屋の中央に歩みを進め、彼女はフォーサイスと向き合った。

「まさか……まさか、あの子が見つからなかったということではないわよね？」彼女は不信感の溢れる声で訊ねた。

「彼女は屋敷にいません」聞いてすぐにわかるほど生気のない声が平板に答える。

「でも……でも……本当に全部探したの？」

「お屋敷中探しました、奥様。まず、フォーサイス様とノーフォーク様が二階の部屋を全て回られ、その間に私が一階を回りました。それから、フォーサイス様が一階を回られ、私はノーフォーク様と一緒に二階にまいりました。私はこのお屋敷を知りつくしております、奥様、その私がミス・ラヴェナムはここにはいらっしゃらないと誓ってもようございます」と、スキナー。

「どうして……どうしてそんなことが……？」

「扉には一枚残らず鍵が掛かっておりました」

「でも、そんなこと……ありえないわ！」

「仰る通りでございます」スキナーは答えた。

第十六章　午前四時

なにもないところから痛みが生じる。痛みが万物を埋めつくしているようだ。それ以前に存在していたのはただ痛みだけ。痛み以外のなにもない。痛みは不可避、痛みは全てだ。

限られた空間の無限の中でどこまでも膨れあがっていく痛みは、どんどん強く、大きくなっていくと、やがてウロボロスのように痛みそのもののうちに呑みこまれ、またなにもない状態に戻っていった。

空白から次に生じたのは現実世界だった。痛みが全てではなくなった。誰かの頭の中で引かれた黒ビロードのカーテンの前でカラフルな無数の星が踊っており、痛みはその頭が味わっている苦しみだった。

この痛みでいっぱいになっているものがアン・ラヴェナムであることは、いまなら彼女にもわかっていた。〝自分（エゴ）〟と〝痛みでいっぱいのアン・ラヴェナム〟がまったく同一のものだと気づいた時、自分に痛みを与えているものがアン・ラヴェナムの頭だけではないことにも彼女は気づいていた。痛みを与えているのはアン・ラヴェナムのあらゆる部分だ。頭の痛みを和らげたくて、彼女は両手を持ち上げて頭を押さえるような動きを取った。だが、手は動かない。縛られているからだ。手首を重ねて縛り上げられた手が背中に回され、体重がそこにかかっている。拘束された腕の痛みを和らげるために、彼女は足を動かして体を横に向かせようとした。だが、足も動かない。足首で縛られているからだ。状況が認識できてみると、足を赤く熱した鉄の帯で拘束され、強烈な熱さと冷たさを交互に与えられているような感覚に襲われているのは、なにかはわからないがぎちぎちに締め上げられているせいだとわかった。

目も利かない。どうしてなにも見えないのだろうと、不思議に思う。原因にしろ遠因にしろ、頭の痛みのせいで目が見えなくなったのだろうかと思い、彼女は不安に怯える時間を過ごした。目と瞼は動かせるものの、周りにあるのは全てを包みこんで押し潰してくるような闇ばかりだ。そして、自分の目が光を失い、もう二度となにも見ることはできないのだと絶望しかけたその時に、彼女の目になにかが見えた。

微かな、とても微かな隙間から光が入りこんでいる。その光は横たわる彼女の真上から差しこんでいた。こういう状況でなければ、光が射しこんでいるとは思わないほどのか細さだ。だが、血の凍るような恐怖と戦っている彼女の気をそらすにはそれで充分だった。彼女は一瞬で恐怖に感謝した。頭にかかっていた霧を晴らしてくれたからだ。突然、記憶が溢れ出し、束の間の痛みと不快感と驚きを彼女の頭からあっという間に押し流していった。

彼女は思い出した。全てを思い出した。大部屋をそっと出たことを。細心の注意を払ってそっと行動したので――少なくとも自分ではそう思っている――出て行くところを誰にも見られなかったことを。皆、自分たちがいまやっていることに気が向いて、それどころではなかったのだ。不意にひらめいて、部屋を出て行ったことを彼女は思い出した。ベラミーの命を奪った銃は、自分が――いま、静かに、一人きりで――探しに行ったならきっと見つけられると不意に確信したことを。忌まわしい秘密のせいで人生が悪夢に変えられたが――少なくとも今晩のところは、夢ではなく全て現実だからこそ恐ろしい悪夢の一夜になった――その秘密を解く鍵も、銃を見つけたら一緒に手に入るのだと不意に確信したことを。

大部屋の扉をそっと閉じ、誰かが戸を開けて自分を呼ぶのではないかと息を殺して待っていたことを思い出した。いなくなったことに気づかれなかったとわかり、勝利の高揚感を覚えたことも。用心に用心を重ねてホールを横切ったこと。階段の一番下の段に足をのせ、目星を付けておいた三箇所のうち、どこを捜索するか考えていたこと。そのひとつを決めたこと。そこに到着したこと。自分が間違いなく正しい場所に来たとわかり、狂喜したこと……。自分の発見を皆に教えるのが一番だと考えながら、銃を手に振り返った。そうと決め、来た道を戻ろうとしたことを思い出した。振り返ると、わずか数インチの距離で背後に立っていた男と対面し、総毛立つような恐怖に襲われたことを。口を開いて悲鳴を上げようとすると男の手がぬっと出てきて、左の掌で叩きつけるように口を覆われ、後頭部を押さえた右手に首筋が潰されそうになったことを。そして、右手がうなじから離れ、目の前で拳に握られるのを魅入られたように見ていたこと。その拳がぐっと引っこめられ、いきなり突き出されたこと。殴られた時の頭の中で炎がぱっと燃え広がったような衝撃を最後に、記憶は途絶えていた。

かろうじて聞こえる程度の、くぐもった呻き声がアン・ラヴェナムの喉から出てきた。それで初めて、頭の痛みは柔らかくも無情な猿ぐつわを嚙まされているせいもあることに彼女は気づいた。おとなしく寝そべると、自分がどこにいるのかを死に物狂いで考えて、なんとか落ち着きを取り戻す。木の板の上に寝ているようだ。小さく変形しない物の中に閉じこめられていることは、感触と雰囲気と第六感でわかった。だが、屋敷のどこにそんな空間があっただろう。痛む頭に鞭打って答えを探すが、なにも思いつかない。目を閉じて考え、絶望的な気分ですぐに答えを放棄して目を開くと、目が見えなくなったのではないかという恐怖から彼女を救ってくれた、あの小さな隙間から射しこんでくる光が――あまり暗くない部分と言ってもいいが――再び目に入ってきた。

「違うわ、この光は」アン・ラヴェナムは考えた。「家の中の光じゃない。じゃあ、私は外にいるってこと？　それはどこ？　どこなの？　屋敷から離れているわけはないわ」唐突に閃いたその答えは、疑問を差し挟む余地など一切ないほどはっきりしていた。頭は燃え立つような鋭い痛みに繰り返し貫かれている。ねじれた腕には体重がかかり、筋肉が数え切れないほどの細かい痙攣を起こしている。ずきずきとした激痛が両脚をさいなむ。他の痛みが可愛く思えてしまう痛みに耐えれば、数インチなら頭を持ち上げることはできる。それ以上の痛みを我慢すれば、二本同時であるが足も少しだけ動かせる。腕だけはまったく動かせない。

それでもここから出て皆のところに行き、話さなければいけないのだ、絶対に。絶対に。絶対に。彼女は必死に動いた。痛みと懸命にもがいたことで体力が消耗し、彼女はおとなしくなった。猿ぐつわのせいで口が痛いが、呼吸までできなくなっている気がする。空気は臭くて淀んでおり、吸いこむと肺が痛くなる。右のふくらはぎがこむら返りを起こした。ひきつりを治そうと、あちこちに足を蹴り上げる。振り回した足が牢獄の側面に当たり、なにか尖った部分が痛めつけられた足の皮膚を切り裂いた。

彼女はまたおとなしくなって寝そべった。

第十七章　午前四時十分〜午前四時二十分

大部屋は音の坩堝と化している。騒ぎの中心は、惨めだがどこか不気味な姿をさらしているウォルターズと、暴れる女を二人がかりで押さえつけようとしているスキナーとクロージャーだ。女はあいも変わらず金切り声を上げている。だが、前とは違い、精神が錯乱しそうな瀬戸際で必死に戦っているがための悲鳴である。離れたところではプレスデイルとソニア・ケップルが、頭ではそういう場合ではないとわかっていながらも騒ぎをよそに二人の世界を作っていた。

室内にはまだ他に一人いる。南側中央のフランス窓の前に佇むヴェリティ・デストリアである。彼女は長いカーテンの右側を開け、雨に覆われほとんど見えるもののない真っ暗な夜を見つめているように見える。直立不動のその姿勢は、その時が来れば荒々しく動き出すのではないかと皆に思わせる雰囲気を帯びていた。

スキナーとクロージャーは息を切らし、汗を掻いている。女の力は二人にとって予想外に強かった。ひゅっという小さな音を立て、ソニアが息を吸った。見るからに必死な様子で両手をさっと持ち上げ、指で耳をふさぐ。ふくよかだが均整の取れた小さな体を縮こめ、ジョージ・プレスデイルのほうに身を寄せると、青年は左手を伸ばし、彼女の肩を抱いた。

「手っ取り早くこのクソ女の首を絞めちまおうぜ！」声をひそめてそう言ったのはクロージャーであ

る。スキナーはそれに答えなかった。

　唐突に、開いた扉の向こうから、けたたましい玄関ベルが聞こえてきた。

「お戻りです！」離れたところにいるジョージ・プレスデイルに目を向け、スキナーが声を上げる。

「玄関に出てくださいますか？」

「いいとも！」プレスデイルは答え、手の下に抱いている白い肩を安心させるように優しく叩いた。扉まで走っていった青年の姿は部屋を出て見えなくなった。

　どんなに頑張っても震えの止まらない足を動かして、なんとか大きなソファに辿り着くと、ソニアは崩れるように腰を下ろした。窓辺のヴェリティが振り返り、その拍子に持ち上げていたカーテンが垂れ落ちた。

　暴れる女の金切り声はさらに大きくなっている。

　戸口からヒューゴ・フォーサイスが現れた。耳の辺りから脛までを覆う白いゴムの長外套が水に濡れてきらきらと光り、帽子をかぶっていない頭と顔から水が流れ落ちている。フォーサイスの後ろからノーフォークもやって来た。こちらは色違いのコートに帽子という出で立ちだったが、フォーサイスと同じように水がぼたぼたと垂れている。二人に遅れ、ジョージ・プレスデイルもゆっくりとやって来た。

　ヴェリティが部屋の中央に歩を進め、いましがた部屋に入ってきた者たちを出迎えた。彼女はなにも言わなかったが、全身で彼らに問いかけていた。

　ヒューゴ・フォーサイスは腕を伸ばすと、躍起になって濡れた袖で目元を拭おうとした。彼は張りつめた、奇妙な声音で彼女に答えた。

「駄目でした！」

「文目も分かぬ真っ暗闇というやつで。見えたとしても、雨がひどすぎる。熱帯みたいに降ってるよ。どうも私には……」ノーフォークが言った。

フォーサイスはノーフォークを振り向き、静かだからこそ殺気がこもっていることに驚く声を出した。

「うるせえ、黙ってろ！」囁くような声だったが、皮を切り裂くカミソリのように、あらゆる音を凌駕する女の金切り声をもつんざいた。

ヴェリティはスキナーを見た。

「彼女を連れ出して！　外に出すのよ！」

スキナーはクロージャーに言った。「連れ出していただけますか？　外へ？　ホールに？」

クロージャーは頷いた。「いいとも。ちょっと行ってくるぜ。手荒になるかもしれんが」

「ここから連れ出してください」

片手で女の首筋を押さえ、もう片方の手で女の左腕を摑んで背中に回してねじり上げると、クロージャーは女を扉のほうへと追い立てていき、そのまま部屋の外に出た。左足が扉を蹴る。扉が音を立てて閉まると女の悲鳴も小さくなり、ようやく張りつめていた神経に平安がもたらされたのだった。

「ミス・ラヴェナムが見つからなかったのよ、スキナー」ヴェリティが言った。

「聞いておりました、奥様」

「どうすればいいのかしら？」ヴェリティの両手が不意に持ち上がり、頭を押さえた。その仕草は見る者に衝撃を与え、気丈にふるまっていたようで、内心では何度も挫けそうになっていた現実を彼らに突きつけた。彼女の声音は重く、涙も出ないほどの絶望感がこめられているような響きがあった。

「どうすればいいの？　もうなにも考えられない！」

「コックが言おうとしていたことをお聞きになりましたか、奥様？」

ヴェリティは身震いし、かぶりを振った。

スキナーが口を開いた。「あの女が言おうとしておりましたのは……」

ヒューゴ・フォーサイスが口を挟んだ。感情が抑えられた声は静かなものだ。しかし、それがかえってこめられた殺気を際立たせていた。

「あの馬鹿女！　あんたもだ！」彼はヴェリティのほうを振り向いた。

「この件はあんたの問題以外の何物でもなかった。いまは僕にとっても大問題だ！　あんたの問題はベラミーやクレシーと同じ末路を辿らないようにすること。僕の問題はアンを探し出すこと。人手はいくらだってほしいが、助けがなくても僕は一人でできるだけのことをする。それでも、手伝いはほしい」

「よろしいですか、奥様、いまは……」スキナーが言った。

ヒューゴ・フォーサイスの自制心が完全に崩れ去った。彼はスキナーを猛然と振り返り、怒鳴りつけた。

「いいからおまえは黙ってろ！」次に、彼はヴェリティのほうを猛然と振り返った。「僕が言ったことを聞いたでしょう。いいですか！　あんたは僕があんたの探しているバスティオンだと、僕がクレシーとベラミーを殺した男だと思っている。それはいたしかたない。実際、僕はやっていないし、やっていないと言ったところで、こんなにいろいろなことが起こったあとではあんたの考えは変えられないでしょう。僕がクレシーとベラミーを殺した男だから、あんたのことも殺したいと思っているかどうか、その真偽はさておいても、僕が提案しているのはあんたの安全という観点からいえばいささかも不利には働かないものですよ。僕はアンを探す手伝いがほしい。彼女が屋敷にいないことはわかっている。ということは、彼女は屋敷の外にいるに違いないんです」彼は軽蔑した仕草でノーフォークに向かって親指を突き立てた。「僕はあそこにいる半分詐欺師のような間抜けと二人で屋敷の周りを見てきました。わかるかぎりで言えば、この辺りにはいないようです。でも、こんな探し方じゃ全然足りない。男手がほしい、人を集めてきちんと探したい。あんたたちの誰でもいいから、人の心というものを持ち合わせているなら、僕の言ったことを考えてみてくれ。離れにいるベラミーの運転手を数に入れれば、ここには戦力になれる男が六人いる」もう一度、ヴェリティ一人に向かって訴える。「僕があんたに望んでいるのは、あんたともう一人いる女の護衛として残る男を六人の中から二人選び、他の三人を僕に貸してほしい、それだけです。僕が屋敷の外に出て、あんたが自分で選んだ護衛と一緒にこの部屋にいれば、あんたには指一本触れられませんよ。僕が真剣だとわかってもらうためにはこの方法しかないでしょう」

「奥様、もし私が……」スキナーが言った。

「黙って!」大きな目を見開き、ヴェリティはヒューゴ・フォーサイスの顔をまじまじと見つめた。その顔は白く、張りつめており、うちなる激情を隠すというより顕在化させた仮面をかぶっているようである。長い沈黙が流れたあと、ヴェリティが口を開いた。

「わかったわ、それに……それに、アンの無事は私も望んでいるもの。あの子は無事だと思っているわ」彼女はスキナーを振り返ると、また違った声音を出した。

「いま、なにか言おうとしていたわね。なにかあるの？」

「はい、奥様。いまのお話はどれも筋が通っているように聞こえますし、私もほぼこの者は……フォーサイス様は……正体がどうあれ、いまこの瞬間はミス・ラヴェナムを探し出すことしか頭にないのだと思っております。同時に、奥様、フォーサイス様が我々がその魔の手から奥様を守ろうとしている男ではないという可能性が――率直に申し上げまして――高ければ高いほど、フォーサイス様のお考えは奥様の身を危うくするものです。フォーサイス様が目当ての男でなかったならば私はフォーサイス様に謝罪いたしますし、もしもミス・ラヴェナムが少しでも危険な目に遭われていた場合、面目次第もありません。ですが、あえて申し上げます。フォーサイス様が目当ての男でなかった場合――そして、鍵に関する諸々のことがありましたが、いまは私もフォーサイス様がやったのではないと思い始めております――フォーサイス様のお考えは非常に危険です。つまり、奥様の身に危険が及ぶという意味です。この件に関しては言い繕うべきではありません。歯切れよく申し上げなければ。そして、歯切れよく申し上げますと、奥様の二人の護衛に間違った人間が選ばれる可能性が憂慮されるのです。ここには殺人犯の素性を知っている者は一人もいませんから、奥様の意に沿わないとしても、護衛を一人だけにすることは考慮にも値しません。ですので、フォーサイス様ともう一方、それに運転手がミス・ラヴェナムを探しに行き、残る三人が奥様の護衛役を務めてはいかがでしょうか。三人の護衛の中に殺人犯が紛れていたとしても、こちらが数で上回りますから。護衛が二人であれば勝ち目は五分五分です。そして、奥様、何事も確率通りにはいかないものです」

スキナーはそこではたと口を噤んだ。これほど長く喋るスキナーを見るのは初めてだった。話している間、彼はずっとヴェリティを見ていた。淡々とした口調ながら、どんな声色を使おうとも出すことのできない赤心が彼女の胸に伝わってきた。

ヴェリティは長い間スキナーを見つめていた。その唇がゆっくりと笑みを作った。

「ありがとう、スキナー。あなたの気遣いは決して忘れないわ」

途端、ヒューゴ・フォーサイスの口からおびただしい言葉が奔流となってほとばしった。もう平静を保つことはできなかった。喋りながら体をがくがくと上下に揺すり、体重を爪先に、それから踵にと入れ替える。言葉は彼の口から出てくる度に前の言葉を必死に追いかけていった。

「こんな無駄話で僕になにをわからせようとしてるんですか？　三人で満足な捜索ができると？　十人は必要ですよ。僕は四人ほしいと頼んでいるだけですけど、その一人が増えるだけで大違いなんです。とにかく数がほしいんです。それだけでとんでもなく違うんですよ！」

「心配しないで。あなたが三人選んで、私には二人、あとは幸運を祈っているわ」

男は言葉もなく彼女を凝視した。女は男に背を向けると、こう言った。

「スキナー、あなたに残ってほしいわ。それから、お構いなければ、プレスデイル大尉も」

安堵の驚きではっと息を飲んだのはソニア・ケップルである。

「ありがとうございます、奥様」スキナーが言った。

「かしこまりました」と、ジョージ・プレスデイル。

ヒューゴ・フォーサイスはノーフォークを見た。「行けますか？」

ノーフォークは頷いた。水の滴る帽子が取り払われた彼の顔は、それまでの赤みを茶化したような色味を帯びていた。

ヒューゴ・フォーサイスは男を見た。「クロージャーのその気は？」

「私に聞くな」ノーフォークが答える。

「彼は行きますよ」フォーサイスが言う。

「ひとついいかしら、ヒューゴ……」ヴェリティは言った。

洗礼名を呼ばれ、フォーサイスはびくりとした。彼はぱっとヴェリティを振り返った。

「コックよ。離れに帰してあげないといけないわ。いま。第一に。ここにいたら、あの人の気が狂ってしまいそうだもの。私たちもね。お願いできる、ヒューゴ?」

フォーサイスは彼女をじっと見つめた。

「いいですとも。まず離れに行ってベラミーの運転手を捕まえないといけませんし」彼はノーフォークを振り返り、声をかけた。「行きましょう」

第十八章　午前四時二十五分〜午前四時四十五分

自力で動けなくなったウォルターズを引っ立てて、捜索隊は出て行った。時計によると、彼らが立ち去ったのはわずか三分前である。大部屋に残った四人にはその十倍の時間が経ったように思われた。ジョージ・プレスデイルが間を持たせようと始めたお喋りは悲しい末路を辿った。ヴェリティは大きな椅子に腰掛けている。背後にはピアノ椅子が、左側には肘掛け同士が平行する位置に大きなソファがあり、ジョージ・プレスデイルとソニア・ケップルがそこに座っていた。スキナーはこの上なく用心深いカメレオンのように背景に溶けこんでいる。ヴェリティの手の中のグラスは空っぽで、ジョージ・プレスデイルのグラスもほぼ空っぽになっていた。

部屋の中はさきほどから、しんと静まり返っている。この場にいる誰もがこの無言の時を長すぎると感じていたが、それぞれがそれぞれに理屈を捏ねて沈黙を破ろうとはしなかった。部屋のどこかで時計がカチカチと時を刻む。ソニアがもじもじと体を動かし、背中のクッションの位置を直した。ジョージ・プレスデイルがそんな彼女を愛しげに眺める。スキナーも背景で微かに身じろぎした。

ヴェリティ・デストリアが口を開いた。囁くような声だったが、聞こえてくるのは時計の音と、耳で感じ、体で聞いているようなくぐもった雨音ばかりという無音に近い状態にあっては不意打ちのようで、ソニアとプレスデイルは目に見えてびくりとした。

「スキナー、座ったらどう?」

少しの間、スキナーが背景から姿を現した。

「お気遣いくださってありがとうございます、奥様。こちらで快適に過ごしておりますので」スキナーの声は一人の男のものから使用人のものに戻っていた。

ヴェリティは椅子の背もたれに頭を落とした。スキナーが背景に戻る。ジョージ・プレスデイルは残った酒を飲み干すと空になったグラスを見つめ、足下に置いた。

スキナーが再び背景から出て来た。ソファまで歩いていき、身を屈めてタンブラーを取り上げる。

彼はジョージ・プレスデイルにこう訊ねた。

「ウィスキーとソーダをお持ちいたしましょうか?」

慣習に則り、ジョージ・プレスデイルは即答を避けた。短い間を置いてから彼は答えた。

「そうだね、もらおうかな。ありがとう」

スキナーはグラスを持ってピアノの脇にある小卓に向かった。トレイの上で軽く屈み、グラスにウィスキーを注ぐ。それから、そのグラスをテーブルに置いてあった小さなトレイにのせ、サイフォンを並べる。彼はトレイを持ってソファに戻った。スキナーが腰を折ってトレイを差し出すと、ジョージ・プレスデイルは礼を呟きながらグラスを取った。

「ソーダをお注ぎいたしましょうか?」

プレスデイルは頷くと、「ありがとう」と言って、グラスを持った左手を差し出した。

スキナーは手を滑らせた。手から滑り落ちたトレイは、厚い絨毯の上にほとんど音を立てずに着地した。スキナーの右手に持ったサイフォンだけが残り彼は言った。

「大変失礼いたしました」

スキナーが背筋を伸ばした。すると、ジョージ・プレスデイルの目の前でサイフォンを握ったスキナーの右手が頭上に振りかざされ、いまだかつて経験したことのないほんのわずかの間、映像が青年の脳裏に焼きつけられるという信じがたい事態が起きた。

サイフォンはジョージ・プレスデイルの頭蓋骨に振り下ろされた。弾力はないが硬度の劣るものに金属が打ちつけられるような鈍い音がした。奇妙な響きを持つ、こもった音だった。ジョージ・プレスデイルの喉が小さな音を立てた。咳をしたような、そんな感じの音を。頭と胴がくずれおち、額が膝の上にのった。ソファの端に腰掛けていた青年の体は、額が膝につく寸前にソファから滑り落ち、みっともなく丸まった姿で床に落ちた。

ソニアの赤い唇がまくれ、歯が剝き出しになった。目がかっと見開かれる。口が開いたが、声は出てこない。石膏細工かと見紛うほど硬直し、いまのいままで彼女の隣に座っていた男の見る影もなくなった姿を凝視している。ヴェリティ・デストリアがさっと立ち上がった。一秒に満たないわずかな時間、見開かれた彼女の目は小柄な女と同じく懐疑の色を浮かべていたが、不信は瞬間的に変容した。

ソニア・ケップルは足下に崩れた男を見つめている。

ヴェリティ・デストリアは目の前に立つ男を見つめている。

そこにいるのは五年近く彼女に仕えた使用人の服を着た男だった。使用人の顔と同じ型で作られた顔をしているが、顔形は同じなのに使用人とは似ても似つかない男だった。

男は彼女と真正面に向き合った。どういうわけか、スキナーよりも背が高く見える。薄い唇が笑みの形に歪められている。目は爛々と燃え立ち、この男の目が、いや、他の誰の目でもこんなふうに輝くところを見たことはない。スキナーがどんな目をしているのか、いま初めて知ったと彼女は思った。男の右手には拳銃が握られている。銃身は不思議な形をしており、比率的にいってバランスが悪かった。

彼女は男と向かい合い、堂々たる長身で相手を見下ろした。そして、この男がスキナーにまったく似ていなくてよかったと思っている自分に気がついた。

ソファにいるソニア・ケップルが弾かれたように立ち上がった。啜り泣き、悲鳴を堪え、泣きわめこうとする声が一度に混じり合ったような奇妙な低い音が彼女の喉で弾けた。立っている二人のほうは見向きもせず、崩れ落ちたジョージ・プレスデイルの傍らに膝をつくと、彼の頭を持ち上げ、上半身を引き寄せて膝に頭をのせた。

男もソニアを見ていない。彼の目はヴェリティ・デストリアの目と戦い続けている。男は言った。

「ヴェリティ・イザベル・デストリア、私が誰かわかるな」スキナーが言うはずのない言葉を、スキナーではない声が喋っている。それなのに、その男の口調と言葉の両方がかつてスキナーという人間だったことを、あれだけの時間を共に過ごし、いまさら違う人間だとは考えられなくなっている男だったことを間違いなく証明していた。

ヴェリティはすっと背筋を伸ばし、身動きせずに立っている。口を開こうとして唇が乾いていることに気づき、喋る前に舌で唇を湿らせた。

「ええ。あなたが誰かわかるわ。ルドルフ・バスティオンね」

男は背筋をぴんと伸ばした。怒り肩をさらに怒らせ、少しも芝居がかることなく、ごく自然に威容(いよう)を整えたように見えた。

「そうだ。私はルドルフ・バスティオンだ。今夜は八月二十一日の夜で、八月二十二日の朝でもある。おまえはこの日付にどういう謂れがあるか知っている。今夜死んだ二人の男が知っていたように、おまえもこの日付を知っている。そうだな?」

ヴェリティは答える前に再び唇を湿した。だが、まっすぐに立って男の目を見つめたまま、視線をそらすことはなかった。

「ええ」

ルドルフ・バスティオンは言った。「男どもにも裁判の真似事をしてやるつもりだったが。そういう状況ではないのは生憎だった。だが、いまはなににも邪魔されずにおまえを裁いてやれる」

男が黙ると辺りに静寂が広がった。ヴェリティは喋らない。後ろでひざまずいている娘からくぐもったむせび泣きが聞こえてきた。

ルドルフ・バスティオンは言った。「ヴェリティ・イザベル・デストリア、これより裁判を始める。おまえは七百人の人間を不必要な死に追いこんだ責任の一端を負っている件で罪に問われている。嫌疑について説明する間、着席願おう」深みのある声は声量、口調、高さ、アクセント、どれを取ってもスキナーのものとは似ても似つかない。奇妙な言葉選びではあったが、感情に左右されず淡々としたその声音はかえってうちなる激情を感じさせ、耳を傾ける女がいままでに接したことのない異常性を窺わせたのだった。

ヴェリティはなぜだか強張ったように感じられる唇を動かして答えた。

「立っているわ」

男は承認を与えるように頷いた。

「一九一八年八月二十一日から二十二日にかけての夜に、バスティオン騎兵隊の別名を持つ連隊所属の将校及び下士官が殺された事件において、事前及び事後従犯を含む共犯としておまえを告発する。一九一八年の夏、アフリカを発って同年六月二日にフランスに上陸したバスティオン騎兵隊はその地に駐留していた。連隊の指揮官は私だった。そこともうひとつ別のベースキャンプで訓練を積んだあと、彼らは前線に送られ、壊滅寸前の第何師団の第何旅団の部隊に組みこまれることになった。開戦当時に私が自ら編成し、兵を補充し、資金繰りを行った隊だった。もっと大きな出来事があって戦いが終息するまで、ドイツ領東アフリカ各地で繰り広げられた細々（こまごま）とした作戦に私と共に参戦し、私の指揮下で戦って大殊勲を立てた者たちだ。隊は正式に——アフリカを発ってフランスに向かうずっと以前に——イギリス陸軍に吸収されていたが、直属は変わらず、私の指揮下にあった。給料を払っているのが私ではなくなっただけで、隊の体制になにひとつ変わりはなかったのだ。連隊の者は全員、私と故郷を同じくする南アフリカの人間だ。私は全員を知っていた——給料支払い名簿に並んでいる名前を把握しているとか、勤務表で見知っているという意味じゃない——全員を一人の人間として知っていたのだ。一人一人の名前、年齢、来歴、仕事、既婚か未婚か、子供は何人いるか——全てをだ。彼らも全員が私のことを知っていた、なにもかもを知りつくしていたのだ。私は彼らを信頼し、彼らも私を信頼した。共に戦争を目の当たりにした。フランスでの戦争とは違うかもしれんが、戦争は戦争だよ。部下たちのことなら、いつまででも語って聞かせてやれるさ——私は部下（マン）という言葉を人間という意味をこめて使っており、いかにも軍隊的ないくらでも替えの利く兵士（マン）という考えから使ってはいないことを断っておくが——いまから始めて、次におまえの罪の記念日がめぐってくる時までたっぷりとな。だが、それだけの時間はない。私的な話から公的な記録に残されている話に移ろう。バスティオン騎兵隊は一九一八年八月十二日に第何旅団に合流した。二日前の八月十日に私は体調を崩したため、結果的におそらくは最も重要な戦場となったであろうフランスの戦地に私の連隊が配属される正に初日に、指揮官である私が隊から離れるというこの上ない失望を味わうことになった。私の副司令官——グルーベルという男だ——は私に負けず劣らず連隊の利益を心の底から真剣に考えている男だったので、部下たちの身の安全などについてはいささかも気にならなかった。私は病院に送られた。病院自体に問題はなかった。八月九日に——私が病気に屈する前日に——連隊が配下に入った旅団を指揮する准将に会った。下級将官である彼は優れた軍人で、名をバラクロウというのはおまえも知っている通りだ。この時、おまえの名を冠し、おまえの死んだ夫から資金援助を受けていたルーアン近郊にあったこの病院には、フランスと郷里にいる者たちの間で取り沙汰されている奇妙な噂があった。おまえを弁護してやるが、看護の怠慢や劣悪な治療を受けたというような流言飛語ではない。だが、それは——フランスやフランダースにある二、三の同種施設で実際にあったものと同じで——根拠のある噂だった。それはいまは置いておいて、おまえにとって否定のしようもない事実に話を移そう——つまり、少なくとも一九一八年の夏、おまえがジョン・バラクロウの愛人だった件だ。同時期におまえが関係を持っていた男の数はどうでもいい。ジョン・バラクロウの愛人だったことを認めるか？」

「ええ」ヴェリティ・デストリアは言った。

「さて、座ってはどうかな？　……いいのか？　よろしい。やっと告発の本題に入ることができた。八月二十一日、その日おまえは、おまえにしかわからない理由で、ジョン・バラクロウに会いに来るようことさらにしつこく要求した。そうだな？」

「ええ」ヴェリティ・デストリアは言った。

「前線は静かだった。たいした動きはなしと、当時はそんな言い方をしたものだ。しかし、自分の防衛区域では鈍い動きが続くだろうと当てこんだバラクロウは、おまえの元に行って楽しい時間を過ごすという考えと両天秤にかけるという、優れた軍人にあるまじき行為に走ったのだ。天秤の針がどちらに傾いたのかは言うまでもないだろう。一九一八年八月二十一日の朝早く、サー・ジョン・バラクロウ准将（後に少将――そして中将に昇進した）は二日間の休暇を取った。形式上はその行為になんの問題もありはしない。だが、道徳規範に則って言えば大ありだと私は主張させてもらう。事実、彼が戦場を離れたのは間違いだったことがわかっているのだ。一九一八年八月二十一日の夕刻、坑道爆破担当の将校からグルーベル少佐――当時の我が連隊の部隊長――に一刻を争う緊急事態が報告された。バスティオン騎兵隊が防備を固める前線で、地下のある地点に坑道が掘られていたことが確認されただけでなく、さらに重要なことに、その夜の間に爆弾が爆発されるという旨の確かな情報を入手したと言うのだ。グルーベルはただちに旅団に緊急連絡を行った。バラクロウの不在時に旅団の指揮官を務めていたのは、別の部隊を任されていたクレシーという中佐だった。おまえも知っての通り、奴はかなり有能な正規兵だった。そして、これも間違いなくおまえが知っている通り、正規兵には有り難いことにめったにいないが、それでも多いほどはいる、了見が狭く偏見に凝り固まった人間だった。奴には忌み嫌っているもの（ベト・ノワール）がたくさんあったが、そのひとつが〝戦時軍人〟だ。旅団の全人員は常に正規歩兵隊によって構成されるべきと考えるあの男は、バスティオン騎兵隊とかいう不正規連隊が混じるのが気に入らなかった。それに、〝戦時特別紳士階級（テンポラリー・ジェントルマン）〟（戦時中、将校に任ぜられる紳士階級が不足したため、一時的に紳士階級扱いをされた者たち）だとわかっている者、ドイツ由来ではないかと推測される名を持つ者、彼流の呼び方で〝忌々しい植民地野郎〟の形式に当てはまるもの全てをひどく嫌っていた。だから、一大事を告げるグルーベルの切羽つまった報告が届いた時、当時のクレシー中佐が「また植民地から来た神経たかりの戦特（セントク）か」と決めつけてしまったことは容易に理解できるな。それに、報告書の署名にあった英国軍所属のドイツ野郎（ボッシュ）のことで、なにか二、三付け足したこともあったかもしれない。とにかく、奴は報告を無視するに等しい行為をやった。奴はグルーベルの報告書の一部を抜き書きして、三十六時間が過ぎるまで師団に届くことのない自分の報告書を作った。そして、事務官にその旨を命じ、上機嫌で食事に行った。この時の第何旅団の旅団副官も正規兵だった。しかし、クレシーとはまったくタイプの違う軍人だ。旅団副官の名はノーマン・ベラミーといった。ベラミーはグルーベルの報告書そのものを目にしてはいないだろう。しかし、旅団が報告書に注意を払っていないようだと気づいたグルーベルと電話で会話した折に、その件を聞き及んでいることは間違いない。ノーマン・ベラミーは思い上がったインテリだが、軍人としてはクレシーよりも優秀だった。だが、おそらくは奴もまたバスティオン騎兵隊を底辺（リフラフ）呼ばわりし、寄せ集めと蔑んでいる彼らに対し懐疑の目を向けずにはいられなかったのだ。大量殺人があったあと、ノーマン・ベラミーは前線にいるグルーベルに会いに行く途中に爆弾が爆発したと述べている。これが事実であることは否定しようがない。しかし、グルーベルが最後に奴と絶望的な会話を交わしてから爆弾が爆発するまで数時間の余裕があったことも否定しようのない事実なのだ。おまえも知っている通り、爆弾は爆発した――その結果、残っていた私の連隊は語る価値もないものになってしまった……。これまでの話で、なにか異議を差し挟みたい箇所はあったかね？」

「いいえ」ヴェリティ・デストリアは言った。

「私は退院した。当然としか言いようのない理由から、私の連隊は見つからなかった。私は行方を調べた。この調査で金と時間は食い潰され、私自身も頭脳など持てる力を全て出し切らねばならなかった。人目を避けて作業を進め、最後には事実を突き止めることができた。あとはおまえも知っている通りだ。私はバラクロウに責任を追及し、奴を襲い、罷免（ひめん）された。除隊後すぐに徴兵され、兵卒として再び入隊し、脱走した。休戦が宣言された一年後に捕まり、逮捕され、牢屋に三年ぶちこまれたあと、出て来た。その後、どこかの報道で列車事故で死んだことにされた。投獄中、この一連の出来事で一財産あった金がすっかり底をついてしまっていたことがわかった。私の七百人の部下の命を奪った者に当然の裁きを受けさせてやるという燃え立つような決心に少し水を差される形になりはしたが、影響が出たといえるのはそれだけだ。一九××年八月二十一日、私はおまえに最初の手紙を送った。以後、この許されざる年月が過ぎる間、不当この上ない犯罪が起きた日付がめぐる度に手紙はおまえの元に届けられた。私は世界を回った。私という男が二人いるようだった。一人は——表向きの顔を持った男は——純粋に、日々の暮らしを営んでいくことしか頭になかった。二人目の男は——うちにいる、遥かに重要な存在だ——原型（イデア）だった。私はあちこち遠回りをして英国に到着した。そして、不退転の決意を胸に、一九二七年についに計画の第一歩を踏み出した。私はおまえの使用人として雇われた。いい使用人だった。それはおまえも認めるだろう？」

　ヴェリティは少し足下をふらつかせた。淡々として抑揚もないのに絶えず変化する男の声には、なぜだかわからないが彼女を支配する奇妙な力があるように思えた。

「私がいい使用人だったことはおまえも認めてくれると思うが？」声はしつこく繰り返した。

「ええ」ヴェリティは答え、無理をして背筋をしゃんと伸ばした。その瞳は男の手に握られている威圧的な凶器ではなく、ぎらぎらと光る男の目に据えられている。男は言った。

「ありがとう。使用人としての私はおまえの元で赤心（せきしん）を持って働き、ルドルフ・バスティオンである私はおまえに対して背信を働いていたというわけだ。待つことは苦にならなかった。待つことは計画に不可欠な要素でもあったからな。おまえも奴らも、苦しまずに死なせるつもりはなかった。第二の人格を我慢させておけば、おまえたちにふさわしい報いを受けさせてやることができるとわかっていたからだ。私はおまえに手紙を送りつけることを思いつき、世界中にいる知人の力を借りて、まるで私、ルドルフ・バスティオンが方々から手紙を投函したように見せかけた。一年ごとにルドルフ・バスティオンが少しずつ距離を縮めてくることを肌で感じさせ、おまえは狂人の戯言と思って取り合わないが、真剣に憂うべき事態が起きていることをじわじわとわからせようというのが狙いだ。バラクロウが死んだ時、私は落胆した。それ以上に激怒した。せっかく進めていた計画の一部が勝手に潰れてしまったのだ。しかし、頭が冷えてみると、失望したにはしたが、バラクロウの死はおまえと他の二人を陥れるためのいい道具になると思った。それで、次の手紙ではバラクロウの死に私が関係しているとほのめかすようなことを書いた。あとはおまえも知っている通りだ。目と鼻の先で投函された手紙が届けば、おまえは他の二人を呼び寄せる。実際、私の読み通りになった。手紙を受け取る度に男どもに連絡するだろうと考えたのは私の間違いだったようだが。それは残念だった。誰よりも苦しむべきだったのは奴らなのに、おまえのようには苦しまなかったからな。まあ、終わったことをいまさら言ってもしょうがない。あの二人を今夜ここで見て、消印のない手紙をおまえが読んだ時の三人の顔を見て、私がどれほど喜びで打ち震えたことか。あの手紙はおまえたちが食事に行っている間に私がこの部屋の窓の前に置き、コーヒーを出す直前に絨毯の上に落ちているのを見つけたふりをしたのだがな。無論、おまえたち全員をすぐその場で殺すことはできた。だが、それでは計画とは食い違ってしまう。詳しく言えば、男どもの苦しみ方が手ぬるすぎるのだ。希望と絶望を繰り返し味わわせてやるのが私の計画だった。もちろん、日が暮れたころはまだ具体的にどうするかは頭になかった。だが、初めから神が私についていた。全てが私の味方をしてくれ、全ての出来事が私を手助けしてくれた。自分で自分にわざと怪我を負わせた時から——額の打撲が見えるだろう——おまえを片づけるためにそこの坊やにおねんねしてもらったいまこの時まで、なにもかもが私にとってお誂え向きに進んでいるのだ……」

喋り続けるうちに声はどんどん大きく、早口になっていった。そして、言葉の奔流が止まることなくこのまま延々と続くのかと思われたタイミングで、男が息を継いだ。一瞬、男は葛藤と戦っているように見えた。震える息を深く三度吸い、また語り出す。男の声は話を始めた当初のものに戻っていた。ずっと同じなのに絶えず変わり続ける、抑揚のない低い声で彼は言った。

「おまえの裁判とはまったく関係のない話までしてしまったな。今夜あったことはおまえも知っている。ヴェリティ・デストリア、おまえは私の告発を聞いた。なにか言うことはあるか？」

ヴェリティ・デストリアは勢いよく頭を振り向けた。彼女は大きく、はっきりとした声で言った。

「あるわ。たくさんあるわ」

ぎらぎらと光る目が探るように彼女の顔を睨め回す。

ジョージ・プレスデイルが倒れてからずっとぼやけていた視界が不意に明瞭になった気がした。それまで一致しなかった見知らぬ男の外皮とスキナーの外皮が初めて同一のものに見えた。スキナーの目に気づいたことのないぎらぎらとした奇妙な光の正体もわかった。あれは歓喜に震える狂気の輝きだ。光は彼女を魅了し、無力感に打ち拉がれるしかない恐怖で絡め取ってしまった。頭から流れ出した言葉が舌の上で溢れ返ったが、彼女はそれをぐっと飲みこみ、こう言った。

「考え直したわ。言うことはなにもないわ」

「賢いことだ。息の無駄遣いと、希望が満たされない恐怖を抱くことをせずにすんだな」

拳銃を持つ手はバスティオンの脇にだらりと垂れ下がっていた。その手が持ち上がり、醜い形をした銃身の先端部がヴェリティの胸に狙いを定める。一ヤード以上離れているというのに、いびつな銃口が肌に押しつけられているような圧力を感じる。彼女は目を閉じ、開こうとしない瞼を無理にこじ開けると、ぎらぎらと光る目をまっすぐに見つめた。

バスティオンの左足から五フィートと離れていない場所では、頼もしく脈打つプレスデイルの心臓のしっかりとした鼓動をソニア・ケップルの掌がようやく拾い上げたところだった。呼吸が止まり、視界が霞むほどの喜びと安堵が怒濤の如く押し寄せてくる。そんな中、ふと気づいたことがあった。なにかを考えられる状況ではなかったが、ヴェリティと彼女を脅している男との間で交わされていた会話がちゃんと頭に入っているらしいということだ。高ぶる神経と手を落ち着かせ、しっかりとした鼓動を感じて安心するまでは、腕の中でぐったりとしている男のことしか考えられなかった。だが、いまは。いまは違う。部屋には他に二人の人間がいて、先ほどの話から察するにヴェリティ・デストリアがもうすぐ最期の時を迎えようとしているようだ。彼女はジョージ・プレスデイルの頭をそっと、しかし素早く床に下ろした。両膝をついたまま体を回し、さっと立ち上がる。即座にバスティオンが彼女に銃を向けた。そこで初めて彼女はぎらつく光を湛える男の目に気づいた。息が止まりかけたものの必死に勇気を振り絞り、まともに働くようになった頭が瞬間的に考え出した計画を実行に移すだけの力をなんとか手に入れることができた。自分に狙いをつけている銃が意識されて吐きそうになるが、男には視線を向けない。ただヴェリティだけを見つめ、ただヴェリティだけに向かって彼女は叫んだ。

「大丈夫よ！　心配ないわ！　本気じゃないんだから！　この人がバスティオンなわけないじゃない。バスティオンが今夜やったことを全部やるなんてこの人には無理だもの」

それ以上言葉は出なかった。息が切れたのだ。ヴェリティの目はソニアではなく、男に向けられている。彼女の言葉を聞いていたのかは、素振りからは窺えない。ソニアは男を見ようとした。できなかった。目が拒絶している。自分が発した声を最後に続く沈黙が痛い。物理的に、みぞおちが痛んでいる。口を開いたのは男だった。男は出し抜けに叫んだ。

「ソニア・ケップル！　こっちを見るんだ、馬鹿者が！」

歓喜と希望と恐れが奇妙に混じり合い、経験したことのない激しい痛みとなって恐れを撃ち抜き、ソニアを襲った。彼女はその感情が顔に出ないようにした。男に見える程度に顔をそちらに向けたが、目を見ることはどうしてもできなかった。

ルドルフ・バスティオンが口を開いた。先ほどまでとは口調がうって変わっている。驚いたことに、口調を変えているのは苛立ち以外の何物でもない。いくらか声を上擦らせ、ずっと早口になって、男は吠えた。

「馬鹿者め！　私はルドルフ・バスティオンだぞ。そして、ルドルフ・バスティオンはスキナーなのだ。今夜あったことは全て私が一人でやったこと、どれもこの女とクレシー、ベラミーを罰するために私が練り上げた計画の一部だ。全部一人でやれたはずがないから、ここにいるのは自分がバスティオンだと思いこんでいるただのイカレ野郎だと言うのか？　どこまで頭の悪い子供なんだ！　よく聞くんだ、お嬢ちゃん！　今夜、バスティオンがやったことを教えてやる。彼は自分で落とした手紙を発見し、バスティオンかもしれない人物が侵入したと思わせるために自作自演の怪我を負い、電話線を切断し、車に破壊工作をし、ノーマン・ベラミーを処刑したのだ」

どこから湧いてきたのか自分でも不思議な力を掻き集め、ソニアは力を奮い起こした。もう一度、ヴェリティを見る。もう一度、心配するなと声を掛ける。彼女は声を張り上げた。

「わかるでしょ！　わかるでしょ！　いま、自分で証明したわ！　この人はバスティオンじゃない！　ただの狂人よ！　イカレてるだけよ！」

腕が乱暴に突き出されたかと思うと、温かい鋼のような指で肩をがっちり摑まれ、力任せに振り向かされた勢いでソニアは目を回した。男がすぐ目の前にいた。丸まった肩から頭を突き出し、彼女の顔から一インチの距離で男が口を開くと、ほとんど閉じているような歯の隙間から声を出した。

「馬鹿な真似はするなと言わなかったか？　よく聞け、お嬢ちゃん！　聞かないのなら私がその耳をかっぽじってやる。手紙を置くなど簡単なことだ。見つけるのはもっと容易い。私と目的を同じくした男にとって、自分で自分に怪我を負わせるなど簡単なことだ。電話線の切断も簡単だ。切断したのはおまえらが考えているより大分早いころだったがな。電話を使う者がいないかは危険な賭だったが、結局は私の勝ちだったわけだ。車を使えなくした。簡単だった。工作した夕方は暇な時間帯で、スキナーは視界からも意識からも難なく消えることができたよ。屋敷前の路上に停めてあった車の工作は一時にすませてやった。私が選んだ方法では、数秒で車を動かなくすることができたからな。そして、クレシーを殺した。これまたあっさりと終わったよ。少なくとも、私と目的を同じくした男にかかればあっさりとね。私は通用口の合い鍵を持っていた。捜索に出たと見せかけて屋敷に戻り、その扉から中に入ったのだ。靴を脱いで二階に上がり、クレシーを見つけると声をかけて殺してやった。ことがすむと下に降りていき、銃を隠した。靴を履いて通用口からそっと出て、鍵を閉めた。それから海岸に降りていき、靴と服にいかにも海辺にいたような痕跡をつけたのだ。簡単だろう、お嬢ちゃん、どうってことない！――少なくとも、私と目的を同じくした男にとってはな。さて、次はベラミーの処刑について話そうか。私がただのイカレ野郎でバスティオンではないとおまえが言い張るのはその点が引っかかるからだろう。馬鹿者め！　脳味噌の使い方を教えてやるよ。ベラミー殺しの秘密を五語で言ってやる。トイレの鍵は私が自分で掛けたのだ。理解できたか？　これならおまえにも理解できるはずだ。外側に刺さっている鍵を抜いてトイレに入り、音を立てて扉を閉める。それから静かに扉を開ける。私は銃を持っていた。忍び足で廊下の突き当たりに行き、使用人部屋の扉にもたれていたベラミーに声をかける。私は地声で話しかけた――バスティオンの声でな。そして、殺したのだ。それからトイレに駆け足で静かに戻った。中から鍵を掛け、ポケットにしまう。馬鹿なフォーサイスが扉を壊して私を外に出してくれたよ。一緒に廊下を戻る途中で、奴のポケットに鍵を滑りこませてやったのだ。天才的な手際だろう！　これはあとになって屋敷を出るのにごく普通の方法を使いたくない時に、おおいに役立ってくれたよ、なあ……？

　さてお嬢ちゃん、私がバスティオンだとこれでわかったな？　私と目的を同じくする者がこれからなにをしようとしてるかもわかるな？　おまえに怪我はさせたくない。あそこに倒れている男も、傷つけるつもりはなかった。だが、私にはまだひとつ仕事が残っており、あの男は邪魔だったのだ。仕事にかかる前に、もうひとつおまえに教えてやるよ、お嬢ちゃん。いま、おまえは、私がバスティオンであり、おまえが不可能だと思ったことを私がどうやってのけたかを聞いた。それはわかったな？

私を助けるのは私以外になかったこともわかったな？　恐怖でもってあの三人を罰するという私の計画に、あらゆることが上手く組みこまれていたこともわかるか？　クレシーがあそこの男を通じてこの屋敷に呼び寄せた者たちがどいつもこいつも曰く付きだとわかったおかげで、疑心暗鬼から生ずる恐怖をより煽ることができたのだぞ？　もちろん、おまえもその一人なのだから、当然わかっているな。フォーサイスが妙な奴だったおかげでどれだけ助かったことか。嵐も私を助けてくれた。また別の日に今夜のことを考えないようなら、おまえは……。とにかく、わかるか？　もしまだ外部の力が私にとって――ルドルフ・バスティオンにとって――有利に働いた証拠がほしいというなら、ラヴェナムのお嬢さんの身に起きたことを聞かせてやろう。おまえたちの誰よりも知性が働いていたあの娘は、誰にも見られずに部屋を出ると、ベラミーを殺した凶器の銃を探しに行った。我々が――フォーサイスと私ともう一人が――娘を探しに出た時、あの娘は見つけていたのだ――私が隠した凶器をな。我々がいくら呼びかけても聞こえていなかったか、少なくとも返事をしなかったのは、自分の発見に有頂天になっていたからだろう。銃を見つけ、その隠し場所から誰がやったかを知ったはずだ。それゆえ、娘を探しにフォーサイスと他の者を二階に行かせ、私が一階を探すことができたのは、神が私に手を貸してくれたからだと思うよりないだろう。私は娘が私の不利になる証拠を手にしているところを見つけた。彼女が叫び声を上げようとした時には、もうすぐ傍まで近づいていた。昏倒させた娘を縛り上げ、持ち上げた。通用口を出ると、箱形の古い庭園用ベンチが置いてある。また神が手を貸してくださったのだ。音を立てずに扉を開けるよりも容易く、私はベンチの座面を開け、囚われた娘を中に落とし、座面を閉め、屋敷に戻り、鍵を掛け、服にブラシを掛けて雨の痕跡を消し去り、ホールに戻って上手い具合にフォーサイスとの合流を果たしたのだ！　神が私に力を貸してくれていたことが――常に私の味方をしてくれていたことがこれでわかるな？　わかるだろう、わからなければおかしい……。そしていまは……」ソニアの肩を鷲摑みにした指に力がこもり、骨にまで達さんばかりに柔肌にめりこんでいく。彼女は唇を嚙んだ。「そしていまは」男の声が言う。「おまえの愚かさが偽物だった可能性に思い至ったことを教えてやろう。おまえが時間稼ぎをしていたという可能性だ。それが本当であったらいいとも思うよ。もしそうなら、これから目にするものがおまえを正すことになるからな」手がぐいと押す。経験したことのない強い力に突き飛ばされ、よろめきながら後ろ向きに足を運んだソニアの体はソファにぶつかって頭から倒れこんだあと、いまだにぴくりとも動かないジョージ・プレスデイルの傍に滑り落ちた。目を覆っていた恐怖とショックの膜が剝がれ、彼女が顔を上げると、自分を見下ろす男の姿が視界に飛びこんできた。男が口を開いて出て来たのは先ほどまでの苛立った早口ではなく、ヴェリティ・デストリアに話しかけていた時に使っていた多彩に変化する抑揚のない低い声だった。

「私が仕事を終えるまで動いたり、立ち上がろうとすれば……」皆まで言わずに口を閉じる。振り返り、向かい合ったヴェリティ・デストリアに男は言った。

「なにも言うことはないと言ったな？」

「ええ」大きく、はっきりした声で彼女は答え、すっと背筋を伸ばした。

バスティオンはその場を動かず、一語発する度に長く、重苦しい間を挟みながら言葉を連ねていった。

「おまえと、殺された二人の男は死んで当然なのだ。おまえたちの誰一人としてかしずくにも値しない立派な男たちが七百人、おまえたちのせいで命を落としたのだから。おまえはこれから死ぬのだ。おまえは女だから、最後に選ばせてやろう。私の顔を見て死ぬか、私に背を向けて死ぬか。立って死ぬか、座って死ぬか。さあ、どうする？」

ヴェリティの目が動いた。ぎらぎら光る狂人の目から、男の手の中で鈍い光を放つ拳銃に一瞬視線が落とされる。銃口は再び彼女の胸に狙いをつけていた。一瞬動きはしたものの、ヴェリティの瞳はまたすぐに揺らぐことなくバスティオンの目をじっと見返す。ヴェリティ・デストリアは言った。

「立っているわ。こんなふうに」

バスティオンは言った。「自分が死ぬべきだと思うか？」

舌先が出て来て唇を湿す。彼女は答えた。「いいえ」

バスティオンは言った。「自分は死ぬと思っているか？」

「ええ」ヴェリティ・デストリアは答える。

「立っているのか？」バスティオンが訊く。「こんなふうに？　……いいだろう」

床についた両腕で必死に体を押し上げながら、ソニア・ケップルは立ち上がった。なにをしようとしているのか、自分でもわからない。ただ、このままなにもせずに座りこみ、成り行きを見守っているだけではいけないことはわかっていた。なにかしなければ。なんでもいいから！　彼女は頭を下げてバスティオンに突進した。男は首をめぐらせることもなく、開いた左の掌を突き出す。振り上げられた掌底がソニアの顎を捉えた。衝撃ではじき飛ばされた彼女の体は元いた場所に倒れこんだ。

「終わりだ！」ルドルフ・バスティオンは言った。

気が遠くなりそうになりながら、ソニアは立ち上がろうともがいた。バスティオンの口から爆発的な力で発せられた一語と、もうひとつ、衝撃音のようなものが耳に届き、誰かが部屋のすぐ外で牛追い鞭を鳴らしたのだろうかと、朦朧とした頭で考える。爆裂音に混じって聞こえてきたのは、ガラスが割れ落ち、砕ける音だった。

ソニアは目を見開いた。自分の目が信じられない。バスティオンが身を震わし、突然力が入らなくなった右手から銃を取り落としたのだ。男はよろめいた。恐怖なのか狂喜なのかよくわからない感情に胸を押し潰されながら、彼女は男の左のこめかみに現れた大きな黒い斑点を眺めていた。

男は静かだった。膝が崩れ、顔から倒れるかと思われたが、絶命の際で肉体が痙攣を起こし、最後の悪あがきをした。男は背中からどうと倒れると、もはや身じろぎひとつせずに、閉じなかった目で天井を見上げた。

重い体を引きずり、ソニアは立ち上がった。立ちつくしているヴェリティに目を向ける。なにか言葉をかけようとしたが、自分のものとは思えないほど出て来た声は遠く、意味不明な呟きにしか聞こえなかった。

またガラスの割れる音がした。南面を振り向くと、カーテンの隙間から覗く中央のフランス窓が割れており、外の闇の中から伸びてきた手がその二インチほどの隙間を通って内側の鍵を開け、ハンドルを回すのが見えた。

彼女はよろよろと窓のほうに歩いていった。カーテンが風をはらんで膨れ、激しい雨が室内に吹きこんでくる。カーテンの向こうから、びっしょり濡れたクロージャーが現れた。右手には銃身から装具を取り外して本来の姿を見せている拳銃が握られており、銃口から立ち上る青い煙がまだ細く渦を巻いていた。その後ろから、見る影もなくぼろぼろになったアン・ラヴェナムを腕に抱いたヒューゴ・フォーサイスが姿を見せる。しんがりに続いたのはノーフォークともう一人、知らない顔だが間違いなくベラミーの運転手だと思われる男だった。

第十九章　午前四時四十五分

　クロージャーは上着のポケットに銃を収めた。大股できびきびと部屋を横切っていくと、彼はバスティオンの死体の傍らで膝をついた。触りはしない。頭を垂れ、倒れている男の顔をまじまじと見る。それから頭を上げ、立ち上がって言った。

「やったぞ！　しかも、言わせてもらうが、あんたらがこの先一生拝むことがないほど、間合いの測り方も完璧だったぜ！　俺がいてよかったな！」

「静かにしてろ！」ノーフォークが叱りつけた。

　ヴェリティは動かない。立ちつくしたままだ。彼女の瞳が自分たちを映していることはわかっても、瞳の奥の意識が自分たちを認識しているのかは周りの者たちにはわからなかった。

　ノーフォークはソニアに手を差し出した。彼女はそれを押しのけ、プレスデイルの傍らで両膝を落とすと意識のない男の頭をもう一度そっと持ち上げ、胸に抱いた。

　ヒューゴ・フォーサイスは扉脇の安楽椅子のところまで行き、抱えていた大事な荷物を優しく下ろした。無数のひっかき傷から滲む血と泥にまみれた顔で、娘は男に微笑みかけた。汚損のひどいドレスはボロ切れ同然になっていた。

　クロージャーはジョージ・プレスデイルの白く、ぴくりとも動かない顔を見下ろした。彼はソニアのうなじに向かって話しかけた。

「頭に食らったか？　塩梅が悪そうだ。ベッドに連れてけよ」今度はノーフォークを振り向いて言う。

「あんた、手を貸してやんな」

ソニアは立ち上がった。彼女はじっとクロージャーを見つめ、

「ありがとう」

と、最後に呟いた。

ヴェリティが動いた。すると、室内にすぐさま完璧な沈黙が降りた。開いた窓の前にはぎょっとして目を大きく見開き、気まずそうに立っているウィルコックスの姿があった。この時のことを、彼はのちにこう語っている。

「あれはなあ！　まるで彫像の頭以外の全身に血が通ったみたいだった！　なんだか見ちゃいけないもんみたいでな！　めったにお目にかかれるもんでもないがな！」

ヴェリティはクロージャーと向き合う形で足を止めた。瞬きひとつしない大きな瞳にじっと見つめられ、彼はそわそわと体を動かした。目をそらそうとするのだが、できない。どうして掠れているのかはわからないが、とにかく掠れている声で彼女は言った。

「これだけでは言葉足らずなのはわかっているけれど。でも、私にはこれしか言えないわ。ありがとう」彼女は右手を差し出した。

一瞬、クロージャーは驚きと警戒心が綯い交ぜになった目を向けた。だが、すぐに自分も右手を出し、差し出された手を握った。彼は言った。

「礼を言う必要はないぜ。あのこむ――ミス・ラヴェナムがあれだけ言ったから、俺たちも……」そ

こで言葉を切り、あとは持ち上げた肩が落ちるに任せた。クロージャーはノーフォークのほうを向き、乱暴に言った。

「手伝うのか？　それとも詰め物されたナンチャラみたいにそこに突っ立ってるつもりか？」

ヴェリティはアン・ラヴェナムを擁する椅子の前に立った。肘掛けに座っていたヒューゴ・フォーサイスが腰を上げる。アンは口早に言った。

「やめて！　いまはやめて！　ねえ、私はあの恐ろしい箱から出たくって、自分のことしか考えてなかったんだから……。ああ、忘れてたわ……。あなたは知らないわよね……」

「いいえ、知ってるわ。その……私……教えてもらったから。通用口の脇にある椅子ね」言葉を重ねる度に、ヴェリティの掠れ声はどんどん掠れていく。「私……」

その言葉をアンが制した。哀願するように微笑むと、汚れ、傷ついた顔が実におかしな具合に歪んだ。

「やめて！　なにかに感謝したいっていうのなら、椅子の側面に突き出た鋭い釘を放っておいた大工さんのために祈ってあげて。私の足に刺さってその存在を教えてくれたおかげで両脚を自由にできたんだし、それがなかったら外に出てあれを……外の光景を見ることもなく、他の人たちが離れに人を呼びに行ってるんだなってわからなかったら、どうにかして皆に追いついて教えることもできなかったんだもの……」

小さな行列が横を通り過ぎていき、アンは口を閉じた――ぐったりとしたプレスデイルを運んでいくクロージャーとノーフォークとウィルコックスと、心配で青年の傍を離れられないソニアである。一行が部屋を出て戸が閉められるまで、アンは口を開こうとしなかった。そうしてから、痛々しい色の浮かぶ目を、立っている女の仮面を被っているような顔に向け、こう言った。

「もしも……もしも、したければだけど、できることがひとつあるわ」

ヴェリティの口は沈黙を守っていたが、目がアンの言葉に答えていた。

「あのね……ヒューゴに謝ることよ……」

ヒューゴ・フォーサイスが声を荒げた。「黙るんだ！」

「黙らない！　私にそんな言い方をするのもよして！　……ねえ、ヴェリティ、どうして……どうして一瞬でもヒューゴを疑うことができたの？」

「当然だろう。あんなことがあったあとだから！　想像もできないようなことばかりだった。例えば、クロージャーだよ。僕の挙動もそうだ。それに、彼女は僕のことをなにも知らないんだから。君がどこかから見つけてきて、なにか知られざる理由から結婚したがっている男だってこと以外は」

フォーサイスは無視された。アン・ラヴェナムはヴェリティを見つめ、こう言った。

「そんなこと全部関係ないわ。ヒューゴが……おかしかったとしても――実際、おかしかったけど――あなたのあれは間違いだと……」

「知ろうとしない私が悪かったわね。ごめんなさい！」ヴェリティは言った。

ヒューゴ・フォーサイスは腹立たしげな声を出した。「馬鹿らしい！　あなたにはわかるはずがないことですよ。これを言ってしまったから言いますが、言わなければいけないことがもうひとつあるんです。僕のふるまいは隠し事のない男のものではありませんでしたよね？」

アンが声を上げた。「ヒューゴ！　黙って！」

今度は彼女が無視される番だった。ヒューゴ・フォーサイスはヴェリティをひたと見据え、こう言った。

「違いますか？　もちろん、そうですとも！　だって、僕には隠し事があるんですから。初めは黙っていればそれですむ話でしたが、夜が深まるに連れ、尋問でこう訊ねられるのが――答えたくないけどそういうわけにはいかない質問をされることが時間の問題になっていきました。出身は？　どうしてこの屋敷に？　その名前は本名か？　そういうことをです」

「ヒューゴ！　お願いだから黙って！」アンが口を挟む。

「黙らないよ。手短に言いますと、レディ・デストリア、僕の名前はフォーサイスではありません。本名はフォレスターです。いま現在の僕には、アンと結婚すべきではない理由はありません。しかし、過去の話を持ち出すなら……」

ヴェリティが手を持ち上げ、話をとめた。声を発する度に喉が言葉で傷つけられでもしているように、彼女はゆっくりと喋った。

「聞きたくないわ。それは全部あなたの事情よ。私が言いたいのはこれだけ、ありがとう。それと、あなたを疑ったことを許してほしいわ」彼女は右手を差し出した。

その手をヒューゴが握る。

「ヴェリティ……」アンが呟く。

「もう君は黙って！　君に必要なのは二階に行くこと。石鹸、水、ヨードチンキだ」

アン・ラヴェナムはヴェリティに向かって言った。

「ヴェリティ、あなたも行きましょう。あなたを眠らせないと。明日は……」

掠れ声がことさらに大きく響いた。「明日の話はよして！　私はここにいるわ――もうしばらく」

ジョージ・クレシーが使っていたベッドの上で、ジョージ・プレスデイルがぴくりと動いた。瞼が震え、持ち上がる。ぼんやりとした目が必死に動き、求めるものを見つけると、ぽっと光を点した。

扉の外にはクロージャーとノーフォークが立っていた。ノーフォークは両手を揉み絞り、こう言った。

「我々はどうなるんだ？　まずいことになりそうだが！　取り調べで……」

「ちょっとじっとしてろ！　あんたには反吐が出るぜ！」クロージャーは吐き捨てた。


アン・ラヴェナムは自室に戻り、水と消毒液が傷口に染みるつらさを平然とした顔で耐えていた。ひりひりする痛みを堪えて微笑むと、彼女は言った。

「あれって全部本当にあったことよね？」


陛下ではヴェリティ・デストリアが足下に横たわる自分を憎んでいた男の死体を見下ろしていた。ルドルフ・バスティオンは仰向けになり、両手を放り出した姿勢で倒れている。男が使っていた使用人の顔とは奇妙に似ており、それでいて似ても似つかない死に顔は穏やかで、苦悶の皺も寄っていない。女には幸せそうな顔をしているように見えた。

微動だにせず立ちつくしたまま、彼女は男の顔を見下ろしている。彼女の顔も体と同じで動かず――不自然なほど、静かだった。

その目が大きく見開かれ、なにかがぽとりと落ちた。それは小さな点となり、死者の頬の上できらりと光った。

訳者あとがき

本作、『生ける死者に眠りを』は一九三二年八月のイギリスを舞台とし、一九三三年に刊行された。作者本人は前年にハリウッドに渡っているため、大西洋を隔ててはいるが、同時代の空気に浸りながら執筆されたといえるだろう。

一九三二年はどういう年だったか。三月にチャールズ・リンドバーグの息子が誘拐され、七月にロサンゼルス・オリンピックが開催され、八月にはドイツ総選挙でナチス党が圧勝した。イギリスでは三年前の世界恐慌を受け、マクドナルド挙国一致内閣がブロック経済政策を打ち出して立て直しを図っていた時期である。

作者がいたアメリカもニューディール政策前でどん底にあったが、本作には不況の暗い影は窺えない。辺境のお屋敷に住まう美貌の女主はあくまでも優雅で、彼女に呼ばれて馳せ参じる軍人は息子から拝借したオープンカーのアメリカ車で乗りつける。女主の姪っ子は恋人とセーリングを楽しんだあとに共産主義的な集会に顔を出し、恋人は恋人で演説者の血の気が物足りなかったとくだらない報告をし、呑気なものである。物語の中心点である、先の大戦での出来事に起因する怨嗟（えんさ）の情を際立たせるために社会的背景を排除したのはエンタメ・スリラー小説としては妥当なところか。

しかし、社会的な空気が除かれはしても、同時代の空気は残っている。小道具のように作中に散見する小説や流行歌などだ。唐突に、特に説明もなく登場するタイトルは、当時の読者にとっては注釈の必要のない〝一般常識〟であったことを意味している。とはいえ、八十年の時を経た今日ではその常識もいささか風化してしまっている感がある。付け焼き刃の知識で恐縮ながら、以下に簡略に解説をまとめてみた。本作の理解を深めるものではないが、同時代の空気を感じる豆知識と思ってお付き合いいただければ幸いである。

一番手はデイムラー。作中に登場するのはノーマン・ベラミーが優雅にも運転手付きで乗りつけた大型サルーンだ。Daimlerと聞いて思い浮かぶのは自動車の父ともいうべきドイツ人技術者ゴットリープ・ダイムラー、そして、彼の死後にカール・ベンツの会社と合併して設立されたダイムラー＝ベンツ社だろう。英語読みのデイムラーはあまり聞き慣れないが、一八九六年に創立された英国の自動車メーカーである。

創立者のフレデリック・リチャード・シムズはハンブルグで生まれ育ったイギリス人技術者で、二十六才の時にブレーメンの展示会でダイムラーが考案したエンジンに出会うと、三十歳も年上のダイムラーとすぐさま仲良くなり、翌年には大英帝国領でのダイムラー・エンジン製造販売権を獲得した。なかなかのやり手である。創立当初はDaimler Motor Syndicateという看板を掲げ、ダイムラー式のモーターを製造販売していたが、のちにDaimler Motor Companyに社名を変更して自動車製造を開始、最終的にDaimler Companyを名乗るようになった。つまりは「ダイムラー式エンジン製造販売社」が「ダイムラー式エンジン社」になり、さらに「ダイムラー式エンジン」＝「デイムラー」になったという図式だろう。そういう経緯から、ドイツのダイムラー＝ベンツ社とはエンジンのパテントのみの関係であるにもかかわらず、英国にも綴りが同じで読みの違う自動車メーカーが誕生したのである。

ちなみに、デイムラーの自動車は英国を始め、日本など各国の御料車として採用されたほどのエリートであるが、バーミンガム・スモール・アームズに買収されて以降、ジャガーやフォードなどに親会社が幾度か変わり、デイムラーのブランド名こそまだ生きてはいるものの、現在では休眠状態となっているそうだ。

『ミスター・シンダース』は作中では馬の名前として扱われているようだが、元ネタは一九二八年に英国で上映された、『シンデレラ』の性別を逆転させたミュージカルである。主人公は義母から召し使い扱いを受けている青年ジム。王子様役は〈塔〉と呼ばれる隣家のお屋敷に住む裕福なアメリカ娘のジル。変身を助けるフェアリー・ゴッドマザーは訳あって召使いに化けていたジル本人で、変身後のジムが扮するのは南米の探検家、ガラスの靴は帽子という改変ぶり。フェアリー・ゴッドマザーを王子役のヒロインの一人二役にしてしまったのは勿体ない気がするが、力強いヒロインを作りたかったのだろう。

あらすじを追った程度ではこの性別逆転ミュージカルは安易な翻案の域を出ないように思えるが、時は一九二八年、世界はまだ大恐慌時代を知らず、アメリカが〈狂騒の二十年代（ロアリング・トウェンティーズ）〉に酔いしれていた時代である。新技術が花開き、伝統が破壊され、フェミニズムが勝利を勝ち取ったジャズ・エイジ。この時代、社会はマイノリティの受容に積極的だった。人種的偏見に曝されていた人々に同情的になり、同性愛者が後ろ指を指されることもなくなった。『ミスター・シンダース』はそういったリベラルな空気の産物だったのである。

『彼ったら死んでるのに、横になろうとしないの』（作中では〝彼女〟）は、一九三二年の映画『Looking on the Bright Side』でグレイシー・フィールズが歌う劇中歌。「妹の恋人は百三歳」から始まるコミックソングで、以下の最終節を見ればわかるように、徹頭徹尾マザーグース的ナンセンスに溢れている。

彼ったら自分の葬儀だっていうのに
〈薔薇と王冠〉亭で飲んだくれ
葬儀屋はすっかり待ちぼうけ
だって当の本人が日付を大忘れ
彼ったら死んでるのに、横になろうとしないの

女優で歌手のグレイシー・フィールズは大衆演芸場の花形だった。ミュージックホールと呼ばれるこういった劇場は、十九世紀後半から二十世紀初頭にかけて一時代を築いた庶民の娯楽の殿堂である。十九世紀中葉、客をもてなすためにパブで音楽が提供されるようになった。産業革命の影響で労働者が増加し、労働環境が劣悪になっていった時代である。人が集まれば知恵がつく。労働者たちが盛り場に集まって労働運動を企てることを恐れ、政府はパブに営業規制をかけた。そして、小さな酒場から音楽を取り上げたかわりに、政府が認可した演芸場を庶民に与えたのである。酒場生まれの娯楽

はミュージックホールで大きく育ち、歌だけでなく踊りや奇術、バンド演奏やパントマイム、寸劇など（現代のストリップショーもミュージックホールから始まったのだとか）多種多様な芸人が活躍するようになった。喜劇王チャップリンもミュージックホールの出身で、映画『ライムライト』はミュージックホール芸人に材を取ったものだ。

庶民の娯楽の中心に位置し、戦中はいわゆるジンゴ・ソング（好戦的愛国主義を歌ったもの）を高らかに合唱して市民のナショナリズムの高揚に貢献したミュージックホールだったが、二十世紀を迎えると時代の流れに負けて次第に姿を消していく。新たな娯楽が出現したのだ。映画、ラジオ、蓄音機、ジャズなどの新しい音楽。バー以外で酒を飲むことが法律で禁止されたことも打撃となり、最終的にはのちに登場したテレビによって、ミュージックホールに引導が渡されたのだった。

「判事も陪審も俺がやる」とは、ルイス・キャロルの『不思議の国のアリス』第三章『コーカス・レースと長い尾はなし』中に登場するナンセンス詩の一節。図形詩という手法でネズミの尻尾を模したこの詩編に綴られているのは、家の中でばったり出会った小ネズミに猛犬フューリーが「今朝は何もすることがないから」という理由で「裁判だ、何が何でもおまえを起訴してやる」と理不尽を吹っかけ、「判事も陪審もいない」と反論されると「判事も陪審も俺がやる」と言い返す、実にキャロル的ナンセンスに満ち溢れた、ただそれだけの話である。

個人的に、フィリップ・マクドナルドよりも先に児童文学者である祖父、ジョージ・マクドナルドを知っていたため、フィリップ・マクドナルドといえばジョージの孫という印象が今でも強い。『ファンタステス』を発表して幻想文学のパイオニアとして名声を確立していたジョージはキャロルと親交があり、聖職者として（キャロルは牧師館の息子であったため、信仰が篤い）、八歳年長の先輩として、青年を導いていた。マクドナルド家の幼い子供たちの熱烈な支持に後押しされ、『アリス』の刊行に踏み切ったというエピソードもある。写真家としても知られるキャロルはマクドナルド家のポートレイトを撮っており、その中にはジョージと愛娘のメアリー、フィリップの父ロナルドの三人が写されたものも残っている。

残念ながら、フィリップが生まれた一九〇〇年にはキャロルはすでに他界、ジョージもフィリップが五歳の年に永眠している。偉大なる児童文学者の薫陶を直接受けることは叶わなかったが、同じく作家の道を選んだ父ロナルドはどんな思い出話をしながら祖父らの物語を息子に与えたのだろう、『アリス』から引用する時、フィリップの胸にはどんな思いが去来していたのだろうと考えると、興味が尽きない。

ところで、キャロルといえばアナグラムとナンセンスと言葉遊び。アナグラムといえばモンティ・パイソン、エリック・アイドルの喋り芸。ナンセンスといえばマザーグース。言葉遊びといえばシェイクスピアの地口（パン）である。ひとつの言葉で何十行も地口をこね回して遊ぶ沙翁には遠く及ばぬとはいえ、本作でも地口や駄洒落が隙あらばという感じで割り込んでくる。嗚呼、Merry England。分野、時代が違おうとも、英国的ユーモア精神はその血の中に脈々と受け継がれているようだ。

技巧派作家の「秘められた傷」

法月綸太郎（推理作家）

『生ける死者に眠りを』は多彩なアイデアで黄金時代のミステリをリードした英国本格屈指の技巧派、フィリップ・マクドナルドが一九三三年に発表した長編である。原題（英版）のR.I.P.は「安らかに眠れ」を意味するラテン語 requiescat in pace の省略形で、墓碑銘や故人への弔意を示す際に用いられる。非シリーズ作品で、レギュラー名探偵であるアントニイ・ゲスリン大佐は出てこない。

嵐の一夜の物語は、イギリスの僻地に隠棲しているレディ・デストリアの屋敷に、クレシー少将とベラミー大佐の車が到着する場面で幕を開ける。女主人と二人の軍人は、かつて七百人もの命が失われた事件に関与しながら、責任の追及を免れていた。その秘密を知るバスティオンという人物から脅迫状が届き、身の危険を感じた女主人が腐れ縁の二人を呼び寄せたのだ。その矢先、邸内から復讐決行を告げる手紙が見つかり、脅威は差し迫ったものとなる。すねに傷を持つ三人は警察への通報をためらい、部外者の客を招いて守りを固めるが、折からの豪雨と何者かの工作によって屋敷は孤立、疑心暗鬼が募るなか、ついに一人目の犠牲者が出る。

外部との連絡を絶たれた場所に複数の人間が足止めされ、閉ざされた空間内で殺人が相次ぐ「嵐の山荘」パターンの草分け的な作品である。同じ年にエラリー・クイーンが発表した『シャム双子の秘密』も同様のシチュエーションを用いているが、クイーンが偶発的な自然災害（山火事）によって舞台を孤立させたのに対して、本書では犯人が一夜のうちに復讐を果たすため、人為的に外部との連絡を遮断する。

バスティオンという人名は、普通名詞だと「要塞、砦」の意味があり、「嵐の山荘」を舞台にした息詰まる攻防戦にふさわしい。内部にひそむ犯人が電話線を切ったり、自動車を壊したりするのは手垢のついた定石になってしまったけれど、発表当時の読者にとっては、まだこうした設定自体が目新しかったはずである。むしろ本書に投じられたさまざまな趣向が、後年繰り返されるパターンのお手本になったと見るべきだろう。

フィリップ・マクドナルドは、『北風のうしろの国』『リリス』等で知られる英国ファンタジーの大家ジョージ・マクドナルドの孫で、生年は一八九九年とも一九〇〇年ともいわれる。第一次世界大戦では、メソポタミアの騎兵連隊に従軍。父ロナルドとの共作を経て作家として独り立ちすると、一九二四年にアントニイ・ゲスリン大佐が登場する本格ミステリの第一作『鑢』を発表、英米探偵小説界の寵児となった。

その後、数年はおもにゲスリン大佐のシリーズと非ミステリ作品を書き分けていたが、一九三一年に脚本家としてハリウッドに招かれ、アメリカへ移住。以降、自作も含めた数多くの映像作品の脚本・脚色に携わるようになる。第二次大戦後は短編ミステリの分野でも実力を発揮、一九五三年と五六年の二度にわたって、ＭＷＡ（アメリカ探偵作家クラブ）賞最優秀短編賞を受賞した。

アメリカ移住後に発表された本書も、ラルフ・マーフィー監督の手で映画化されている

(Menace：邦題「血と悪魔」)。Internet Movie Database (IMDb) によれば、アメリカ西海岸に舞台が移され、復讐の動機や犯人の設定も大幅に変更されているらしい。

一九三四年の公開なので、最初から映画化を視野に入れていたのだろう。イギリス時代の実験作『ライノクス殺人事件』(一九三〇)と同様、各章の見出しに時刻を掲げ、場面転換や人の出入りなど、シナリオを意識したような表現が目立つ。「この国でもアメリカ映画はそれなりに上映されていましてよ」といった楽屋落ち的な台詞も散見される。

場所と時間を限定し、約一ダースの登場人物を恐怖とパニックに陥れる「嵐の山荘」パターンは、ハリウッドでの映像化にはもってこいだ。そのせいか、展開に偶然かつ不確定な要素が多く、最後は犯人の告白によって急転直下の解決となるので、論理的な謎解きより、先の読めないサスペンスを重視した仕上がりになっている。いわゆる「本格もどき」というやつだが、作者はわざと余白の部分を残して、読者を手玉に取ることを愉しんでいるようなふしもある。

随所で声の描写や効果音を強調しているのも、映画を念頭に置いたものだろう。この小説が書かれた一九三〇年代前半は、トーキー技術が映画界に普及しつつあった時期で、マクドナルドも観客の聴覚に訴える演出に腐心していたように思われる。

中でも注目すべきは第十三章、アン・ラヴェナムの頭の中で「彼女は死んだ、けど、横になろうとしないの」という歌がリピートされる場面。これはイギリスの女性歌手でコメディアンのグレイシー・フィールズ(後にTVドラマで、ミス・マープルを演じた)がヒットさせたHe's dead, but he won't lie downというコミックソングの替え歌である。

オリジナルは彼女自身が主演したミュージカル映画Looking on the Bright Side（1932）の劇中歌で、同じ年に主題曲の「明るい面を見て」のB面として七十八回転のシングル盤が発売された。リアル冷蔵肉と化した百三歳の「生ける死者」セプティマス・ブラウンが恋人にプロポーズ、墓の中で結婚して二十人の子をもうけるという歌詞である。グロテスクなユーモアはマザーグースに通じるもので、当時の読者はこのくだりを読みながら、なじみのあるメロディを口ずさむことができたにちがいない。

川端康雄氏の『オーウェルのマザー・グース　歌の力、語りの力』（平凡社選書）によると、この歌はジョージ・オーウェルの問題作『空気をもとめて』（一九三九）のエピグラフに用いられたことでよく知られているという。別に張り合うつもりはないが、フィリップ・マクドナルドびいきの読者なら、『鑢』のエピグラフに「だれが駒鳥を殺したか」の歌詞が掲げられていたことを真っ先に思い出すのではないか。

『鑢』は厳密な意味での「童謡殺人」ではないけれど、マザーグースの不気味さを本格ミステリの筋運びに反映させた先駆的な作品だ。He's dead, but he won't lie downもそれと似た使い方がされていて、最後まで読むと、R.I.P.という英題にこめられた主題と、原曲のリフレインが呼応していることがわかる。こういう気の利いた演出テクニックこそ、マクドナルドが技巧派と呼ばれる所以なのだろう。

「嵐の山荘」に「童謡殺人」めいた挿入歌。こうした趣向に加えて、さらに印象深いのは第十章で、屋敷に閉じこめられた登場人物全員の独白が列挙されるところだ。このシークエンスは、「孤島」で

「マザーグース見立ての連続殺人」が起こるアガサ・クリスティー『そして誰もいなくなった』（一九三九）の有名な場面とそっくりだが、本書の方が六年早い。「登場人物が全員死んでしまう」というサプライズ以外の道具立ては、すでにマクドナルドが先鞭をつけているといっても過言ではない。

正当な処罰を逃れた罪人に裁きを下そうとする偏執的な犯人像も、クリスティーの傑作に先駆けているようだ。正体を明かした犯人は「初めから神が私についていた。全てが私の味方をしてくれ、全ての出来事が私を手助けしてくれた」とうそぶく。恣意的なプロットに対する作者の弁解という面もあるけれど、クライマックスでのふるまいも含めて、十名の被告に罪状認否を求める「U・N・オーエン」のプロトタイプと見なせると思う。作品の完成度という点では『そして誰もいなくなった』に及ばないとしても、本書に投じられたさまざまな趣向には、時代の先を読む確かなセンスが認められる。マクドナルドの多彩なアイデアが黄金時代のミステリをリードし、後年繰り返されるパターンのお手本になったと記したのは、そういう意味なのである。

こうしたセンスや発想力は、どこから出てきたものだろうか？　加瀬義雄氏は『Xに対する逮捕状』（国書刊行会）の解説で、（1）短編ミステリの書き手としてのマクドナルド、（2）ハリウッド・シナリオライターとしてのマクドナルド、（3）非ミステリ小説家としてのマクドナルド、の三点に読者の注意を促している。

「もちろん純粋ミステリ作家としてのマクドナルドだけに関心をしぼるのであれば、以上のうちの（2）と（3）は対象外、関心外ということになるのだが、著作一覧表などをみても人（書）によって（3）についてはその境界線が案外あいまいであるし、また戦争もの、ボクシングものとジャンル分けしても、たとえば初期の有名作Patrolなどは、クリスティの『そして誰もいなくなった』に通じるサスペンス要素がないともいえない」

ここでもクリスティーが引き合いに出されていることに留意されたい。Patrol（未訳）は一九二七年に発表された戦争小説で、先に記した第一次大戦の従軍経験をもとに書かれたという。この小説について、加瀬氏は次のように紹介している。

「再三引用される非ミステリではもっとも有名な作品。第一次大戦中のイラク砂漠を舞台にした戦争小説で映画化された。もっとも原作は十二名の偵察騎馬小隊がアラブ兵により全滅させられるのだが、RKOの映画『肉弾鬼中隊』（The Lost Patrol, 1934）では最後の一人の軍曹が友軍に救い出されるという、いかにもアメリカ的な結末に変えられている。他にも二回ほどリメークされている」

不勉強で私は原作を読んでいないが、「肉弾鬼中隊」はDVDで見た。隊長である中尉を失い、砂漠の中で孤立した騎馬偵察隊が、ラスト近くまでほとんど姿を見せない敵の狙撃によって、一人また一人と殺されていく。西部劇の名匠ジョン・フォード監督による初の戦争映画で、パニックから狂気に陥る伍長をはじめ、極限状態に追いこまれた兵士たちの心理描写が際立つ名作だ。加瀬氏のコメントにもある通り、次々と戦死していく兵士たちの姿は『そして誰もいなくなった』の被害者（Ten Little Soldier Boys）を連想させる。奇しくも「肉弾鬼中隊」の脚本を担当したダドリー・ニコルズは、一九四五年のルネ・クレール監督版「そして誰もいなくなった」の脚本も書いている。

加瀬氏の紹介には「他にも二回ほどリメークされている」とあるけれど、IMDbによれば「肉弾鬼中隊」は二度目の映画化で、オリジナルはウォルター・サマーズ監督のLost Patrol（1929）だという。三度目がゾルタン・コルダ監督、ハンフリー・ボガート主演の「サハラ戦車隊」（一九四三、ストーリー原案にフィリップ・マクドナルドのクレジットがある)。これは第二次大戦の北アフリカ戦線に舞台を移した戦意高揚映画で、原作やフォード版のペシミスティックな雰囲気は払拭されている。「肉弾鬼中隊」について長々と触れたのは、原作Patrolが本書の設定のルーツになっている可能性が高いからである。本隊との連絡を絶たれ、移動手段の馬も奪われて、イスラム寺院の廃墟に籠城する孤立無援の偵察隊は、原作者自身の手によって、「嵐の山荘」に閉じこめられた約一ダースの男女に生まれ変わったのではないだろうか。

とらえどころない作家と見られがちだが、Patrolとその映画化、という補助線を引くと、フィリップ・マクドナルドの経歴からある側面が浮かび上がってくる。一九二九年のLost Patrolはイギリス時代の初映画化作品であり、そのリメイク「肉弾鬼中隊」は最初のハリウッド作品だ。渡米後、マクドナルドはよりサスペンスを重視した作風に転じていくが、戦争小説であるPatrolがその呼び水になったのはまちがいないと思う。

本書と前後して、マクドナルドは都市を舞台にした二作のシリアルキラー小説を書いている。ゲスリン大佐シリーズでおなじみのパイク警視が単独で捜査に当たる警察小説『狂った殺人』(一九三一、論創社)と、非シリーズ作品の『殺人鬼対皇帝』(一九三三、戦前の抄訳)である。後者はロンドンで十人以上の警官が殺害される「本格もどき」のスリラーだが、同年夏に「肉弾鬼中隊」が撮影されていることを考えると、両者の相似は明らかだろう。警官を狙った連続殺人というマクドナルドの着想が、見えない敵に次々と倒されていく兵士の物語を平時の都市に移し替えたものであることは想像に難くない。

要するに、同じ年に発表された『生ける死者に眠りを』と『殺人鬼対皇帝』は、かけ離れた設定のように見えるけれど、実は一枚のコインの裏表の関係にあるということだ。被害者数の多寡は、うわべだけの差にすぎない。本書の背景にも、七百人の不必要な戦死者という戦争の影が尾を引いているからである。

(以下で本書の真相の一部に触れます。ご注意ください)

作中で繰り返し告げられる「一九一八年八月二十一日」という日付は、第一次世界大戦末期、西部戦線の激戦地ソンムで連合国軍の大反攻が始まった日でもある(第二次ソンムの戦い)。だから、バスティオンの復讐に第一次大戦の戦場における大量死が関係しているのは、最初から予想の範囲内だろう。とりわけ、第十八章でバスティオンが「被告」にぶつける厳しい言葉は、笠井潔氏が提唱した「二〇世紀探偵小説論」、いわゆる「大量死理論」をあらためて想起させる。

「[第一次大戦の]戦場で大量殺戮された、産業廃棄物さながらの死者の山に象徴される二〇世紀的な必然性に渾身の力で抵抗し、固有の死を再建しようと努めること。同時に、それ自体としてはアナクロニズムに過ぎない固有の死、栄光ある死、名前のある死を描出する結果として、裏側から大量死、瑣末な死、匿名の死の時代である二〇世紀の必然性を照らしだすこと。これこそ大戦間に英米で発生し、そして盛期を迎えた本格探偵小説の精神なのである」(『探偵小説論Ⅰ　氾濫の形式』東京創元社、[ ]は法月による補注)

邦訳が限られていたせいか、これまであまり言及されてこなかったが、「戦争とミステリ」の関係を探るうえで、マクドナルドの作風は有意義な示唆を与えてくれる。当時としては破格ともいえる『鑢』の緻密な論理性をはじめとして、技巧に対する異様な執着や倒錯した犯行動機の設定にも、ある種のＰＴＳＤ的な痕跡（ゲスリン大佐は「ひどい戦争後遺症」を自覚していた）を見いだせるのではないだろうか。

ただし笠井氏の「大量死理論」には、発表当時から毀誉褒貶があり、エビデンスの不足と性急な一般化を難じる声も少なくない。たとえば、権田萬治氏は『謎と恐怖の楽園で　ミステリー批評55年』（光文社）に収録された論争文で、次のように問うている。

「かりに、笠井氏のいうとおり、『固有の、尊厳ある死を奪い返そうとする』ものとして本格探偵小説が第一次大戦後発展し、歓迎されたとすれば、それ以上に無意味な大量死が起きた第二次大戦後にさらに世界的規模で大きく発展しなかったのはなぜなのか。むしろ退潮の兆しを見せたのはなぜなのかを知りたいと思う」（「第一次大戦での大量死と本格探偵小説の関係についての疑問」）

こうした疑問に対して、第二次大戦後のマクドナルドの作品は有力な指標になるかもしれない。たとえば、原作 White Heather を提供したとされるジャック・ターナー監督の映画「黒い傷」（Circle of Danger, 1951）では、第二次大戦中、ブルターニュでの任務遂行時にひとりだけ戦死した弟の死因を不審に思ったアメリカ人が、単身イギリスへ渡り、同じ作戦に従事していた英特殊部隊の関係者に真相を問いただしていく。本書のバスティオンの私的追及（というより、改変された映画版 Menace の設定に近い）を引き継ぎながら、部隊の戦死率が「肉弾鬼中隊」の逆になっている点が見逃せない。

それ以上に興味深いのは、マクドナルド最後の長編『エイドリアン・メッセンジャーのリスト』（一九五九）だろう（**以下、真相の一部に触れます**）。かつて『ゲスリン最後の事件』（創元推理文庫）

と題されていたこの作品は、第二次大戦を捕虜として生き延びた「十一人の男たち」を殺すため、五十人以上の人間を不必要な死に追いこんだ平時の大量殺人者（十二人目の男）をあぶり出していく物語なのである。

瀬戸川猛資氏は同書の解説で「これは本格ミステリの秀作ではなくて、本格ミステリのパロディの秀作でしょう?」と評しているが、この真相もやはりPatrolや本書のような第一次大戦をベースにした作品を裏返したものになっている。「大量死理論」の是非をあらためて検討する際には、二度目の世界大戦を経たマクドナルドが「本格ミステリのパロディ」――一度目は悲劇として、二度目は茶番として――を演じざるをえなかったという事実を見過ごすことはできないと思う。

〔訳者〕
鈴木景子（すずき・けいこ）
インターカレッジ札幌で翻訳を学び、同社の第8回翻訳コンクール（2011年度）で最優秀者に選ばれる。訳書にフィリップ・マクドナルド『狂った殺人』、ハリントン・ヘクスト『だれがダイアナ殺したの？』（ともに論創社）。

生ける死者に眠りを
——論創海外ミステリ 175

2016年9月25日　初版第1刷印刷
2016年9月30日　初版第1刷発行

著 者　フィリップ・マクドナルド
訳 者　鈴木景子
装 画　佐久間真人
装 丁　宗利淳一
発行所　論 創 社
〒101-0051 東京都千代田区神田神保町2-23 北井ビル
電話 03-3264-5254 振替口座 00160-1-155266

印刷・製本　中央精版印刷
組版　フレックスアート

ISBN978-4-8460-1539-8